国家社科基金重大项目

英国文学的命运共同体表征与审美研究 文献卷

The Representation and Aesthetics of Community in
English Literature　Literary Criticism

总主编：李维屏 / 主编：查明建 张和龙

共同体的象征性建构

THE SYMBOLIC CONSTRUCTION OF COMMUNITY

安东尼·保罗·科恩（Anthony Paul Cohen） 著

王光林 译

上海外语教育出版社
SHANGHAI FOREIGN LANGUAGE EDUCATION PRESS

Routledge
Taylor & Francis Group

图书在版编目(CIP)数据

共同体的象征性建构 /(英)安东尼·保罗·科恩著;
王光林译 . -- 上海:上海外语教育出版社,2023
(英国文学的命运共同体表征与审美研究 / 李维屏
总主编)
ISBN 978-7-5446-7654-0

Ⅰ . ①共… Ⅱ . ①安… ②王… Ⅲ . ①文学—共同体
—研究 Ⅳ . ① I0-05

中国国家版本馆 CIP 数据核字(2023)第 061599 号

图字:09-2021-0187 号

出版发行:**上海外语教育出版社**
　　　　　(上海外国语大学内) 邮编:200083
电　　话:021-65425300 (总机)
电子邮箱:bookinfo@sflep.com.cn
网　　址:http://www.sflep.com
责任编辑:王晓宇

印　　刷:上海中华商务联合印刷有限公司
开　　本:890×1240　1/32　印张 7　字数 173 千字
版　　次:2023 年 10 月第 1 版　2023 年 10 月第 1 次印刷

书　　号:ISBN 978-7-5446-7654-0
定　　价:50.00 元

本版图书如有印装质量问题,可向本社调换
质量服务热线:4008-213-263

总论

英国文学典籍浩瀚、源远流长，自盎格鲁-撒克逊时期的开山之作《贝奥武甫》（*Beowulf*, 700-750）问世起，经历了 1 200 余年漫长而丰富的历程。其间，思潮起伏，流派纷呈，文豪辈出，杰作林立。作为世界文学之林中的一大景观，英国文学不仅留下了极为丰富的文学资源，而且也引发了我们的种种思考与探索。近半个世纪以来，我国学者对英国文学的研究取得了长足进步，并不断呈现出专业化和多元化的发展态势。时至今日，中国学者一如既往地以敏锐的目光审视着英国文学的演进，对其文学想象、题材更迭和形式创新方面某些规律性的沿革和与此相关的诸多深层次问题进行深入探索。

值得关注的是，长达千余年的英国文学史折射出一个极为重要的现象：历代英国作家不约而同地将"命运共同体"作为文学想象的重要客体。英国的经典力作大都是作家在不同历史阶段对社会群体和其中个体的境遇和命运的生动写照。许多经典作家在书写人的社会角色、话语权利和精神诉求时体现出强烈的"命运"意识和"共同体"理念。在对英国文学历史做一番哪怕是最粗略的浏览之后，我们不难发现，自开山之作《贝奥武甫》起，英国文学中的命运共同体表征一脉相承，绵亘不绝。例如，杰弗雷·乔叟（Geoffrey Chaucer, 1343－1400）的《坎特伯雷故事集》（*The Canterbury Tales*, 1387－1400）、托马斯·马洛礼（Thomas Malory, 1415－1471）的《亚瑟王之死》（*Le Morte d'Arthur*, 1470）、托马斯·莫尔（Thomas More, 1478－1535）的《乌托邦》（*Utopia*, 1516）、约翰·弥尔顿（John Milton, 1608－1674）的《失乐园》（*Paradise Lost*, 1665）和约翰·班扬（John Bunyan, 1628－1688）的《天路历程》（*The Pilgrim's Progress*, 1678, 1684）等早期经典力作都已不同程度地反映了共同体思想。从某种意义上说，英国文学不仅生动再现了共同体形态和社群结合方式的历史变迁，而且也充分体现了对命运共同体建构与解构的双重特征，因而在本质上是英国意识形态、文化观念和民族身份建构的深度参与者。此外，英国作家对共同体的着力书写也在一定程度上促进了文学批评与审美理论的发展，并引起了人们对共同体机制与悖反的深入思考与探索。显然，英国文学长达千余年的命运共同体表征已经构成了本体论和认识论评价体系。

一、"共同体"概念的形成与理论建构

英语中 community（共同体）一词，源自拉丁文 communis，意为"共同的"。从词源学意义上看，"共同体"概念形成于 2 000 多年前的古希腊时期，其思想的起源是对人类群体生存方式的探讨。早在公元前，古希腊哲学家柏拉图（Plato, 427－347 BC）在其《理想国》（*The Republic*, 约 380 BC）中以对话与故事的形式描绘了人类实现正

义和理想国度的途径，并展示了其心目中"真、善、美"融为一体的幸福城邦。柏拉图明确表示，"当前我认为我们的首要任务乃是铸造出一个幸福国家的模型来，但不是支离破碎地铸造一个为了少数人幸福的国家，而是铸造一个整体的幸福国家"[1]。亚里士多德（Aristotle, 384-322 BC）在其《政治学》（The Politics, 约 350 BC）中提出了城邦优先于个人与家庭的观点。他认为，个体往往受到其赖以生存的城邦的影响，并从中获得道德感、归属感和自我存在的价值。"我们确认自然生成的城邦先于个人，就因为个人只是城邦的组成部分，每一个隔离的个人都不足以自给其生活，必须共同集合于城邦这个整体才能让大家满足其需要……城邦以正义为原则。由正义衍生的礼法，可凭此判断人间的是非曲直，正义恰正是树立社会秩序的基础。"[2] 在亚里士多德看来，城邦不仅是人们生存的必要环境，而且在本质上具有塑造人的重要作用，使人懂得正义和礼法。自柏拉图和亚里士多德以降，现代西方多位重要思想家如洛克、卢梭、黑格尔和马克思等也对个体与城邦的关系、城邦内的人际关系以及社会的公道与正义等问题发表过各自的见解，并且不同程度地对人类共同生存的各种模式进行了探讨。

应当指出，现代意义上的共同体思想主要起源于德国社会学家斐迪南·滕尼斯（Ferdinand Tönnies, 1855-1936）的《共同体与社会》（Gemeinschaft und Gesellschaft, 1887）一书。滕尼斯在其著作中采用了二元对立的方式，将"共同体"与"社会"作为互相对立的两极加以阐释，认为前者的本质是真实的、有机的生命，而后者则是抽象的、机械的构造。在他看来，"社会的理论构想出一个人的群体，他

1　柏拉图：《理想国》，郭斌和、张竹明译，北京：商务印书馆，1986 年，第133 页。
2　亚里士多德：《政治学》，吴寿彭译，北京：商务印书馆，2009 年，第 8-10 页。

们像在共同体里一样，以和平的方式相互共处地生活和居住在一起，但是，基本上不是结合在一起，而是基本上分离的。在共同体里，尽管有种种的分离，仍然保持着结合；在社会里，尽管有种种的结合，仍然保持着分离"[1]。他直言不讳地指出，"共同体是持久的和真正的共同生活，社会只不过是一种暂时的和表面的共同生活。因此，共同体本身应该被理解为一种生机勃勃的有机体，而社会应该被理解为一种机械的聚合和人工制品"[2]。值得关注的是，滕尼斯在《共同体与社会》中从三个层面对"共同体"展开论述：一是从社会学层面描述"共同体"与"社会"作为人类结合关系形态的基本特征；二是从心理学层面解释在"共同体"与"社会"两种形态中生存者的心理机制及其成因；三是从法学与政治学层面阐释这两种人类生存的环境所具有的法律与政治基础。此外，滕尼斯从人类社会发展的基本规律出发，将血缘、地缘和精神关系作为研究共同体的对象，分析了家族、氏族、宗族、乡村社团和行会等共同体形式，并指出这些共同体存在的核心物质条件是土地。而在滕尼斯的参照系中，与共同体相对的"社会"则是切断了有机、自然关联的现代市民社会，维系社会的条件不再是自然、有机的土地，而是出于个人利益更大化需求所缔结的社会契约，其标志性符号则是流动的、可交换的货币。在分析共同体与社会两者内部的个体心理差异时，滕尼斯别开生面地使用了"本质意志"与"抉择意志"两个概念，并认为前者源于有机体，是不断生成的，其情感要素从属于心灵整体，而后者则纯粹是人的思维与意志的产物。从滕尼斯对共同体概念的提出与分析中，不难发现共同体理论内部两个重要的问题域：一是共同体或社会群体的结合机制，二是社会形态

1　斐迪南·滕尼斯：《共同体与社会——纯粹社会学的基本概念》，林荣远译，北京：商务印书馆，1999年，第95页。
2　同上，第54页。

的演变、发展与共同体之间的关联。上述两个问题域成为后来共同体研究与理论建构的重要内容。今天看来，《共同体与社会》一书对共同体思想最大的贡献在于系统地提出了自成一体的共同体理论，其二元框架下的共同体概念对现代西方的共同体研究产生了重要影响。显然，滕尼斯提出的共同体概念具有一定的逻辑性和说服力，不仅为日后共同体研究提供了宏观的理论框架，而且也在研究方法上具有重要的参考价值。

19世纪下半叶，西方共同体理论建构步伐加快，并折射出丰富的政治内涵。对政治共同体的探索因其在社会生活和历史进程中的重要性占据了政治与哲学思考的核心地位。缔结政治共同体所需的多重条件、复杂过程和理论挑战引起了一些西方思想家的兴趣与探索。法国社会学家埃米尔·涂尔干（Émile Durkheim, 1858-1917）的《社会分工论》（*De la division du travail social*, 1893）便是对共同体思想中"机械团结"与"有机团结"两个问题域的探究，但他与滕尼斯在面对传统与现代社会的态度方面具有明显差异。涂尔干采用"机械团结"和"有机团结"两个名称来解释不同社会结构中群体联系的发生方式。他认为"机械团结"产生于不发达的传统社会结构之中，如古代社会和农村社会。由于传统社会规模小、人口少，其中的个体在宗教观念、价值观念、生产生活方式和情感意识等核心问题上具有高度的一致性。虽然机械团结占主导地位的社会往往具有强烈的集体意识，并且能产生强大的社会约束力，但其中的个体意识主要被集体意识所吸纳。相较之下，"有机团结"产生于较为发达的现代社会，人口数量与密度的大幅提升导致生存竞争不断加剧，迫使个体需要拥有更为专业化的竞争技能和手段以赢取竞争机会。在此过程中，人际关系和社会分工变得更加错综复杂。在专业化程度不断提升的过程中，个体逐渐失去独自在发达社会中应对生存环境的能力，于是对社会的依赖程度反而提升。涂尔干对共同体思想的主要贡献在于他以带有历史纵深和现代关怀的客观视角分析了个人与社会结合所产生的诸多问题。如果说滕尼斯的"共同体"与"社会"二元框架具有整体论的特点，那么涂尔干的社会分工论则强调个体在整体和社会中的角色与功能。

此外，德国社会学家马克斯·韦伯（Max Weber, 1864–1920）也对政治共同体理论进行了有益的探索。他在《经济与社会》（*Wirtschaft und Gesellschaft*, 1922）一书中指出，政治共同体的社会行动之目的在于通过包括武力在内的强制力量，使人服从并参与有序统治的"领土"之中的群体行为。显然，韦伯探讨的是政治共同体运行的必要条件，即领土、强制约束力以及与经济相关的社会行为，其特点是从经济史视角出发，指出政治共同体离不开"领土"的经济支撑，而基于"领土"的税收与分配制度则构成了政治共同体必不可少的经济基础。就总体而言，韦伯阐述了实体或类实体政治共同体的经济基础与运行机制，但并未深入探究构建政治共同体的诸多理论问题及其在实践中突破的可能性。

值得关注的是，卡尔·马克思（Karl Marx, 1818–1883）对人类的政治共同体构想具有革命性的突破。尽管马克思的理论体系中并没有关于共同体的系统表述，但他的共同体思想贯穿于他对社会、政治、经济和文化等一系列问题的论述之中。马克思在引入阶级意识的同时，建构了一种具有未来向度的政治共同体形式。如果说强调民族意识的共同体思想认为人与人之间的联系纽带是建立在共同生存的空间之上的民族意识与精神情感，那么，在1848年欧洲革命的大背景下，马克思批判性地思考了此前法国大革命所留下的政治智慧和哲学资源，对社会结构的演变与人类结合方式进行了深刻思考与深入探索，指出阶级意识和共同发展理念是促使人类结合相处的强大而又根本的联系纽带。马克思将人的阶级意识、经济地位以及是否从事劳动视为明显的身份标记，从而为无产阶级政治共同体的建构提供了重要的理论依据。马克思先后提出了"自然的""虚幻的""抽象的"和"真正的"共同体的概念，并对人在不同共同体中的地位、权利和发展机会做了深刻的阐释。他认为，只有"真正的"共同体才能为人提供真正自由的发展空间，才是真正理想的、美好的生存环境。"只有在共同体中，个人才能获得全面发展其才能的手段，也就是说，只有在共同体中才可能有个人自由。在过去的种种冒充的共同体中，如在国家等中，个人自由只是对那些在统治阶级范围内发展的个人来说是存在的，他们之所以有个人自由，只是因为他们是这一阶级的个人。从前各个人联合而成的虚假的共同体，总是相对于各个人而独立的；这种共同体是一个阶级反对另一个阶级的联合，因此对于被统治的阶级来说，它不仅是完全虚幻的共同体，而且是新的桎梏。在真正的共同体的条件下，各个人在自己的联合中并通过这种联合获得自己的自由。"[1]显然，马克思的共同体思想体现了深刻的政治内涵和伟大思想家的远见卓识，对我们深入研究文学中命运共同体的性质与特征具有重要的参考价值。

20 世纪上半叶，国外学界的共同体理论建构呈现出进一步繁衍与多元发展的态势，相关研究成果纷纷出现在哲学、政治学和社会学领域，其中对共同体思想的理论研究最为突出。社会学视阈下的共同体研究突出了其研究方法在考察城市、乡村和社区等社群结集的优势，着重探讨区域基础上组织起来的共同体及其聚合方式。其中，以美国的芝加哥学派在城市共同体方面的研究最具代表性。其研究方法秉承实证研究的传统，利用美国成熟且多样化的城市环境，对城市社

1　马克思、恩格斯：《德意志意识形态》（节选本），中共中央马克思恩格斯列宁斯大林著作编译局编译，北京：人民出版社，2018 年，第 65 页。

区中的家庭、人口、种族、贫民窟等问题展开调查分析，产生了一批带有都市社会学特色的研究成果。例如，威廉·I.托马斯（William I. Thomas, 1863-1947）和弗洛里安·兹纳涅茨基（Florian Znaniecki, 1882-1958）的《身处欧美的波兰农民》（*The Polish Peasant in Europe and America*, 1918-1920）研究了19世纪末至20世纪初移居欧美各国的波兰农民群体；罗伯特·E.帕克（Robert E. Park, 1864-1944）的《城市——有关城市环境中人类行为研究的建议》（*The City: Suggestions for the Study of Human Nature in the Urban Environment*, 1925）将城市视为一个生态系统，并使用生态学方法研究城市内的共同体问题；哈维·沃伦·佐尔博（Harvey Warren Zorbaugh, 1896-1965）的《黄金海岸与贫民窟》（*The Gold Coast and the Slum*, 1929）关注城市内部造成社会与地理区隔的原因和影响。总体而言，芝加哥学派的城市共同体研究关注城市内部的人文区位，研究其中的种族、文化、宗教、劳工、社会和家庭等问题，该学派擅长的生活研究法和精细个案研究是经验社会学方法，为共同体的细部问题研究提供了大量的史料文献，其主要不足在于扁平化的研究范式以及在共同体的理论探索方面表现出的形式主义倾向。

20世纪下半叶，人类学和政治学视阈下的共同体研究进一步凸显了文化与身份认同在共同体中的作用。当代英国社会学家安东尼·保罗·科恩（Anthony Paul Cohen, 1946- ）的《共同体的象征性建构》（*The Symbolic Construction of Community*, 1985）一书认为共同体并不是一种社会实践，而是某种象征性的结构。这一观点与此前社会学家的研究具有很大差异，在一定程度上摒弃了空间在共同体中的重要性，将关注的焦点从空间内的社会交往模式转向了作为意义和身份的共同体标志。本尼迪克特·安德森（Benedict Anderson, 1936-2015）的《想象的共同体》（*Imagined Communities*, 1983）探讨了国族身份认同的问题，将共同体视为一种想象性的虚构产物，试图证明共同体是由认知方式及象征结构所形塑的，而不是由具体的生活空间和直接的社会交往模式所决定的。这类观点呈现出 20 世纪下半叶共同体研究的文化转向，事实上，这一转向本身就是对人类社会在 20 世纪下半叶所发生的变化，尤其是全球化的一种反映。值得一提的是，近半个世纪以来，一些西方社会学家对资本主义制度能否产生有效的共同体并未达成共识。例如，让-吕克·南希（Jean-Luc Nancy, 1940-2021）和莫里斯·布朗肖（Maurice Blanchot, 1907-2003）两位法国哲学家分别在《不运作的共同体》（*La Communauté désœuvrée*, 1986）和《不可言明的共同体》（*La Communauté inavouable*, 1983）中强调了人的自由与"独体"概念，不仅在理论上对共同体进行解构，而且否定人类深度交流与合作的可能性。南希认为，"现代世界最重大、最痛苦的见证……就是对共同体（又译共通体，communauté）的分裂、错位或动荡的见证"[1]。自 20 世纪 80 年代起，不少主张"社群主义"（Communitarianism）的人士在与自由主义的抗辩中进一步探讨了共同体的内涵、功能和价值。他们全然反对自由主义价值观念，认为自由主义在本质上忽略了社群意识对个人身份认同和文化共同体构建的重要性。总之，近半个世纪以来，国外哲学、政治学和社会学界对共同体众说纷纭，学术观点层出不穷，尽管分歧较大，但具有一定的理论建构意义和参考价值。

概括说来，自滕尼斯于 19 世纪下半叶开始对共同体问题展开深入探讨以来，近一个半世纪的共同体观念演变与理论建构凸显了其内涵中的三个重要方面。一是共同体的空间特征与区域特征。无论在历

1　让-吕克·南希：《无用的共通体》，郭建玲、张建华、夏可君译，郑州：河南大学出版社，2015 年，第 1 页。（该著作在本丛书中统一译为《不运作的共同体》。）

史纵轴上的社会形态发生何种变化，或者在空间横轴上的共同体范畴是小至村落还是大到国家，基于地域关联而形成的互相合作的共同体是其研究中不可忽视的重要主题。二是个体在共同体中的归属感与身份认同。如果说共同体的空间特征与区域特征研究的是共同体的客观物质环境以及存在于其中的权力组织、社会网络和功能性结构，那么归属感与身份认同研究的是共同体内个体的心理状况以及自我与他者关系这一永恒的哲学命题。三是伴随着经济社会的发展与变化，共同体的性质与特征随之产生的相应变化。从 19 世纪至今的共同体研究几乎都将共同体问题置于特定的时间背景之下进行剖析，这就意味着共同体研究具有历史意义和实践价值。尤其是面对高度分化的现代社会，如何挖掘共同体内个体的整合模式是未来的共同体研究需要解决的问题。如果说，100 多年来西方思想家对共同体的探讨和理论建构已经涉及共同体问题的诸多核心层面，那么，在当今学科分类日益精细、研究方法逐渐增多的大背景之下，不同学科与领域的共同体研究开始呈现出不断繁衍、分化和互涉的发展态势。

应当指出，近半个世纪以来，命运共同体在西方文学批评界同时引起了马克思主义文学批评家和解构主义批评家的高度关注。作为历史最久、书写最多的文学题材之一，共同体备受文学批评界的重视无疑在情理之中。英国马克思主义文学理论家雷蒙德·威廉斯（Raymond Williams, 1921-1988）在其《漫长的革命》（*The Long Revolution*, 1961）一书中对社会、阶级和共同体的性质与特征做了深刻阐述。他认为工人阶级是处于社会底层的贫困群体，"在许多人看来，工人阶级的名称仅仅是对贫穷的记忆"[1]。威廉斯明确指出，很多

1　Williams, Raymond. *The Long Revolution*. Beijing: Foreign Language Teaching and Research Press, 2019, p.381.

人并未真正理解共同体的性质，"如果我们不能采取现实主义的态度看待共同体，我们真实的生活水平将继续被扭曲"[1]。而法国著名解构主义批评家雅克·德里达（Jacques Derrida, 1930–2004）则认为，"共同体若要生存就必须培育其自身免疫性（autoimmunity），即一种甘愿破坏自我保护原则的自我毁灭机制"[2]。值得注意的是，威廉斯和德里达这两位在当代西方文学批评界举足轻重的学者对待共同体的态度存在明显差异，前者倡导"无阶级共同体"（classless community）的和谐共存，而后者则认为"每个共同体中都存在一种他称之为'自身免疫性'的自杀倾向"[3]。显然，20世纪下半叶西方批评家们对共同体态度的分歧正在不断加大。正如美国著名批评家 J. 希利斯·米勒（J. Hillis Miller, 1928–2021）所说，"这些概念互相矛盾，他们无法综合或调和"[4]。从某种意义上说，现代共同体思想在西方文学批评界的分化与20世纪西方社会动荡不安和现代主义及后现代主义文学对共同体的怀疑和解构密切相关。

综上所述，100多年来，共同体研究在理论建构方面取得了长足的发展，为当今的文学批评提供了重要的理论依据和研究思路。毋庸置疑，对文学的命运共同体表征与审美展开深入系统的研究是对历史上共同体理论建构的补充与拓展。以中国学者的视角全面考察和深刻阐释英国文学的命运共同体表征与审美接受不仅具有实践意义和学术价值，而且在理论上也必然存在较大的创造空间。

1　Williams, Raymond. *The Long Revolution*. Beijing: Foreign Language Teaching and Research Press, 2019, p.343.
2　Qtd. Derrida, Jacques. *Communities in Fiction*. J. Hillis Miller. Beijing: Foreign Language Teaching and Research Press, 2019, p.17.
3　Ibid.
4　Miller, J. Hillis. *Communities in Fiction*. Beijing: Foreign Language Teaching and Research Press, 2019, p.17.

二、英国的共同体思想与文学想象

英国长达千余年的文学历史表明，共同体思想与文学想象如影随形，密切相关。如果说英国文学充分反映了社会主体的境遇和命运，那么其丰富的文学想象始终受到历代共同体思想的影响。值得关注的是，英国作家对共同体的想象与探索几乎贯穿其社会与文学发展的全过程。早在公元前，当英伦三岛尚处于氏族社会阶段时，凯尔特族人由于血缘、土地、生产和宗教等因素生活在相互割据的部落或城邦之中。这种早期在恶劣环境中生存的氏族部落在一定程度上反映出人们互相依赖、合力生存的群体意识。雷蒙德·威廉斯认为，这种建立在血缘、家族、土地和精神关系上的"共同体相对较小，并具有一种直接感和地缘感"[1]。这便是英国共同体思想的源头。公元前55年，罗马人在尤利乌斯·恺撒（Julius Caesar, 100–44 BC）的率领下开始入侵不列颠，并于公元43年征服凯尔特人，这种原始的共同体意识也随之发展。在罗马人长达五个世纪的统治期间，不列颠人纷纷建要塞、修堡垒、筑道路、围城墙，以防异域族群和凶猛野兽的攻击，从而进一步确立了"抱团驱寒"的必要性，其实质是马克思所说的人类早期在劳动谋生过程中形成的"自然共同体"。公元5世纪中叶，居住在丹麦西部和德国西北部的盎格鲁-撒克逊人入侵不列颠，并最终成为新的统治者。从此，英国开启了历史上最早以盎格鲁-撒克逊氏族社会与文化为基础的古英语文学时代。

英国"共同体"思想在盎格鲁-撒克逊时期的社会分隔与治理

1　Qtd. Williams, Raymond. *Communities in Fiction*. J. Hillis Miller. Beijing: Foreign Language Teaching and Research Press, 2019, p.1.

中得到了进一步发展。在盎格鲁-撒克逊人的统治下，不列颠的大片土地上出现了许多大小不一的氏族部落。异邦的骚扰和侵犯不仅使部落族群常年处于焦虑和紧张气氛之中，而且还不时引发氏族部落之间的征战和倾轧。无休止的相互威胁和弱肉强食成为盎格鲁-撒克逊时期的氏族共同体挥之不去的噩梦，使其长期笼罩在命运危机的阴影之中。盎格鲁-撒克逊时期数百年的冲突轮回最终产生了七个军事实力较强、领土面积较大的王国，其中位于北方的诺森伯兰和南方的威塞克斯在政治、经济和文化方面最为发达，后者的繁荣与发展在很大程度上归功于其国王阿尔弗雷德大帝（Alfred the Great, 849-899）。经过联合、吞并和重建之后，不列颠剩下的这些部落和王国成为建立在文化、方言、习俗和生产关系之上的"氏族共同体"（tribal community），其结合机制、生产方式和价值观念与此前罗马人统治的"自然共同体"不尽相同。引人瞩目的是，自罗马人入侵到阿尔弗雷德大帝登基长达近千年的历史中，英国始终处于混乱无序、动荡不安之中。持续不断的异国入侵和部落冲突几乎贯穿了英国早期历史的全过程，从而强化了不列颠人的"命运危机"意识和加盟"共同体"的欲望。雷蒙德·威廉斯认为，历史上各类"共同体"大都具有"一种共同的身份与特征，一些相互交织的直接关系"[1]。从某种意义上说，盎格鲁-撒克逊时期的"氏族共同体"依然体现了个人需要联合他人，以集体的力量来弥补独立生存与自卫能力不足的社会特征。应当指出，作为人们互相依赖、合作谋生的社会组织，盎格鲁-撒克逊时期的"氏族共同体"在政治制度、生产方式和社会管理方面都比罗马人统治时期的部落城邦更加先进，并在一定程度上体现了人的社会

1　Qtd. Williams, Raymond. *Communities in Fiction*. J. Hillis Miller. Beijing: Foreign Language Teaching and Research Press, 2019, p.1.

性与阶级性特征。更重要的是，虽然盎格鲁-撒克逊人生活在诸多分散独立的氏族部落中，但他们似乎拥有某些共同的价值观念。除了具有相同的习俗和生产方式，他们似乎都向往大自然，崇拜英雄人物，赞美武士的勇敢和牺牲精神。由于盎格鲁-撒克逊时期的共同体人口有限、规模不大，其中的个体在宗教思想、价值观念、生产方式和精神诉求方面体现了威廉斯所说的"共同的身份与特征"。显然，部落族群的共同身份与共情能力为古英语诗歌的诞生奠定了重要基础。

在盎格鲁-撒克逊时期留下的文学遗产中，最重要、最有价值的无疑是英国文学的开山之作——《贝奥武甫》。这部令英国人引以为豪的民族史诗以古代氏族共同体为文学想象的客体，通过描写主人公为捍卫部落族群的生命财产奋力抵抗超自然恶魔的英勇事迹，深刻反映了古代族群的共同体理念，不仅为英国文学的命运共同体表征开了先河，也为历代英国作家提供了一个绵亘不绝的创作题材。"这部史诗的统领性主题是'共同体'，包括它的性质、偶然的解体和维系它的必要条件。"[1]不仅如此，以现代目光来看，这部史诗的价值与其说在于成功描写了一个惊险离奇的神话故事和令人崇敬的英雄人物，倒不如说在于反映了氏族共同体的时代困境与顽瘴痼疾：旷日持久的冲突轮回和命运危机。"这部史诗中的一个核心主题是社会秩序所遭受的威胁，包括侵犯、复仇和战争，这些都是这种英雄社会固有的且不可避免的问题，却严重地威胁着社会的生存。"[2]如果说，《贝奥武甫》生动反映了盎格鲁-撒克逊时期氏族共同体的衰亡，那么，作为人类集结相处、合力生存的场域，命运共同体从此便成为英国作家文学想象的重要题材。

1　Williamson, Craig. *Beowulf and Other Old English Poems*. Philadelphia: University of Pennsylvania Press, 2011, p.29.
2　Ibid., p.28.

在英国历史上，"诺曼征服"（Norman Conquest, 1066）标志着盎格鲁-撒克逊时代的终结和氏族共同体的衰亡，同时也引发了中世纪英国社会与文化的深刻变迁。"诺曼征服"不但开启了英国的封建时代，而且形成了新的社会制度、生产关系和意识形态，并进一步加剧了阶级矛盾和社会分裂。在近 500 年的中世纪封建体制中，英国社会逐渐划分出贵族、僧侣、骑士和平民等主要阶层，每个社会阶层都有一定的诉求，并企图维护各自的利益。封建贵族为了巩固自身的权力和统治地位，纷纷建立各自的武装和堡垒，外防侵略，内防动乱，经常为争权夺利而与异邦发生征战。构成中世纪英国封建社会统治阶级的另一股势力是各级教会。以大主教和主教为首的僧侣阶层不仅拥有大量的土地和财产，而且还得到了罗马教皇的大力支持，在法律和意识形态等重大问题上具有绝对的话语权。作为社会第三股势力的骑士阶层是一个虽依附贵族与教会却惯于我行我素的侠义群体。他们是封建制度的产物，崇尚道义、精通武术、行侠仗义，热衷于追求个人的荣誉和尊严。而处于社会最底层的是占人口绝大多数的被压迫和被剥削的平民阶层（包括相当数量的农奴）。因难以维持生计，平民百姓对统治阶级强烈不满，经常聚众反抗。始于 1337 年的英法百年战争和肆虐于 1349－1350 年的黑死病更是令平民百姓不堪其苦，从而引发了 1381 年以瓦特·泰勒（Wat Tyler, 1341－1381）为首领的大规模农民起义。总体而言，中世纪英国社会的主要特征表现为由封建主和大主教组成的统治阶级与广大平民阶级之间的矛盾。在新的历史条件下，英国人的共同体意识得到了进一步强化。封建贵族、教会僧侣、游侠骑士和劳苦大众似乎都出于维护自身利益的需要在思想上归属于各自的阶级，抱团取暖，互相协作，从而使英国社会呈现出地位悬殊、权利迥异、贫富不均和观念冲突的多元共同体结构。

　　"诺曼征服"导致的英国社群格局的蜕变对共同体思想的分化和文学创作的发展产生了直接的影响。从某种意义上说，"诺曼征服"这一事件本身并不重要，重要的是它为英国此后两三百年的意识形态、文化生活、文学创作和民族身份建构所带来的一系列变化。如果说此前异邦的多次入侵加剧了英伦三岛的战乱与割据，那么，"诺曼征服"不仅结束了英国反复遭受侵略的局面，逐步形成了由贵族、僧侣、骑士和平民构成的四大社会阶层，而且也为这片国土带来了法国习俗和欧洲文化，并使其逐渐成为欧洲文明的一部分。引人注目的是，当时英伦三岛的语言分隔对共同体思想的分化产生了显著的影响。在诺曼贵族的庄园、宫廷、法院和学校中，人们基本使用法语，教会牧师更多地使用拉丁语，而广大平民百姓则使用本土英语。三种语言并存的现象不仅加剧了社会分裂，而且不可避免地筑起了社会与文化壁垒，并导致英国各阶层共同体思想的进一步分化。当然，长达两百年之久的语言分隔现象也为文学的创作、翻译和传播提供了千载难逢的机遇。

　　在中世纪英国文学的发展过程中，社会各阶层的共同体思想分别在罗曼司（romance）、宗教文学（religious literature）和民间文学（folk literature）中得到了一定的反映。"中世纪英语文学以多种声音表达，并采用不同风格、语气和样式描写了广泛的题材"[1]，与此同时，中世纪法国文学、意大利文学以及欧洲其他国家的文学也相继在英国传播，尤其是但丁·阿利吉耶里（Dante Alighieri, 1265-1321）、弗兰齐斯科·彼特拉克（Francesco Petrarch, 1304-1374）和乔万尼·薄伽丘（Giovanni Boccaccio, 1313-1375）三位意大利人文主义作家的作品对

1　Abrams, M. H. *The Norton Anthology of English Literature*. Fourth edition. Vol. 1. New York: W. W. Norton & Company, 1979, pp.6-7.

中世纪英国文学中的人文主义和共同体思想的表征产生了积极的影响。

值得关注的是，罗曼司在反映中世纪骑士共同体方面发挥了难以替代的作用。作为以描写游侠骑士的传奇经历为主的文学体裁，罗曼司无疑是封建制度和骑士文化的产物。作品中的骑士大都出自贵族阶层，他们崇尚骑士精神（chivalry），即一种无条件地服从勇敢、荣誉、尊严、忠君和护教等信条的道德原则。骑士像贵族一样，属于中世纪英国封建社会中利益相关且拥有共同情感的上流社会群体。与盎格鲁-撒克逊时期的英雄史诗《贝奥武甫》不同的是，罗曼司中的主人公不再为民族或部落族群的利益赴汤蹈火，而是用所谓的"爱"和武器来捍卫封建制度和个人荣誉，并以此体现自身的美德和尊严。应当指出，中世纪罗曼司所反映的骑士群体既是英国历史上的"过客"，也是封建制度产生的"怪胎"，其社会角色在本质上只能算是统治阶级的附庸。事实上，罗曼司所描写的浪漫故事与传奇经历并不是骑士生活的真实写照，而是对英国骑士共同体的一种理想化虚构。

在描写骑士共同体的罗曼司中，马洛礼的散文体小说《亚瑟王之死》无疑是最具代表性和影响力的作品。《亚瑟王之死》生动塑造了英国小说的第一代人物，并开了小说中共同体书写的先河。这部作品以挽歌的情调描述了封建制度全面衰落之际骑士共同体的道德困境。整部作品在围绕亚瑟王的传奇经历、丰功伟绩和最终死亡展开叙述的同时，详尽描述了亚瑟王与以"圆桌"为象征的骑士共同体中其他成员之间的复杂关系和情感纠葛。骑士共同体中的兰斯洛特、特里斯川、高文、加兰德、帕斯威尔和佳瑞斯等人的形象与性格也描写得栩栩如生，他们的冒险、偷情和决斗等传奇经历给读者留下了深刻印象。书中既有共同体成员之间的争风吃醋和残酷杀戮的场面，也有男女之间花前月下的绵绵情意。在诗歌一枝独秀的时代，马洛礼别开生面地采用散文体来塑造封建骑士形象，获得了良好的艺术效果。应当指出，作者笔下的人物属于一个由少数游侠骑士组成的共同体。他们崇尚的行为准则和生活方式使其成为中世纪英国社会的"另类"，与普通百姓没有丝毫关系。显然，骑士共同体既是英国封建制度的代表，也是中世纪骑士文化的象征，对封建时代的上流社会具有明显的美化作用。然而，《亚瑟王之死》虽然试图歌颂骑士精神，却在字里行间暴露出诸多传奇人物的行为与骑士精神不相符合的事实。在作品中，人物原本以"忠君"或"护教"为宗旨，后来却滥杀无辜；原本主张保护女士，后来却因与他人争风吃醋而进行决斗；原本看似正直，后来却荒淫无度。此类例子可谓不胜枚举，其中不乏讽刺意义。显然，《亚瑟王之死》深刻揭示了中世纪英国骑士共同体的性质与特征，对当代读者全面了解英国历史上这一特殊社会群体具有参考价值。

同时，中世纪英国宗教文学也在社会中广为流传，为宗教共同体的形成与发展起到了推波助澜的作用。在"诺曼征服"之后的三四百年中，在地方教会和僧侣的鼓动与支持下，用法语、英语和拉丁语撰写的宗教文学作品大量出现，源源不断地进入人们的日常生活。这些作品基本摆脱了盎格鲁-撒克逊时期宗教诗歌中的多神教成分、英雄事迹和冒险题材，而是沦为教会和僧侣用以灌输宗教思想、宣扬原罪意识和禁欲主义以及教诲劝善的工具。中世纪英国的宗教文学作品种类繁多，包括神话故事、圣人传记、道德寓言、说教作品、布道、忏悔书和牧师手稿等。宗教文学在很大程度上强化了人们的赎罪意识和向往天堂的心理，助长了基督徒精神上的归属感。从某种意义上说，中世纪英国宗教文学不仅有助于巩固教会与僧侣的权威、传播基督教正统教义，而且也是各地教区大小宗教共同体（religious communities）形成与发展的催化剂。以现代目光来看，中世纪绝大多数宗教作品并无多少文学价值可言，只有《论赎罪》（*Handlyng*

Synne, 1303–1338?）、《良心的责备》（*Pricke of Conscience*, 1340?）和《珍珠》（*Pearl*, 1370?）等少数几部作品保留了下来。应当指出，虽然有组织或自发形成的各类宗教共同体唤起了人们创作和阅读宗教文学的兴趣，但中世纪英国文学的整体发展却受到了极大的限制，以至于批评界往往将英国文学的这段历史称为"停滞时代"（the age of arrest）[1]。由于人们的创作和阅读空间被铺天盖地的宗教作品所占据，英国其他文学品种的创作水平与传播范围受到限制。"读者会感受到这种停滞现象，15 世纪创作的罗曼司和 13 世纪的几乎毫无区别，两者往往分享类似的情节。"[2] 就此而言，中世纪宗教文学虽然在劝导教徒弃恶从善和激发他们的精神归属感方面起到了一定的作用，但明显缺乏原创性和美学价值。"中古英语缺乏原创性的部分原因是许多宗教和非宗教作家试图在其作品中反映中世纪基督教教义的僵化原则。"[3] 显然，中世纪宗教文学虽然在建构思想保守、观念僵化的基督教共同体过程中发挥了一定作用，但也在一定程度上影响了英国文学的创新发展。

乔叟的《坎特伯雷故事集》是中世纪英国文学的丰碑和宗教共同体书写最成功的案例。在这部故事集中，作者生动塑造了中世纪英国社会各阶层的人物形象，并巧妙地将形形色色的朝圣者描写成同时代的一个宗教共同体，充分反映了 14 世纪英法战争、黑死病和农民起义背景下的宗教气息和英国教徒的精神诉求。这部诗体故事集不仅展示了极为广阔的社会画卷，而且深刻揭示了英国封建社会宗教共同体的基本特征。在诗歌中出现的包括乔叟本人在内的 31 位前往坎特

1　Long, William J. *English Literature*. Boston: Ginn & Company, 1919, p.97.
2　Abrams, M. H. *The Norton Anthology of English Literature*. Fourth edition. Vol. 1. New York: W. W. Norton & Company, 1979, pp.7–8.
3　Ibid., p.7.

伯雷的朝圣者几乎代表了中世纪英国社会的所有阶层和职业，包括武士、乡绅、修女、牧师、商人、学者、律师、医生、水手、木匠、管家、磨坊主、自由农、手工业者、法庭差役和酒店老板等。《坎特伯雷故事集》在展示朝圣者的欢声笑语和打情骂俏情景的同时，反映了中世纪英国教会的腐败和堕落，并不时对共同体中某些神职人员的贪婪和荒淫予以鞭挞和讽刺。概括地说，《坎特伯雷故事集》在描写宗教共同体方面体现了两个显著的特征。一是人物形象的多样性。此前，英国文学作品中从未出现过如此丰富多彩的人物形象。高低贵贱、文武雅俗的人一起涌入作品，而且人人都讲故事，这无疑充分展示了中世纪英国宗教共同体形态的多元特征。二是人物形象的现实性。乔叟笔下的宗教共同体成员来自社会各个阶层，在现实生活中扮演着各自的角色。这些具有现实主义色彩的人物形象既是乔叟熟悉的，也是读者喜闻乐见的。这些形形色色的人物是中世纪英国社会的缩影，他们所讲的故事是现实生活的真实写照。总之，作为中世纪英国宗教文学的杰出范例，《坎特伯雷故事集》不仅生动描写了当时英国的宗教氛围和教徒的心理世界，而且反映了宗教共同体的结集形式与精神面貌，向读者展示了与罗曼司迥然不同的文学视角和社会场域。

此外，以社会底层尤其是被压迫农民为主的平民共同体也在中世纪英国文学中得到了一定的反映。普通大众的日常生活和精神诉求往往成为民谣和民间抒情诗等通俗文学作品的重要题材。从某种意义上说，英国平民共同体的发展与14世纪下半叶的社会动荡密切相关。日趋沉重的封建压迫、百年英法战争和肆虐横行的黑死病导致民不聊生，社会矛盾激化，从而引发了以瓦特·泰勒为首的大规模农民起义。在英国各地农民起义的影响下，平民共同体的队伍持续壮大，从而形成了英国历史上同感共情、人数最多的平民共同体。抗议封建压迫、反对残酷剥削和争取自由平等的思想情绪在当时的民谣、抒情诗和讽刺诗等通俗文学作品中得到了充分的展示。在反映平民共同体心声的作品中，有些已经步入了经典行列，其中包括约翰·高尔（John Gower, 1330?–1408）的《呼号者之声》（*Vox Clamantis*, 1382?）和民间诗人创作的《罗宾汉民谣集》（*The Ballads of Robin Hood*, 1495?）等作品。前者体现了贵族诗人高尔对农民起义军奋勇反抗封建统治的复杂态度，而后者则是匿名诗人根据历史事件采用简朴语体写成的歌谣，表达了普通百姓对农民起义的同情与支持。在反映中世纪平民共同体的生存状态和普通人的心声方面最成功的作品莫过于威廉·兰格伦（William Langland, 1332?–1400?）的《农夫皮尔斯》（*The Vision of Piers Plowman*, 1360?）。尽管这部作品因包含了说教成分而具有明显的历史局限性，但它抨击奢靡浪费和腐化堕落的行为，并倡导上帝面前人人平等和勤奋劳动最为高尚等理念，对英国中世纪以降的平民百姓具有一定的启迪作用。从某种意义上说，主人公皮尔斯既是真理的化身，也是平民共同体的代言人。由于平民共同体构成了中世纪英国通俗文学的主要读者群体，民歌、民谣和抒情诗的社会影响力也随之得到了提升。

英国文学的命运共同体表征在文艺复兴运动的催化下发生了深刻的变化。当欧洲人文主义思潮席卷英伦三岛时，各社会阶层和群体都不同程度地经受了一次思想与文化洗礼。毋庸置疑，文艺复兴是引导英国走出漫长黑暗中世纪时代的思想运动和文化变革，同时对人文主义共同体和新兴资产阶级共同体的形成起到了推波助澜的作用。随着新兴资产阶级社会地位的不断提升，绝对君主作为共同体中心的思想受到了挑战。在新的社会经济格局中，英国市民阶层逐渐形成了新的共同体伦理观念，人性中的真、善、美作为共同体道德原则的理念基本确立。应当指出，英国文学在文艺复兴时期空前繁荣在很大程度上得益于共同体思想的激励。在文艺复兴时期的共同体中，对文学想象影响最大的当属人文主义共同体。人文主义者不仅否认以"神"为中心的理念，反对封建主义、蒙昧主义和苦行禁欲思想，而且弘扬以"人"为本的世界观，充分肯定个人追求自由、财富、爱情和幸福等权利，并积极倡导个性解放和人的全面发展。威廉·莎士比亚（William Shakespeare, 1564-1616）、莫尔、汤姆斯·魏阿特（Thomas Wyatt, 1503-1542）、埃德蒙·斯宾塞（Edmund Spenser, 1552-1599）、菲利普·锡德尼（Philip Sidney, 1554-1586）和弗兰西斯·培根（Francis Bacon, 1561-1626）等人文主义作家以复兴辉煌的古希腊罗马文化为契机，采取现实主义视角观察世界，采用民族语言描写了广阔的社会图景和浓郁的生活气息。他们的作品代表了英国文艺复兴时期辉煌灿烂的文学成就，成为人文主义思想的重要载体。

英国文艺复兴时期的人文主义作家在作品中全面书写了人性的真谛，呼吁传统伦理价值与道德观念的回归，颂扬博爱精神，充分反映了人们对理想世界和美好生活的向往。显然，人文主义者的这种文学想象对促进人类社会进步具有积极作用。在莎士比亚等人的戏剧与诗歌中，对友谊、爱情、平等、自由等公认价值的肯定以及对美好未来的追求不仅体现了人文主义共同体的基本理念，而且成为日后作家大都认同和弘扬的主题思想。莎士比亚无疑是文艺复兴时期共同体表征的先行者。他在《威尼斯商人》（*The Merchant of Venice*, 1596）、《亨利四世》（*Henry IV*, 1598）、《终成眷属》（*All's Well That Ends Well*, 1602）、《李尔王》（*King Lear*, 1605）、《安东尼与克莉奥佩特拉》（*Antony and Cleopatra*, 1606）以及《科里奥兰纳斯》（*Coriolanus*, 1607）等一系列历史剧、喜剧和悲剧中不同程度地反映了共同体理念，并且生动地塑造了"王族共同体"（the community of royal families）、"封建勋爵共同体"（the community of feudal lords）、"贵族夫人共同体"（the community of aristocratic ladies）、"小丑弄人共同体"（the community of fools and clowns）和以福斯塔夫（Falstaff）为代表的"流氓无赖共同体"（the community of scoundrels）等舞台形象。如果说，莎士比亚加盟的"环球剧场"（Globe Theatre）的盛极一时和各种人文主义戏剧的轮番上演有助于共同体思想的传播，那么莫尔的《乌托邦》则是文艺复兴时期人文主义作家对未来命运共同体最具吸引力的美学再现。《乌托邦》是莫尔对当时的社会问题认真思考的结果……其思想的核心是关于财产共同体的观念。他从柏拉图和僧侣规则中找到了先例，只要还存在私有财产，就不可能进行彻底的社会改良。"[1] 从某种意义上说，文艺复兴时期的人文主义作家在生动描写错综复杂且不断变化的现实世界的同时，对命运共同体给予了充分的审美观照和丰富的文学想象。

英国文艺复兴时期另一个重要的社会群体是新兴资产阶级共同体。如果说人文主义是英国工业革命前夕资产阶级上升时期反封建、反教会的思想武器，那么新兴资产阶级就是人文主义的捍卫者和践行者。16 世纪英国宗教改革期间顽强崛起的新兴资产阶级共同体对社会发展做出了积极贡献，其思想和行动在当时具有一定的进步意义。以城市商人、店主、工厂主和手工业者为代表的新兴资产阶级在与教会展开斗争的同时，在政治和经济上支持都铎王朝，不断壮大其队伍和力量。"支持都铎王朝并从中受惠的'新人'（the new men）比15 世纪贵族家庭的生存者们更容易适应变化了的社会。"[2] 生活在英国封建社会全面解体之际的新兴资产阶级共同体崇尚勤奋工作、发家致富的理念，旨在通过资本的原始积累逐渐发展事业，提升其经济实力和政治地位，并扩大其社会影响。这无疑构成了新兴资产阶级共同体

1　Abrams, M. H. *The Norton Anthology of English Literature*. Fourth edition. Vol. 1. New York: W. W. Norton & Company, 1979, p.436.
2　Ibid., p.418.

思想的基本特征。在反映新兴资产阶级共同体的价值观念和社会作用方面，英国早期现实主义小说家们可谓功不可没。他们致力于描写当时的社会现实，将创作视线集中在以商人、工厂主和手工业者为代表的新兴资产阶级身上，其别具一格的现实主义小说题材与人物形象颠覆了传统诗人和罗曼司作家的文学想象和创作题材，在同时代的读者中引起了很大的反响。在反映新兴资产阶级共同体的作家中，最具代表性的当属托马斯·迪罗尼（Thomas Deloney, 1543?-1600?）。他创作的《纽伯雷的杰克》（*Jack of Newbury*, 1597）等小说不仅生动描写了这一社会群体的工作热情、致富心理和冒险精神，而且还真实揭示了原始资本的积累过程和资本家捞取剩余价值的手段与途径。"托马斯·迪罗尼为标志着英国纪实现实主义小说的诞生做出了贡献。"[1] 应该说，文艺复兴时期日益壮大的新兴资产阶级共同体对包括"大学才子"（the university wits）在内的一部分作家的创作思想产生了积极影响，为英国现实主义小说的诞生奠定了重要基础。

17世纪是英国的多事之秋，也是共同体思想深刻变化的时代。封建专制不断激化社会矛盾，极大地限制了资本主义的发展。资产阶级同封建王朝和天主教之间的斗争日趋激烈，导致国家陷入了残酷内战、"王政复辟"和"光荣革命"的混乱境地。与此同时，文艺复兴时期普遍认同的人文主义思想和莎士比亚等作家奠定的文学传统在动荡不安的时代面临危机。然而，引人瞩目的是，在伊丽莎白时代"快乐的英格兰"随风而逝、怡然自得之风荡然无存之际，出现了以托马斯·霍布斯（Thomas Hobbes, 1588-1679）和约翰·洛克（John Locke, 1632-1704）为代表的哲学家和思想家。他们继承人文主义传统，推进了英国哲学、社会科学研究和共同体思想的发

1　Neill, S. Diana. *A Short History of English Novel*. London: Jarrolds Publishers, 1951, p.25.

展。霍布斯肯定人的本性与诉求，强调理性与道德的作用，要求人们遵守共同的生活规则。他对英国共同体思想的最大贡献当属他的"社会契约论"（Social Contract Theory）。他以人性的视角探究国家的本质，通过逻辑推理揭示国家与个人的关系。他认为，若要社会保持和平与稳定，人们就应严格履行社会契约。如果说霍布斯的"社会契约论"为英国共同体思想提供了理论依据，那么他的美学理论也在一定程度上反映了共同体审美观念的差异性。在霍布斯看来，文学中的史诗、喜剧和歌谣三大体裁具有不同的美学价值和读者对象，分别适合宫廷贵族、城市居民和乡村百姓的审美情趣。显然，霍布斯不仅以人性的目光观察社会中的共同体，而且还借鉴理性与经验阐释人们履行社会契约的必要性，对文学作品与共同体审美接受之间的关系做了有益的探索。对17世纪英国共同体思想和文学想象产生积极影响的另一位重要哲学家是约翰·洛克。作为一名经验论和认识论哲学家，洛克在政治、经济、宗教和教育等领域都有所建树，发表过不少独特见解。像霍布斯一样，洛克在本质上也是资产阶级共同体的代言人。尽管他并不看好政治共同体在个体生活中的作用，但他批判"君权神授"观念，反对专制统治，主张有限政府，强调实行自由民主制度和社会契约的必要性。他认为，公民社会的责任是为其成员的生命、自由和财产提供保护，因为这类私人权利只能通过个人与共同体中其他成员的结合才能获得安全与保障。显然，霍布斯和洛克均强调公民的契约精神以及个人与社会的合作关系。这两位重要哲学家的出现表明，17世纪是英国共同体思想理论体系形成与发展的重要时期。

17世纪英国的社会动荡与危机激发了作家对新形势下共同体的文学想象。当时英国社会的主要矛盾表现为主张保王的国教与激进的清教之间的斗争。英国的宗教斗争错综复杂，且往往与政治斗争密切相关，因此催生了具有明显政治倾向的清教徒共同体。事实上，清教徒共同体是当时反对封建主义和宗教腐败的重要社会力量，其倡导的清教主义在一定程度上成为新兴资产阶级为自己的社会实践进行辩护的思想武器。然而，由于其思想观念的保守性和历史局限性，清教徒共同体的宗教主张与社会立场体现出两面性与矛盾性。一方面，清教运动要求清除天主教残余势力，摒弃宗教烦琐仪式，反对贵族和教会的骄奢淫逸。另一方面，清教徒宣扬原罪意识，奉行勤俭清苦的生活方式，倡导严格的禁欲主义道德，竭力反对世俗文化和娱乐活动。显然，清教主义是英国处于封建制度解体和宗教势力面临严重危机之际的产物。然而值得肯定的是，清教徒共同体对文艺复兴后期英国文学的发展具有积极的推动作用，清教主义作家对创作题材、艺术形式和人物塑造进行了有益的探索，取得了卓越的文学成就。从某种意义上说，弥尔顿和班扬两位重要作家的出现使 17 世纪英国文学的命运共同体书写跨上了一个新的台阶。

在倡导清教主义的作家中，弥尔顿无疑是最杰出的代表。面对英国政教勾结、宗教腐败和社会动荡的局势，作为文艺复兴人文主义的继承者，弥尔顿撰写了多篇言辞激昂的文章，强烈反对政教专制与腐败，极力主张政教分离和宗教改革，一再为英国百姓的权益以及离婚和出版自由等权利进行辩护。在史诗《失乐园》中，弥尔顿以言此而及彼、欲抑而实扬的笔触成功塑造了"宁在地域称王，不在天堂为臣"的叛逆者撒旦的形象。在《失乐园》中，撒旦无疑是世界上一切反对专制、挑战权威、追求平等的共同体的代言人。弥尔顿着力塑造了一位因高举自己、反叛上帝而沦为"堕落天使"的人物，在一定程度上折射出他内心的矛盾以及他对受封建专制压迫的清教徒命运的关切与忧虑。

清教徒共同体的另一位杰出代言人是"17 世纪后半叶最伟大的

散文作家"[1]班扬。在他创作的遐迩闻名的宗教寓言小说《天路历程》中，班扬假托富于象征意义的宗教故事和拟人的手法向同时代的人表明恪守道德与教规的重要性。从某种意义上说，《天路历程》的主人公基督徒是清教徒共同体的喉舌，其形象折射出两个值得关注的现象。其一，主人公在去天国寻求救赎的过程中遇到了艰难险阻，并遭受了种种磨难。这一现象表明，班扬不仅继承了英国文学中共同体困境描写的传统，而且使共同体困境主题在宗教领域得以有效地发展和繁衍。其二，与文艺复兴时期罗曼司中一味崇尚贵族风范、追求荣誉和尊严的"另类"骑士相比，《天路历程》的主人公基督徒似乎更加贴近社会现实。他虽缺乏非凡的"英雄气概"，但他关注的却是英国清教徒共同体面临的现实问题。面对当时的宗教腐败、信仰危机和人们因原罪意识而产生的烦恼与焦虑，他试图寻求解决问题的答案。毋庸置疑，作为 17 世纪最受英国读者欢迎的作品之一，《天路历程》对清教徒共同体思想的发展产生了重要影响。

在 18 世纪社会与经济快速发展的背景下，英国的共同体思想经历了深刻的变化。随着封建制度的全面解体，英国工业革命和资本主义经济步入上升期，中产阶级队伍日益壮大，海外殖民不断扩张。伏尔泰（Voltaire, 1694-1778）、孟德斯鸠（Charles-Louis de Secondat, baron de La Brède et de Montesquieu, 1689-1755）和让-雅克·卢梭（Jean-Jacques Rousseau, 1712-1778）等法国哲学家的启蒙主义思想席卷整个欧洲，也使英国民众深受启迪。与此同时，18 世纪英国经济学家亚当·斯密（Adam Smith, 1723-1790）的《国富论》（*The Wealth of Nations*, 1776）奠定了资本主义经济的理论基础，为"重商

1　阿尼克斯特：《英国文学史纲》，戴镏龄等译，北京：人民文学出版社，1980年，第 68 页。

主义"（Mercantilism）的崛起鸣锣开道。哲学家和经济学家的理论对英国共同体思想产生了重要影响，催生了启蒙主义和重商主义两大共同体。如果说英国此前的各种共同体与英雄主义、封建主义、人文主义或清教主义相联系，那么18世纪的启蒙主义共同体则以"理性"为原则，对自然、秩序以及宇宙与人的关系进行探究，其基本上是一个由追求真理、思想开放的文人学者组成的社会群体。尽管当时英国本身并未出现世界级或具有重要社会影响力的启蒙主义思想家，但他们与法国启蒙主义运动遥相呼应，倡导理性主义和民主精神，成为英国社会反封建、反教会的先行者。英国启蒙主义共同体是一个松散的且思想与主张不尽相同的社会阵营，其成员包括无神论者、唯理主义者、空想社会主义者以及启蒙主义温和派和激进派等不同派别（其本身也是大小不一的共同体）。然而，他们都不约而同地批判封建制度的全部上层建筑，宣扬民主思想，其共同目标是唤醒民众、推进社会改革以及建立资产阶级民主国家。与启蒙主义共同体形影相随的是重商主义共同体。这是一个主要以资本家、公司经理、投机商人、工厂老板和手工业者为主的社会群体，其主张的是一种基于工商业本位并以发展生产与贸易为目标的经济理念。重商主义共同体是受工业革命和启蒙思想共同影响的产物。作为当时英国流行的经济个人主义的践行者，重商主义者相信人们可以在各类经济活动中获取最大的个人利益，从而达到增进国民财富与公共利益的目的。总体而言，18世纪的启蒙主义者和重商主义者是英国工业革命时期中产阶级人生观与价值观的代言人，两者不仅同属于中产阶级群体，而且对英国当时势力庞大且地位不断上升的中产阶级共同体的整体发展起到了推动作用。

18世纪英国启蒙主义和重商主义思想的流行以及中产阶级队伍的日益壮大进一步激发了作家对共同体的文学想象。在诗歌领域，亚历山大·蒲柏（Alexander Pope, 1688－1744）和塞缪尔·约翰逊

（Samuel Johnson, 1709－1784）等人遵循理性原则，在诗歌创作中追求平衡、稳定、有序和端庄的审美表达，与启蒙主义价值观念彼此呼应、互为建构，传达出一种带有古典主义风格的乌托邦共同体想象。尽管以理性为基础的共同体想象在诗歌中占据主导地位，但文学固有的情感特质并未消失。恰恰相反，诗人对情感始终不离不弃，情感主义的暗流一直在当时的诗歌中涌动，并最终在后来的浪漫主义诗歌中达到了登峰造极的地步。

引人注目的是，启蒙主义和重商主义的流行使小说的共同体书写迎来了黄金时代。英国小说家不约而同地运用现实主义手法积极推进共同体书写。正如英国著名文学批评家伊恩·瓦特（Ian Watt, 1917－1999）所说，"人们已经将'现实主义'作为区分18世纪初小说家的作品与以往作品的基本标准"[1]。毋庸置疑，18世纪顽强崛起的小说成为英国共同体思想十分恰当和有效的载体。与诗歌和戏剧相比，小说不仅为人们在急剧变化的现实世界中的境遇和命运的美学再现提供了更大的空间，而且对各类共同体的社会地位和精神诉求给予了更加全面的观照。18世纪英国小说的共同体书写之所以取得了长足的发展，除了文学作品需要及时反映现实生活的变化及其自身肌理演进的规律之外，至少有以下两个重要原因。一是文坛人才辈出，名家云集，涌现了丹尼尔·笛福（Daniel Defoe, 1660－1731）、乔纳森·斯威夫特（Jonathan Swift, 1667－1745）、塞缪尔·理查逊（Samuel Richardson, 1689－1761）、亨利·菲尔丁（Henry Fielding, 1707－1754）和劳伦斯·斯特恩（Laurence Sterne, 1713－1768）等一批热衷于书写社会主体的境遇和命运的小说家。英国文学史上首次拥有如此强大的小说家阵营，而他们几乎都把崇尚启蒙主义和重商主义的中产阶级人物作为

1　Watt, Ian. *The Rise of the Novel*. London: Chatto & Windus, 1967, p.10.

描写对象。笛福的小说凸显了重商主义与资产阶级道德对共同体想象的塑造，斯威夫特小说中的刻薄叙事对英国社会中共同体所面临的文明弊端和人性缺陷予以辛辣的讽刺，而菲尔丁、理查逊和斯特恩的万象喜剧小说和感伤主义小说则构建了市民阶层的情感世界。18 世纪小说家通过淡化小说与现实的界限并时而与读者直接对话的表达形式，已经将读者视为对话共同体的一部分。由于当时英国社会中十分活跃的共同体及其个体的境遇和命运在小说中得到了生动的反映，小说的兴起与流行便在情理之中。导致英国小说的共同体书写步伐加快的另一个原因是英国中产阶级读者群的迅速扩大。由于 18 世纪上半叶从事各行各业的中产阶级人数激增，教育更加普及，中产阶级的文化素养显著提高，小说在中产阶级读者群中的需求不断上升，而这恰恰激发了小说家对启蒙主义和重商主义共同体的文学想象。"在诸多导致小说在英国比在其他地方更早及更彻底地突破的原因中，18 世纪阅读群体的变化无疑是至关重要的。"[1] 显然，上述两个原因不仅与中产阶级队伍的发展壮大密切相关，而且对小说中共同体的表现形式和审美接受也产生了一定的影响。总之，在 18 世纪启蒙主义和重商主义思想的影响下，英国的共同体形塑在日益走红的长篇小说中得到了充分的展示，作家对共同体的文学想象也随之达到了相当自信与成熟的境地。

19 世纪，英国共同体思想在浪漫主义思潮、文化批评、宪章运动和民族身份重塑的背景下呈现出多元发展的态势。随着工业革命和资本主义经济的快速发展和海外殖民的不断扩张，英国哲学家、批评家和文学家们对资本主义社会的本质展开了新的探索。正如我们不能对 19 世纪的英国社会简单明确地下一个定义那样，我们也不能将当

1　Watt, Ian. *The Rise of the Novel*. London: Chatto & Windus, 1967, p.35.

时英国的共同体思想简单地视为一个统一体。19 世纪英国社会各界对共同体的话题表现出浓厚的兴趣，并进行了广泛的讨论。约翰·罗斯金（John Ruskin, 1819－1900）、托马斯·卡莱尔（Thomas Carlyle, 1795－1881）、威廉·莫里斯（William Morris, 1834－1896）和马修·阿诺德（Matthew Arnold, 1822－1888）等著名作家分别从哲学、美学和文化批评视角对共同体做了有益的探索。在他们看来，封建社会留下的等级制度、资本主义社会的财富观念、生活方式以及充满文化因子的公共空间无时不在社会主体中构筑壁垒，从而催生了形形色色的共同体。事实上，19 世纪英国上层建筑和意识形态的变化成为共同体演化的重要推动力，而英国文化观念的变化和差异则使共同体的类型更加细化。人们不难发现，维多利亚时代人们识别共同体的标签无处不在，例如家庭、职业、社交圈、生活方式、衣着打扮或兴趣爱好，甚至品什么酒、喝什么咖啡、读什么报纸或听什么音乐等，所有这些都可能成为识别个人共同体属性的标签。显然，英国社会的文化多元、价值多元和利益多元的态势不仅推动了共同体思想的现代化与多元化进程，而且也在一定程度上加快了民族文化身份的建构，使各种共同体的"英国性"（Englishness）特征日趋明显。在经济发展、文化流变和观念更新的大背景下，经过诸多具有洞见卓识的文人学者从哲学、文学和文化层面的探索与论证，19 世纪英国共同体思想建构的步伐日益加快。

19 世纪也是英国共同体的文学想象和美学表征空前活跃的时代。在文坛上，威廉·华兹华斯（William Wordsworth, 1770－1850）和乔治·戈登·拜伦（George Gordon Byron, 1788－1824）、珀西·比希·雪莱（Percy Bysshe Shelley, 1792－1822）和约翰·济慈（John Keats, 1795－1821）等浪漫主义诗人以及简·奥斯汀（Jane Austen, 1775－1817）、查尔斯·狄更斯（Charles Dickens, 1812－1870）、夏洛

蒂·勃朗特（Charlotte Brontë, 1816–1855）、乔治·爱略特（George Eliot, 1819–1880）和托马斯·哈代（Thomas Hardy, 1840–1928）等现实主义小说家都对共同体进行了生动的美学再现。尽管这些作家的社会立场与价值观念不尽相同，其创作经历与审美取向更是千差万别，但他们都对社会主体的境遇和命运表现出深切的忧虑，不约而同地将形形色色和大小不一的共同体作为文学表征的对象。从表面上看，维多利亚时代处于工业与经济发展的繁荣期，但隐藏在社会内部的阶级冲突与结构性矛盾使传统秩序和文化观念遭受巨大挑战。英国作家对现实社会大都体现出矛盾心理。"也许最具代表性的是阿尔弗雷德·丁尼生（Alfred Tennyson, 1809–1892），他偶尔表现出赞扬工业社会变化的能力，但更多的时候他觉得在工商业方面的领先发展是以人类的幸福为巨大代价的。"[1]而莫里斯对英国的社会现状更是心怀不满："他对死气沉沉的现代工业世界越来越感到不满，到晚年时他确信需要开展一次政治革命，使人类恢复到工作值得欣赏的状态，在他看来工人受剥削在维多利亚时代的英国十分普遍。"[2]此外，维多利亚时代晚期至爱德华时代的奥斯卡·王尔德（Oscar Wilde, 1854–1900）和萧伯纳（George Bernard Shaw, 1856–1950）等剧作家也向观众展示了工业化空前发展和城市消费文化日益流行的社会中的阶级矛盾和传统价值观念的消解。就总体而言，19世纪英国文学不仅反映了各种社会问题，而且表达了深刻的共同体焦虑，其描写的重点是乡村共同体、阶级共同体、女性共同体和帝国命运共同体等。总之，19世纪是英国共同体思想分化的时代，也是共同体书写空前活跃的时代。

1　Abrams, M. H. *The Norton Anthology of English Literature*. Third edition. Vol. 2. New York: W. W. Norton & Company, 1974, p.876.
2　Ibid., p.1501.

19 世纪初英国浪漫主义思潮的风起云涌成为诗人在大自然的怀抱中探索人类命运共同体的催化剂。作为一种反对古典主义和唯理主义、崇尚自然与生态、强调人的主观精神与个性自由的文学思潮，浪漫主义诗学无疑在抒发情感、追求理想境界方面与人们向往命运共同体的情结不谋而合。无论是以讴歌湖光山色为主的"湖畔派"诗人，还是朝气蓬勃、富有反叛精神的年轻一代诗人，都对工业社会中社会主体的困境表现出高度的关注，并对理想的世界注入了丰富的情感与艺术灵感。华兹华斯在一首题为《这个世界令人难以容忍》（"The World Is Too Much with Us"，1807）的十四行诗中明确表示，英国社会已经混乱无序，腐败不堪。在他看来，精神家园与自然景观的和谐共存是建构理想共同体的重要基础，人的出路就是到大自然中去寻找乐趣与安宁。在遐迩闻名的《抒情歌谣集》（*Lyrical Ballads*, 1798）中，华兹华斯以英国乡村的风土人情和家园生活为背景，从耕夫、村姑和牧羊人等农民身上摄取创作素材，采用自然淳朴的语言揭示了资本主义社会中最欠缺的勤劳、真诚、朴实以及人道主义和博爱精神，充分反映了诗人对乡村共同体的褒扬。无独有偶，同样崇尚大自然的拜伦、雪莱和济慈等年轻一代浪漫主义诗人也在诗歌中不同程度地表达了对命运共同体的文学想象。他们崇尚民主思想与个性自由，支持法国革命和民族解放运动，通过诗歌美学形塑了一系列令人向往的理想共同体。拜伦的不少诗歌谴责政府专制与腐败，赞扬为争取工作权利反对机器取代工人的"卢德运动"（Luddite Movement），起到了批判资本主义、针砭时事、声援无产阶级共同体的积极作用。同样，拜伦的好友雪莱也在《麦布女王》（*Queen Mab*, 1813）、《伊斯兰的反叛》（*The Revolt of Islam*, 1818）和《阿童尼》（*Adonais*, 1821）等著名诗歌中对反资本主义制度的空想社会主义者、革命者和诗人等不同类型的共同体进行了深入探索，充分反映了其文学想象力与社会责任感。而三位诗人中最年轻的济慈则通过生动的美学再现，将田园风光与自然力量提升至崇高的精神境界，为其注入丰富的神话意蕴与文化内涵，以此激发读者的民族身份认同感，建构不列颠民族共同体。显然，与"湖畔派"诗人相比，浪漫主义年轻一代诗人无疑表现出更加积极的人生态度和远大的人类理想。

　　如果说19世纪浪漫主义诗人大都将美妙的自然景观作为共同体想象的重要基础，那么现实主义小说家则将社会生活中摄取的素材视为其共同体形塑的可靠资源。自19世纪30年代起，英国资本主义工业家基本取代了土地贵族的统治地位，而资产阶级的胜利则使其成为国家经济和政治的核心力量。随着贫富差距的不断扩大，社会阶层进一步分化，阶级矛盾日趋尖锐。英国各阶层的社会身份与地位的差别很大，其民族文化心理与精神诉求更是大相径庭，因此英国小说家的共同体思想往往蕴含了对平民百姓强烈的同情心，体现出明显的批判现实主义倾向。尽管从奥斯汀到哈代的19世纪英国小说家们的共同体思想不能被简单地视为一个统一体，但其小说体现出日趋强烈的命运意识和共同体理念却是一个不争的事实。奥斯汀通过描写一个村庄几个家庭的人际关系、财富观念以及对婚姻与爱情的态度揭示了社会转型期乡村共同体在传统道德观念与世俗偏见影响下对幸福问题的困惑。狄更斯"以极其生动的笔触记录了变化中的英国"[1]，对英国城市中的社会问题和底层市民共同体的关注超过了同时代的几乎所有作家。勃朗特深刻反映了19世纪英国女性的不良境遇、觉醒意识和对自由平等的热切追求，成为书写女性命运共同体的杰出典范。爱略特通过对家庭和家乡生活的描写揭示了呵护血缘关系和亲情对乡村共同体的重要性，其笔下人物的心理困惑与悲惨命运在一定程度上反映了

1　Leavis, F. R. *Lectures in America.* London: Chatto & Windus, 1969, p.8.

作者对外部世界的无序性和对共同体前途的忧虑。如果说这种忧虑在狄更斯等人的小说中也是显而易见的，那么在哈代的小说中则完全成为浓郁的悲剧底色了。

20世纪咄咄逼人的机械文明和惨绝人寰的两次世界大战使整个西方社会陷入极度混乱的境地，英国共同体思想建构也随之步入困境。在政治、哲学、宗教和道德等领域的秩序全面解体之际，笼罩着整个西方世界的绝望感和末世感在英国文坛产生了共鸣，从而使共同体思想不仅面临了前所未有的质疑，而且不时遭遇解构主义的冲击。在西方文化与道德面临严重危机的大背景下，19世纪诗歌中曾经流露出的共同体焦虑在20世纪的诗歌中得到更加充分的展示，其表征形式更为激进，更具颠覆性。事实上，在西方文明全面衰落的大背景下，英国的诗歌、小说和戏剧中的共同体表征体现出空前绝后、异乎寻常的形式革新。叶芝（W. B. Yeats, 1865–1939）的民族主义诗歌、意象派的实验主义诗歌以及爱略特的碎片化象征主义诗歌均不同程度地反映了诗人对现代西方社会共同体的忧思、解构或嘲讽。在小说领域，亨利·詹姆斯（Henry James，1843–1916）和约瑟夫·康拉德（Joseph Conrad, 1857–1924）通过描写人物在海外的坎坷经历展示了笼罩着共同体的西方文明与道德衰落的阴影。在现代主义思潮风起云涌之际，崇尚"美学英雄主义"（Aesthetic Heroism）的詹姆斯·乔伊斯（James Joyce, 1882–1941）、弗吉尼亚·伍尔夫（Virginia Woolf, 1882–1941）和D. H. 劳伦斯（D. H. Lawrence，1885–1930）等小说家义无反顾地反映现代人的精神危机，深刻揭示个体心灵孤独的本质，追求表现病态自我，从而进一步加深了个体与共同体之间的鸿沟。然而，现代主义作家并未放弃对共同体的观照。如果说乔伊斯在《尤利西斯》（Ulysses, 1922）中深刻反映了笼罩在"道德瘫痪"（moral paralysis）阴影下的都柏林中产阶级共同体的道德困境，那么伍尔夫在《海浪》（*The Waves*, 1931）中成功描写了青年群体在混乱无序的人生海洋中的悲观意识和身份认同危机。总之，现代派作家不约而同地致力于异化时代"反英雄"共同体的书写，深刻反映了第一次世界大战以后英国的社会动荡和精神危机。20 世纪下半叶，塞缪尔·贝克特（Samuel Beckett, 1906-1989）的荒诞派戏剧充分展示了现代人的精神孤独，深刻揭示了个体的绝望和共同体的消解。同时，哈罗德·品特（Harold Pinter, 1930-2008）等剧作家也纷纷揭示了战后英国的阶级矛盾和日趋严重的共同体困境。20 世纪末，在后现代主义的喧嚣之后，融合了各种文学思潮的新现实主义作品以其特有的艺术形式对共同体展开了新的探索。与此同时，V. S. 奈保尔（V. S. Naipaul, 1932-2018）等英联邦移民作家纷纷对族裔共同体、民族共同体和世界主义共同体给予了丰富的文学想象。就总体而言，受到战争爆发、机械文明压抑和传统价值观念崩塌等因素的影响，20 世纪的英国文学不仅体现了浓郁的悲观主义色彩，而且在美学形式上对各类共同体进行了不同程度的质疑与解构。

21 世纪初，英国文学的共同体想象虽然在全球化、逆全球化和多元文化主义进程中拥有了更加广阔的空间，但其题材和形式却不时受到全球百年未有之大变局的影响。一方面，恐怖主义、新殖民主义、民粹主义、英国脱欧、环境污染、气候变化和资本霸权等问题的叠加干扰了作家对共同体的认知和审美。另一方面，新媒体、高科技、元宇宙和人工智能在连接现实世界与虚拟世界的同时，映射出全新的数字空间与人际关系，从而进一步拓展了文学对共同体的想象空间。以石黑一雄（Kazuo Ishiguro, 1954- ）为代表的作家着力表现了克隆人共同体、人机共同体、身体命运共同体和"乌托邦"精神家园等题材，深刻反映了当下日新月异的高科技、人工智能和数字生活给人类伦理观念与未来社会带来的变化与挑战。此外，21 世纪的英国文学往往超越现实主义与实验主义之间的对立，不仅关注本国共同体的境遇和嬗变，而且也着眼于全球文明与生态面临的挑战，反映全球化语境中的共同体困境。总之，21世纪英国文学反映的前所未有的题材与主题对深入探讨人类命运共同体的构建具有重要参考价值。

综上所述，自盎格鲁-撒克逊时代起，英国的共同体思想与文学想象形影相随，关系密切，对英国文学的历史沿革起到了重要的推动作用。在英国的千年文学史上，共同体思想持续演进，其内涵不断深化，影响了历代作家的创作理念和美学选择，催生了一次次文学浪潮和一部部传世佳作。无论是在工业化、城市化和现代化步伐日益加快的进程中，还是在全球化、信息化、智能化和数字化突飞猛进的时代里，英国文学的命运共同体表征不仅一以贯之、绵亘不绝，而且呈现出类型不断繁衍、内涵日益丰富和书写方式日趋多元的发展态势。时至今日，英国作家对命运共同体美学再现的作品与日俱增，生动反映了大到世界、国家和民族，小到村镇、街区、社团和家族等社会群体的境遇和命运。英国共同体思想的演进及其审美观念的变化将不断为我们深入研究其表征和审美双维度场式的历史、社会与文化成因等深层次问题提供丰富的资源。

三、英国文学中命运共同体的审美研究

在全球化（亦有逆全球化）和多元文化主义进程日益加快的世界格局中，以一个具有连贯传统和典型意义的国别文学为研究对象，深入探讨其命运共同体书写是对共同体理论的拓展，也是对文学批评实践性的发扬。今天，英国文学中"命运共同体"的文学想象与审美接受已经成为国内外文学批评界的热门话题。作为英国文学史上繁衍最久、书写最多、内涵最丰富的题材之一，共同体书写备受批评界关注

无疑在情理之中。概括地说，英国文学中命运共同体的审美研究已经成为当今国内外文学批评界的"显学"，其意义主要体现在以下三个方面。

（一）英国是一个在历史、文化、经济和政治等领域都颇具特色和影响力的西方国家，其作家对"命运共同体"1 000多年的书写与其国内的社会现实乃至世界的风云变幻密切相关。就此而言，英国文学为人们提供了一个历史悠久的共同体书写传统。这一传统对发生在英国本土及海外的社会、政治、经济和文化变局以及受其影响的各种共同体做出了及时的反应，产生了大量耐人寻味、发人深省的文学案例，对我们深入了解英国乃至整个西方世界各种命运共同体的兴衰成败具有一定的现实意义和参考价值。

（二）迄今为止，对共同体的研究主要出现在哲学、政治学和社会学领域，其研究对象与参照群体往往并非取自堪称"人学"的文学领域。在当今全球化（亦有逆全球化）和多元文化主义背景下，对文学的命运共同体表征与审美双向互动关系的深入研究无疑有助于拓展以往共同体研究的理论范畴。以宽广的社会语境和人文视野来考察命运共同体书写与审美过程中的一系列重要因素将对过去以哲学、政治学和社会学为主的共同体研究加以补充，对大量文学案例的剖析能引发人们思考在当代日趋复杂的世界格局中构建命运共同体的有效途径。

（三）我国对外国文学中命运共同体表征与审美的研究起步不久，而这种研究在当下"构建人类命运共同体"理念不断深入人心的背景下显得尤为迫切，是对国家发展战略和重大理论问题的有益探索。深入探讨不同时期英国文学中受"命运"意识支配的各种共同体的性质与特征及其美学再现的社会意义，将为我国"构建人类命运共同体"的倡议提供有价值的文学阐释和有针对性的学术视角。

　　无论是在哲学、政治学、社会学，还是在人类学领域，国外100多年的共同体研究虽然路径和方法大相径庭，但是它们对共同体形成了一套外延不尽相同、而内涵却较为相近的解释。共同体研究兴趣本身便是应世界变化和历史演进而生。工业化、现代化和全球化（亦有逆全球化）所带来的生产力发展和城乡关系的变化，使传统的社会秩序和价值观念不断受到冲击，社会向心力的缺失成为社会学家和作家共同关心的话题，他们试图从各个层面辨析出或大或小、或具体或抽象的共同体形态，试图寻找加强共同体联结纽带的良方。由于共同体的审美研究本质上要面对的是社群的共同情感和集体意识，它天然具有宏观向度，并在历时与共时两个维度都与"命运"这一具有宏观要旨的话题密切相关。

　　毋庸置疑，源远流长和体量巨大的英国文学为我们全面系统地研究共同体提供了极为丰富的文学资源。对具有世界影响力的英国文学在不同历史语境中的共同体书写展开深入研究，既符合英国文学创作与批评的发展逻辑，也有助于人们从其纷繁复杂的文学案例中探索社会主体的境遇和命运，厘清共同体形塑与崩解的社会成因。应当指出，注重文内与文外的勾连，平衡文本分析与历史考据，在现象研究的基础上建构文学表征视阈下的共同体批评理论与学术范式具有重要的现实意义。"构建人类命运共同体"理念是一种具有原创性的构想，它一方面回应了当下人类社会高度分化但社会责任却无法由传统共同体有效承担的形势，另一方面也是对马克思主义共同体构想的发展。笔者认为，中国学者在开展英国文学中命运共同体的审美研究时应认真做好以下五个方面的工作。

　　（一）中国学者从事英国文学中命运共同体的审美研究须肩负破题之责。我们不但要对命运共同体做出正确的释义和界定，而且还应阐释命运共同体与英国文学之间的关系，深入探讨英国历史上发生的一系列社会、政治、经济和宗教领域的重大变化以及民族文化心理的共情意识对共同体书写发展的影响，科学分析历代英国作家对共同体做出的种种反思与形塑。同时，我们也应关注英国文学中的共同体在道德伦理的建构、价值观念的塑造和审美范式的生成方面所发挥的重要作用。

（二）中国学者应全面了解共同体知识谱系，积极参与共同体学术体系的建构，充分体现学术自信和理论自信。我们既要正确理解西方文化传统和价值体系中的"命运观"，也要认真把握西方传统文化视阈下"命运观"的内在逻辑。尽管其发展脉络与东方传统中的"命运观"有相似之处，但其词源学上的生发过程蕴含了许多不同的指涉。西方传统中"命运"一词的词源有其具象的指代，它发源于古希腊神话中执掌人类命运的三位女神，其神话指代过程包含了一整套宇宙演化观，凸显了"命运"与必然、本质、责任和前途的关系。西方传统文化视阈下的"命运观"对历代英国作家的共同体文学想象无疑具有渲染作用，因而对英国文学中命运共同体的审美研究具有一定的参考价值。

（三）中国学者在开展英国文学中命运共同体的审美研究时还应仔细考量英国思想传统中的经验主义和保守主义。由于受该思想传统的影响，英国人在较早的历史阶段就因为对普遍利益不抱希望而形成了以反复协商、相互妥协为社会变化主要推动方式的工作机制，更以《大宪章》（*Great Charter*, 1215）和议会的诞生为最显著的标志。在现实的社会生活中，英国人深受保守主义观念的影响，主张在维护传统的主基调上推动渐进式的改变，缓和社会矛盾，以此维护共同体的秩序。显然，英国文学中命运共同体的审美研究既要关注保守主义与经验主义的影响，又要揭示文学的批判功能和伦理建构意图，也要探讨社会现实的美学再现和有关共同体的构想。

（四）英国文学中命运共同体的审美研究应凸显问题意识，我们应该认真思考并解答一系列深层次的问题。例如，英国文学在演进过程中回应和观照了社会中或大或小的共同体所面对的哪些必然因果、重大责任、本质关切和共同前途？文学的命运共同体想象和批判与现实之间具有怎样的联系、差异、张力和悖反？在这一过程中，社会群体所认同的道德伦理是如何建构的？其共情的纽带又落脚于何处？所有这些以及其他各种深层次问题都将纳入其审美研究的范畴。为回应命运共同体所包蕴的必然、本质、责任、前途等重要内涵，审美研究还应围绕"文学-思想传统""文学-资本主义""文学-殖民帝国"和"文学-保守主义文化"等在英国历史和文学书写中具有强大影响力和推动力的维度，对英国文学中的命运共同体展开深度理论阐释。

（五）中国学者在开展英国文学中命运共同体的审美研究时需要采取跨学科视角。尽管命运共同体研究如今已成为我国文学批评界的一门"显学"，但其跨学科研究却并未引起学者应有的重视，而高质量的学术成果也相对较少。跨学科研究是文学批评在专业化和多元化进程中的新路径，也是拓展文学批评范畴、深度挖掘文本潜在内容的有效方式。事实上，命运共同体研究可以从其内部和外部两条路径展开。内部路径探讨共同体的性质、特征、诉求、存续方式和美学再现，而外部路径则研究共同体形成的历史背景、社会现实、文化语境以及与其相关的政治、经济、哲学、宗教、医学、伦理学、心理学等社会科学和自然科学因素。跨学科研究的一个重要任务是建立两条路径之间的阐释通道，发掘共同体表征背后的文学意义、历史作用、意识形态和价值取向，成为一种探讨共同体思想、形式和特征的有效路径。跨学科研究能极大程度地发挥文学研究的社会功能，使文学批评在关注"小文本"中共同体形塑的美学价值时，有效地构建促进人类社会发展的"大文学"话语体系。

迄今为止，在英国文学的命运共同体研究领域，国外最重要的相关成果当属英国批评家威廉斯的《漫长的革命》和《乡村与城市》（*The Country and the City*, 1973）以及美国批评家米勒的《小说中的共同体》（*Communities in Fiction*, 2015）。毫无疑问，他们是目前在文学中的命运共同体研究方面最具影响力的批评家。在《漫长的革命》中，威廉斯论述了小说主人公在反映共同体方面的重要作用。他充分肯定了乔伊斯在《尤利西斯》中深刻反映中产阶级共同体精神世界的意识流技巧："乔伊斯在《尤利西斯》中展示出这种技巧的卓越优势，他不是通过一个人物而是三个人物的视角来反映世界……事实上，这三个世界构成了同一个世界。"[1] 在《乡村与城市》中，威廉斯对英国文学中的乡村与城市的共同体形态及其社会困境做了论述。他认为，英国浪漫主义作家笔下田园牧歌般的乡村生活只是一种虚构的、理想化的现代神话，英国的乡村与城市在本质上均是资本主义唯利是图与弱肉强食之地，毫无共同利益与价值可言。米勒也是在文学中命运共同体的研究方面最具影响力的批评家之一。在其《小说中的共同体》一书中，米勒在呼应威廉斯的共同体思想时明确指出，"在威廉斯看来，自18世纪以来英国历史的主要特征是资本主义的逐渐上升及其对乡村共同体生活的破坏"[2]。同时，米勒深入探讨了英国作家安东尼·特罗洛普（Anthony Trollope, 1815–1882）、哈代、康拉德和伍尔夫等作家的小说所蕴含的共同体意识，深刻揭示了他们在共同体表征方面的共性与差异。米勒认为，"如何看待个体性和主体间性的本质，基本

1　Williams, Raymond. *The Long Revolution*. Beijing: Foreign Language Teaching and Research Press, 2019, pp.327–328.
2　Miller, J. Hillis. *Communities in Fiction*. Beijing: Foreign Language Teaching and Research Press, 2019, p.3.

上决定着一个人对共同体的看法……这部或那部小说是否表现了一个'真正的共同体'构成了这种关于共同体的复杂且经常矛盾的思维传统的前提"[1]。毋庸置疑，威廉斯和米勒等批评家的研究对文学中共同体的审美研究具有重要参考价值。

近十年，随着"构建人类命运共同体"理念的广泛接受与传播，我国学者对外国文学中的共同体研究也产生了浓厚的兴趣。尽管我们对这一话题的研究起步较晚，且涉及的作家与作品较为零散，但还是出现了一些高质量的文章，体现了中国学者的独特见解，其中殷企平教授的研究独具特色。他就维多利亚时代小说和浪漫主义诗歌中的"幸福伦理"与"共同体形塑"等问题撰写了多篇具有独创见地的论文，对多位19世纪作家的共同体书写做了深刻剖析。引人注目的是，近几年我国学者对外国文学中共同体书写的学术兴趣倍增，纷纷对世界各国文学作品中的命运共同体展开了全方位、多视角的探析。与此同时，国家、教育部和各省市社科基金立项名单中关于共同体研究的课题屡见不鲜，而研究共同体的学术论著更是层出不穷。种种现象表明，文学中命运共同体的审美研究正在成为我国外国文学批评界的热门话题。然而，我们应该明白，文学中的命运共同体在本质上是某种虚构的文学世界，与现实世界和人类历史进程中的共同体不能混为一谈。它所反映的是在特定历史语境中作家对过去、当下或未来某种共同体的深切关注与文学想象。因此，文学中共同体的审美研究必须深度引入具有各种创作理念、审美取向和价值观念的作家所生活的时代与社会，包括特定的历史语境、意识形态、文化观念以及地理环境等外在于文本的因素，同时还应考量文本中命运共同体的审美接受与各

1　Miller, J. Hillis. *Communities in Fiction*. Beijing: Foreign Language Teaching and Research Press, 2019, p.17.

种外在于文本的因素之间的双向互动关系。

综上所述，国内外文学批评界对命运共同体的审美研究取得了长足的发展，为共同体学术话语体系的进一步建构与发展奠定了重要基础。就《英国文学的命运共同体表征与审美研究》这一项目而言，研究对象从以往哲学、政治学、社会学和人类学视阈下的共同体转向了文学作品中命运共同体的书写与审美。这种学术转型要求我们不断加强学习，注重学术创新，不断提升研究能力。笔者希望，在学者们的执着追求与通力合作下，我国对英国文学中命运共同体的审美研究将前所未有地接近国际学术前沿，并且为文学的共同体批评话语建构做出积极贡献。

《英国文学的命运共同体表征与审美研究》是 2019 年国家社科基金重大项目（编号：19ZDA293），包括《理论卷》《诗歌卷》《小说卷》《戏剧卷》和《文献卷》五个子项目。全国 20 余所高校和研究机构的 30 余位专家学者参加了本项目的研究工作。多年来，他们崇尚学术、刻苦钻研，不仅体现了中国学者的独特见解与理论自信，而且表现出令人钦佩的专业素养与合作精神。本项目的研究工作自始至终得到我国外国文学批评界同行的关心与帮助。上海外语教育出版社孙玉社长、谢宇副总编、孙静主任、岳永红主任、刘华初主任以及多位编辑对本套丛书的出版全力支持、尽心尽责，请容笔者在此一并致谢。由于英国文学典籍浩瀚，加之我国的共同体研究起步不久，书中难免存在误解和疏漏之处，敬请学界同仁谅解。

李维屏

于上海外国语大学

2022 年 10 月

《文献卷》总序

　　《英国文学的命运共同体表征与审美研究　文献卷》（下文简称《文献卷》）是一套西方共同体文论与文学批评译丛。这套译丛共有著作七种，主要译自英、美、德、法、西等国学者的共同体著述，是多语种团队协作翻译的成果。本套译丛以文学学科为中心，以其他学科为支撑，重点选择欧美学术界，尤其是文学研究界的共同体著述，通过学术导论或译序的方式对相关著作进行译介与研究。从著作类型来看，其中两种是共同体理论著作，分别是杰拉德·德兰蒂的《共同体》（第三版）与安东尼·保罗·科恩的《共同体的象征性建构》；另外五种是文学学者的共同体批评著作，分别是 J. 希利斯·米勒的《小说中的共同体》、赛琳·吉约的《文学能为共同体做什么？》、雷米·阿斯特吕克主编的《重访共同体》、玛戈·布林克与西尔维亚·普里奇主编的《文学中的共同体——文学-政治介入的现实性》、杰拉尔多·罗德里格斯–萨拉斯等人主编的《共同体与现代主义主体新论》。下面对这七种著作及相关背景略做介绍，以便读者对这套丛书有一个基本的了解。

一

西方共同体学术传统源远流长，最早可以追溯到亚里士多德（Aristotle, 384-322 BC）。他在《政治学》（*The Politics*，约 350 BC）一书中所探讨的"城邦"（polis）可以看作共同体思想的雏形。从中世纪奥古斯丁（Saint Aurelius Augustinus, 354-430）的友爱观到 17、18 世纪托马斯·霍布斯（Thomas Hobbes, 1588-1679）、约翰·洛克（John Locke, 1632-1704）、让-雅克·卢梭（Jean-Jacques Rousseau, 1712-1778）等人的社会契约论，其中都包含着一定的共同体意识。此后，19 世纪的卡尔·马克思（Karl Marx, 1818-1883）、伊曼努尔·康德（Immanuel Kant, 1724-1804）、G. W. F. 黑格尔（G. W. F. Hegel, 1770-1831）、埃米尔·涂尔干（Émile Durkheim, 1858-1917）、斐迪南·滕尼斯（Ferdinand Tönnies, 1855-1936）等思想家对共同体均有论述。20 世纪更是不乏专门探讨。国内译介早、引用多的共同体著述是德国社会学家滕尼斯的《共同体与社会》（*Gemeinschaft und Gesellschaft*, 1887）与爱尔兰裔政治学家本尼迪克特·安德森（Benedict Anderson, 1936-2015）的《想象的共同体》（*Imagined Communities*, 1983）。此外，齐格蒙特·鲍曼（Zygmunt Bauman, 1925-2017）的《共同体：在一个不确定的世界中寻找安全》（*Community: Seeking Safety in an Insecure World*, 2001）、让-吕克·南希（Jean-Luc Nancy, 1940-2021）的《不运作的共同体》（*La Communauté désœuvrée*, 1986）、莫里斯·布朗肖（Maurice Blanchot, 1907-2003）的《不可言明的共同体》（*La Communauté inavouable*, 1983）、吉奥

乔·阿甘本（Giorgio Agamben, 1942– ）的《即将到来的共同体》（*La comunità che viene*, 1990）等理论名作也都被翻译成中文，在中国学界引起越来越多的关注。

鉴于上述译介现状，本套译丛选择了尚未被译介的两本英国学者的共同体理论著作：一本是英国社会学家杰拉德·德兰蒂（Gerard Delanty, 1960– ）的《共同体》（第三版）（*Community*, Third Edition, 2018），另一本是英国人类学家安东尼·保罗·科恩（Anthony Paul Cohen, 1946– ）的《共同体的象征性建构》（*The Symbolic Construction of Community*, 1985）。在西方学术传统中，英国学者的共同体思想，从霍布斯和洛克古典哲学中的共同体意识到20世纪社会学家鲍曼与文学批评家威廉斯的共同体理念，一直占有重要的一席之地。因此，将德兰蒂与科恩的共同体著作译为中文，对于了解英国的共同体思想传承、探讨英国文学中的共同体审美表征以及促进当代中英共同体思想交流，无疑具有一定的理论价值与现实意义。

在《共同体》（第三版）中，德兰蒂提出了以归属感和共享感为核心的"沟通共同体"（communication community）思想，代表了英国学术界对共同体理论的最新贡献。德兰蒂考探了"共同体"概念的起源与流变，描绘出共同体思想在西方的发展脉络图，相对完整地梳理了自亚里士多德以来西方理论家们的众多学说，其中所涉及的很多共同体概念和类型，如阈限共同体、关怀共同体、歧见共同体、否定共同体、断裂共同体、邪恶共同体、流散共同体、跨国共同体、邻里共同体等概念和思想尚未引起中国学界的足够重视。德兰蒂按照传统、现代、后现代、21世纪等四个不同的时间段剖析共同体的基本性质，但着重考察的是当代共同体的本质特征。德兰蒂指出，当代共同体的流行可以看作对全球化带来的归属感危机的回应，而当代共同体的构建是一种以新型归属感为核心的沟通共同体。在他看来，共同体理念尽管存在各种争议，但之所以能引起广泛关注，是因为共同体与现代社会不安全的背景下人们对归属感的追寻密切相关。而共同体理念之所以具有永久的魅力，无疑源自人们对归属感、共同感以及地方（place）的强烈渴望。

德兰蒂的共同体思想与英国社会学家鲍曼的共同体思想一脉相承。鲍曼将共同体视作一个温馨的地方，一个温暖而又舒适的场所，一个内部成员之间"能够互相依靠对方"的空间场域。鲍曼认为，当代共同体主义者所追求的共同体即是在一个不安全环境下人们所想象和向往的安全感、和谐感与信任感，从而延续了他在其他著述中对现代性与全球化的反思与批判。追根溯源，鲍曼、威廉斯、德兰蒂等英国学者所继承和认同的是滕尼斯的共同体思想，即充满生机的有机共同体的概念。尽管在后现代或全球化的语境下，他们的理论取向与价值维度各有不同，但是他们的共同体思想无一不是建立在归属感或共同纽带基础之上，并将共同体界定为一种社会现象，因而具有实在性或现实性的存在特征，"场所""空间""归属""身份""共同性""沟通"等构成了共同体的核心内涵。正如德兰蒂所说，他强调共同体作为一种话语的沟通本质，是一种关于归属的体验形式……共同体既不是一种社会交融的形式，也不是一种意义形式，而是被理解为一个关于归属的开放式的沟通系统。

科恩的《共同体的象征性建构》进入译介视野，是因为其共同体理念代表了20世纪下半叶西方共同体研究的另一条学术路径。它与安德森《想象的共同体》均出版于20世纪80年代，被视作共同体研究新方法的肇始。19世纪的滕尼斯以及后来众多理论家们大多将共同体看作以共同纽带为基础、具有社会实践性的有机体。与他们不同的是，安德森、科恩等人主要将共同体视为想象、认知或象征性建构的产物。中国学界对安德森的"想象共同体"早已耳熟能详，但是对

科恩的"象征性共同体"（symbolic community）仍知之甚少，因此将
《共同体的象征性建构》译入，有助于中国学界进一步了解西方共同
体理论建构的另一个重要维度。

科恩的学术贡献不在于对归属感或共享感的论述，而在于探讨共
同体如何在自我与他者的互动关系中通过边界意识和象征符号建构出
来。在科恩看来，共同体不是纯粹的制度性或现实性的存在，而是具
有象征性（符号性）和建构性的想象空间。科恩从文化建构主义的角
度来看待共同体的界定，试图揭示同一共同体的成员如何以象征符号
的方式确立共同体的边界，如何运用象征符号来维系共同的身份、价
值、意义以及心理认同。科恩把共同体看作一个文化场域，认为它一
方面拥有复杂的象征符号系统，其意义和价值是建构性的，但另一方
面对象征符号的认知也是具有差异性的。换言之，不同的成员既有相
同或共通的认同感、归属感，但同时也会存在想象性、虚幻性的误
区，甚至其认同感与归属感还会出现本质性的差异。科恩指出，与其
说符号在表达意义，不如说符号赋予我们创造意义的能力。因此，象
征与符号具有消除差异性并促进共同体建构的积极意义。

科恩的象征性共同体不同于滕尼斯的有机共同体，也不同于
德兰蒂的沟通共同体。科恩主要受到了英国人类学家维克多·特纳
（Victor Turner, 1920−1983）象征人类学理论的影响。科恩与特纳都被
批评界视作"象征性共同体"的重要代表人物。特纳将共同体理解为
某种"交融"（communitas）状态，强调共同体是存在于一切社会中
的特殊社会关系，而不是某种仅仅局限于固定不变、具有明确空间范
畴的社会群体。特纳认为，"交融"不仅表达了特定社会的本质，而
且还具有认知和象征的作用。而科恩对共同体边界的论述，为"交
融"提供了与特纳不同的阐释。科恩共同体思想的优点在于将共同体
视作一种开放的文化阐释体系，认为符号是需要阐释的文化形式，从

而避免了简化论，但是他过于强调共同体的象征性维度，因此也忽视了共同体建构中的其他重要因素。

德兰蒂与科恩的共同体思想及其社会学、政治哲学、文化人类学等理论视角对于文论研究与文学批评的意义和价值是毋庸置疑的。无论是德兰蒂的归属感、共有感、沟通共同体，还是科恩的象征共同体以及对边界意识与符号认知的重视，不仅可以拓宽国内共同体研究的视野和范围，也可以为共同体的文学表征与审美研究提供新视角、新材料。尽管近年来国内有学者反对"场外征用"，即反对在文学研究中征用其他学科理论，但正如英国批评家特里·伊格尔顿（Terry Eagleton, 1943－ ）所说，根本不存在一个仅仅来源于文学且只适用于文学的文学理论。换言之，不存在一个"纯粹"的与其他学科知识了无关涉的文学理论，希望"纯粹地进行文学研究"是不可能的。更何况德兰蒂在论述共同体时所探讨的乌托邦性、"美好生活"等概念，科恩所阐述的象征符号、自我与他者关系等，都与文学研究中的很多学术命题直接相关。因此，对于国内共同体文论研究与文学批评而言，这两本著作的汉译显然是有一定的借鉴意义与学术价值的。

二

随着当代共同体理论研究的兴起，西方批评界对共同体在文学中的表征与审美研究已取得不少成果，如英国文学批评家雷蒙德·威廉斯（Raymond Williams, 1921－1988）的《乡村与城市》（*The Country and the City*, 1973）、《关键词》（*Keywords*, 1976），美国文学批评家 J. 希利斯·米勒（J. Hillis Miller, 1928－2021）的《共同体的焚毁》（*The Conflagration of Community*, 2011）、《小说中的共同体》（*Communities in Fiction*, 2015）等。威廉斯的共同体思想在中国学界影响较大，他的两部著作都有中译本问世，其中《关键词》已出了第二版。米勒与中国学界交往密切，他的很多名作也已被翻译成中文，包括《共同体的焚毁》。本套译丛选择国内关注不多的《小说中的共同体》，可以让中国学界对米勒的共同体思想以及共同体理论在批评实践中的具体运用窥斑知豹。下面对威廉斯与米勒两位文学批评家的共同体思想做简要梳理。

在《关键词》中，威廉斯继承滕尼斯的共同体思想，认为"共同体"体现了共同的身份与特征，具有共同的习惯、记忆以及共同的生活方式。他还特别强调共同体内部的情感纽带与共同关怀以及共同体成员之间的亲近、合作与和谐关系。威廉斯主要从历史语义学和文化批评的角度对"共同体"概念进行了考辨与分析。《关键词》虽然不是专门的文学批评著作，但是它在国内的引用率与学术影响远超其文学批评著作《乡村与城市》。在《乡村与城市》中，威廉斯探讨了文学中的"共同体"问题，分析了19世纪英国小说对共同体危机的再现，批判了资本主义生产方式对乡村共同体的摧毁。威廉斯在具体的作品分析时提出了"可知共同体"（knowable community）的概念，与早期著作中关于"共同文化"的理想以及对"共同体"的追寻有一脉相承之处。

美国学者米勒也是一位长期关注共同体问题的文学批评家。他一生共出版学术著作30多种，其中《共同体的焚毁》与《小说中的共同体》是两本以"共同体"命名的文学论著。在《共同体的焚毁》中，米勒解读了几部重要的犹太人大屠杀小说，认为"纳粹在欧洲实施大屠杀意在摧毁或极大地削弱当地或更大范围内的犹太人共同体"。在《小说中的共同体》中，米勒则是从共同体的角度研究了西方六部（篇）小说，探讨这些作品所描写的社会群体能否成为共同体，以及沟通能力与叙事手段在共同体形塑过程中的重要性。与威廉斯不同的是，米勒在两种著作中都对西方共同体理论做出了评述和回应，其中论及南希、雅克·德里达（Jacques Derrida, 1930-2004）、布朗肖、威廉斯以及马丁·海德格尔（Martin Heidegger, 1889-1976）等人的共同体思想。例如，在《共同体的焚毁》第一章"共同体理论"中，米勒对比了南希与华莱士·史蒂文斯（Wallace Stevens, 1879-1955）所代表的两种不同的共同体理念：一种是南希提出的现代世界对"共同体崩解、错位和焚毁的见证"，另一种是史蒂文斯在诗歌中对"隔绝的、原生的共同体生活"的颂扬。米勒将共同体哲学与共同体的审美表征并置讨论，但是其主导意图在于借用共同体的理论视角来评析弗兰兹·卡夫卡（Franz Kafka, 1883-1924）、托马斯·肯尼利（Thomas Keneally, 1935- ）、伊恩·麦克尤恩（Ian McEwan, 1948- ）、托妮·莫里森（Toni Morrison，1931-2019）等人的小说。米勒似乎并不完全认同共同体的崩溃或"不运作"的观点，并在对具体作品解读分析时赋予共同体历史性的内涵，认为大屠杀小说中的共同体走向分崩离析，反倒说明共同体历史存在的可能性。这一批评思路比较契合威廉斯的思想，即共同体曾经或依然以一种古老的方式存在着。

如果将滕尼斯、鲍曼、威廉斯一脉的共同体理论称作人文主义思想传统，那么以南希、布朗肖、德里达等法国学者为代表的共同体理论则代表了当代否定主义或解构主义共同体思潮。米勒作为曾经的美式"解构主义四学者"成员，似乎游走在这两类共同体思想之间。在《小说中的共同体》一书中，米勒对比分析了两种针锋相对的共同体立场，一个是威廉斯对共同体及其积极意义的肯定与赞美立场，另一个是海德格尔对共同体的批判立场以及阿甘本、布朗肖、阿方索·林吉斯（Alphonso Lingis, 1933- ）、德里达等当代思想家对共同体的怀疑立场。米勒习惯性地在著作开头对各家共同体观点进行梳理，如海德格尔的"共在"（Mitsein）思想、南希不运作的共同体，阿甘本与林吉斯的杂乱或毫无共同点的共同体、布朗肖不可言明的共同体、德里达自我毁灭的自身免疫共同体，但是对六部（篇）小说的分析并不拘泥于任何一家理论或学说，也没有将文学文本以外的共同体理论生搬硬套在对小说的分析中。米勒的文学批评更多探讨这些小说对不同社会群体的再现以及这些群体能否构成真正的共同体，从而回应当代理论家们关于共同体是否存在或者是否可能的论说，其中浸润着英美批评界源远流长的人文主义思想传统。正如译者陈广兴所言，米勒在本书中研究不同小说中的共同体，而他所说的"共同体"就是常识意义上的共同体，即基本上能够相互理解、和谐共处的人构成的群体。不过，米勒的共同体理念一方面所表达的是他面对当代美国现实的一种个人信念，即对威廉斯"友好亲密"共同体的亲近与信仰，但另一方面，因为受到当代法国共同体理论的影响，他也不无焦虑地流露出对当代共同体的某种隐忧。他表示希望自己能够相信威廉斯无阶级的共同体，但害怕真正的共同体更像德里达描述的具有自我毁灭的自身免疫特性的共同体。

米勒这两种著作的独特之处在于梳理各家共同体理论之后，通过具体作家作品分析，深入探讨了共同体的审美表征或美学再现。因此，从文学批评的角度来看，米勒的共同体研究明显不同于威廉斯的共同体研究。威廉斯在《关键词》中的研究更多着眼于文化层面，是关键词研究方法的典型代表，具有鲜明的文论色彩。《乡村与城市》则探讨了文艺复兴至 20 世纪英国文学中乡村与城市意象的流变及其文化内涵，其中所论述的"可知共同体"与"情感结构"（structure of feeling）在文学研究领域影响深远，但共同体只是这部名作的重要命题之一，而不是主导或核心命题。与之不同的是，米勒的《共同体的焚毁》基于西奥多·阿多诺（Theodor Adorno, 1903－1969）关于奥斯维辛文学表征的伦理困境展开论述，虽然研究的是大屠杀文学（Holocaust Literature），但"共同体"作为主导命题贯穿他对六位作家批评解读的始终。其姊妹篇《小说中的共同体》择取六部（篇）小说，从16世纪米格尔·德·塞万提斯·萨维德拉（Miguel de Cervantes Saavedra, 1547－1616）到现代英国作家安东尼·特罗洛普（Anthony Trollope, 1815－1882）、托马斯·哈代（Thomas Hardy, 1840－1928）、约瑟夫·康拉德（Joseph Conrad, 1857－1924)、弗吉尼亚·伍尔夫（Virginia Woolf, 1882－1941），再到当代美国作家托马斯·品钦（Thomas Pynchon, 1937－　），横贯现实主义、现代主义、后现代主义三个历史时期，但其中所论所评无一不是围绕小说中特定空间场域中的特定社会群体展开。米勒结合理论界对于共同体概念的不同界定与认识，就每一部小说所描写的特定社群以及社群关系提出不同的共同体命题，如特罗洛普笔下的维多利亚共同体、《还乡》（The Return of the Native，1878）中的乡村共同体、《诺斯托罗莫》（Nostromo, 1904）中的殖民（非）共同体、《海浪》（The Waves, 1931）中的同一阶层共同体、品钦和塞万提斯的自身免疫共同体，并探讨不同共同体的内涵特质及其审美表征方式。因此，这六部（篇）小说或许可以称为"共同体小说"。换言之，对于文学研究来说，米勒研究的启示意义不仅在于如何以修辞性阅读方法探讨共同体的文学表征问题，而且也在于文学场域之外的共同体理论如何用于文学批评实践，甚至有可能促使文学研究者思考是否存在"共同体小说"这一文类的可能性。

三

《文献卷》第一批五种著作中，除了上述三种英语著作外，还包括法国学者赛琳·吉约（Céline Guillot）的《文学能为共同体做什么？》(*Inventer un peuple qui manque: que peut la littérature pour la communauté?*, 2013)、德国学者玛戈·布林克（Margot Brink）与西尔维亚·普里奇（Sylvia Pritsch）主编的《文学中的共同体——文学-政治介入的现实性》(*Gemeinschaft in der Literatur: Zur Aktualität poetisch-politischer Interventionen*, 2013)。与威廉斯、米勒等人所探讨的共同体审美表征略有不同的是，法、德学者对共同体的研究侧重于文学与共同体的关系。吉约在著作的标题中直接提出其主导命题，即"文学能为共同体做什么"，并探析文学或诗歌对于呈现"缺席的共同体"的诗学意义。两位德国学者在著作的导论中也提出类似问题，即"共同体遇到文学时会发生什么""文学与文学写作如何构建共同体"，并试图探讨文学与共同体的共振和互动关系。

从西方共同体理论的起源与流变来看，文学领域的共同体研究必然是跨学科、跨语种、跨文化的学术探讨。文学研究中的共同体命题既内在于文学作品的审美表征中，也与文学之外的政治学、社会学、哲学、宗教学等学科中的共同体命题息息相关。细读法国学者吉约的论著《文学能为共同体做什么？》，不难发现其文学批评的跨学科性与包容性表现出与威廉斯、米勒等英美学者并不相同的学术气质。这其中的主要原因可能在于法国文学的精神特质毕竟不同于英美文学的精神特质，也在于当代法国学者的共同体理论别具一格，特色鲜明。值得注意的是，英美学界在论述共同体命题时常常倚重以法国为代表的欧洲大陆共同体思想。例如，米勒用德里达自我毁灭的自身免疫共同体来影射当代美国社会，甚至还将南希的"共同体的焚毁"作为书名，法国学者的共同体思想对英美学界的影响可见一斑。

吉约主要依托欧陆思想家乔治·巴塔耶（Georges Bataille, 1897—1962）、布朗肖、南希、阿甘本、汉娜·阿伦特（Hannah Arendt, 1906—1975）等人的共同体理论，极少引用英美学者的共同体著述。吉约在

第一章探讨"内在主义"导致共同体传统模式失败与共同性的本质性缺失时,纵横勾连,不仅对比引述了意大利思想家阿甘本的"即将到来的共同体"模式与德国思想家阿伦特的"公共空间"概念,还从布朗肖的"非实在化"共同体引出法国思想家巴塔耶关于献祭概念与共同体实现之间的跨学科思考。吉约最后以布朗肖的《亚米拿达》(*Aminadab*, 1942)、《至高者》(*Le Très-Haut*, 1949)、《田园牧歌》(*L'Idylle*, 1936)等多部文学作品为论述中心,探讨共同体政治与共同体诗学相互关联但并不重合的复杂关系。

吉约文学研究的跨学科性在第二章四个场景的探讨中体现得更加充分。场景一"无神学"讨论巴塔耶与布朗肖,场景二"世界末日"讨论亨利·米肖(Henri Michaux, 1899–1984)与布朗肖,场景三"任意之人"讨论米肖与阿甘本,场景四"拉斯科"讨论布朗肖和勒内·夏尔(René Char, 1907–1988)。巴塔耶与布朗肖既是著名思想家,又是著名文学家与文学批评家;阿甘本是意大利哲学家与美学教授;布朗肖、米肖、夏尔又都是法国战后文学的杰出代表。吉约的论述纵横驰骋于这些思想家、哲学家与文学家的著作与思想中,尤其是对米肖与夏尔诗歌创作的细致分析,试图从法国式"否定的共同体"角度建构某种"共同体的诗学",探讨法国文学作品对"共同体的缺席"的艺术思考,从而追寻共同体的根源并深刻思考通过文学重构人类共同体的可能性。正如吉约所说,通过上述四个标志性场景的展示,旨在"呈现文学如何担负否定性以及联结的缺失",即"如何在一种共同体诗学中担负'缺席的共同体'",同时也"展现文学在其与宗教(无神学)、与历史(世界末日)、与个体(任意之人)、与作品(拉斯科)的关系中,如何重拾并追问共同体的根源,并在歪曲的象征与鲜活的形象中,赋予某种'如一'(comm-un)的事物以形象,来重新组织起共同体"。

在第三章也是本书最后一章"孕育中的共同体"中，吉约以米肖、夏尔两位法国诗人的作品为论述中心，分析主体、他者、友谊、死亡等与共同体密不可分的主题，揭示诗歌对于建构人类共同体的诗学意义。布朗肖曾在文学批评著作《不可言明的共同体》中以法国作家玛格丽特·杜拉斯（Marguerite Duras, 1914–1996）的小说《死亡的疾病》（*La Maladie de la mort*, 1982）为中心，探讨了以伦理和爱为中心的"情人的共同体"概念，而吉约在这一章论述诗学共同体，在一定程度上呼应了布朗肖的论述。尤其是在分析文学写作与共同体关系时，她提出的"共同体诗学"与布朗肖的"书文共同体主义"有异曲同工之效。如果说米勒在《小说中的共同体》中隐含了"共同体小说"的可能性，那么吉约承续了布朗肖、南希、德里达等人的共同体思想衣钵，探讨了 20 世纪上半叶因为世界大战、极权主义等导致"共同体失落"之后"文学共同体"存在的可能性及其存在方式。中国学界对巴塔耶、布朗肖、南希、德里达等人的共同体思想关注较多，吉约这本书的出版将有助于国内读者进一步了解法国文学批评界的共同体研究动态。

德国学者布林克与普里奇主编的《文学中的共同体——文学–政治介入的现实性》是一部文学批评文集，收录了 19 篇学术论文与导论文章《文学中的共同体：语境与视角》。这部文集是德国奥斯纳布吕克大学一次跨学科研讨会的成果。德国存在着一个历史悠久的共同体思想传统，尤其是 19 世纪马克思、黑格尔、康德、滕尼斯等人的共同体思想影响深远。进入 20 世纪后，由于国家社会主义对共同体的挪用导致共同体社会实践遭遇重大挫折，共同体概念在德语区，尤其是德语文学与文化研究领域一直不受重视，甚至遭到排斥。20 世纪80 年代，西方学术界对社群主义与自由主义的论辩引发了欧美政治学、哲学、社会学领域内对共同体探讨的热潮，在全球化影响不断加深、传统共同体逐渐解体的背景下，德国批评界举办了这次重要的共同体跨学科研讨会。此次会议旨在从德语和罗曼语族文学、文化研究以及哲学角度探讨文学审美中的共同体命题。此次会议的召开也充分表明德国文学批评界开始对共同体问题给予关注和重视。

在导论中，两位德国学者充分肯定了共同体研究的当下意义与价值。在他们看来，共同体是一个在日常与政治社会话语中具有当下意义的术语。它不是中性的或纯描述性的，而是一个高度异质性、意识形态性、具有规范性与情感负载的概念，也总是体现着政治伦理内涵。他们还借用荷兰学者米克·巴尔（Mieke Bal，1946– ）的观点，将共同体视作一个"旅行概念"，认为它在不同时代、不同学科、不同文化和不同社会环境中不断迁徙。编者以德、英、法三种语言中的"共同体"（Gemeinschaft, community, communauté）概念为基础，试图说明其多向度、跨学科的旅行轨迹，佐证其意义与内涵的差异性和变化性以及共同体主题探讨的多种可能性。两位学者认为，在文化上，[共同体]是在法国、德国、加勒比地区、拉丁美洲和美国的文学与理论间旅行，也是在具有特定跨文化背景作家如加缪、庞特或罗曼语族文化圈作家的创作间旅行；历时地看，是自古代至后现代的文本间的旅行，相关的重点集中在现代性上；在跨学科方面，论集中的共同体概念是在日耳曼学研究、罗曼语族研究、哲学和社会学之间迁徙；在理论上，它已进入与其他概念如团结、革命、颠覆、新部落主义、共同生活知识、集体身份或网络形成的多层面张力和共振关系中。

两位学者还指出，概念与理论的不同迁移运动产生了四个不同的共同体主题范畴，即特殊性与共同体、危机与共同体、媒介共同体以及共同体的文学-政治。文集按照这四个共同体问题范畴，将18篇论文分为四组，按照时间顺序编排，为文学共同体研究中的不同学术命题提供了一个相对清晰的时间结构框架，由此覆盖了 19 世纪浪漫主义文学以及众多现当代德国、法国、拉丁美洲等国家或地区的文学。在每一个主题范畴内，研究者所探讨的学术命题各不相同，如第一组论文涉及 19 世纪德国浪漫主义文学中的个体与共同体关系、同质化的民族共同体、共同体免疫逻辑问题以及法国作家阿尔贝·加缪（Albert Camus, 1913–1960）的"反共同体"观等；第二组论文探讨共同体主义与社会危机之间的联系；第三组论文考察共同体与特定媒介表达之间的相互作用；第四组论文讨论文学共同体建构中的政治与伦理责任。

这部文集中的 18 篇论文以德语文学和法语文学为主要研究对象，在理论上呼应了德国、法国共同体思想传统，并将法语文学及其理论体系中深厚的共同体传统与 20 世纪德国共同体研究受挫的状态进行了对比。两位德国学者在对法国共同体理论家，尤其是后结构主义思想家表达足够敬意的同时，并不排斥英、美、意以及德国本土的共同体理论。文集中的德国学者一方面从后结构主义/后现代主义的角度研究德法文学中的共同体命题，同时也将文学看作文化的存储库，甚至是文化记忆的组成部分，视之为共同体反思与共同体知识建构的核心媒介和重要形式。他们发出呼吁，曾经被德国文学研究界一度忽视的共同体概念或命题"不能简单地束之高阁，被别的术语或新词所替代"。文集中的德国学者对文学共同体命题的探讨，容纳了 20 世纪 90 年代以来西方学术界对集体身份、文化记忆、异质性、延异性、新部落主义、网络、多元性、独一性等相关问题的探讨，揭示了德法文学中的共同体表征与审美形式以及共同体概念从哲学、政治学、社会学等领域迁徙至德国文学批评与美学中的独特面相。

此外，从两位德国学者的批评文集及其所引文献来看，德语区关于共同体的研究并不少见，而是多有建树。然而，除了滕尼斯的《共同体与社会》外，其他共同体著述在国内的译介寥寥无几。例如，赫尔穆特·普莱斯纳（Helmuth Plessner, 1892–1985）于 1924 年出版的《共同体的边界》（*Grenzen der Gemeinschaft*）立足于哲学人类学视阈，在继承滕尼斯"共同体"思想传统的基础上，探讨了 20 世纪早期德国激进主义共同体实践运动，赋予了共同体理论图式不同的价值内涵。这本著作迟至 2022 年 8 月才被译成汉语。又如，德国学者拉斯·格滕巴赫（Lars Gertenbach）等人的《共同体理论》（*Theorien der Gemeinschaft zur Einführung*, 2010）是文集中不少学者频繁引用的一部当代名作，但中国学界几无关注。这部著作在探讨现代共同体思想时，清晰地勾勒出两条共同体理论发展脉络：一条脉络是早期浪漫派对共同体及其形式的思考与设想，民族国家对共同体理念的推进，早期社会主义和共产主义运动对共同体理念的实践，以及 20 世纪种族主义/法西斯主义对共同体理念的破坏；另一条线索是当代西方社群主义对共同体理念的维护以及后结构主义/解构主义对共同体概念的消解与重构。因此，这部文集的翻译出版，可以让国内读者在了解英、美、法三国共同体理论与文学批评外，能对德国理论界和批评界的共同体研究有一个简明、直观的认识。

四

《文献卷》原计划完成一套包容性强的多语种共同体丛书。然而，列入版权购买计划的俄国学者叶莲娜·彼得罗夫斯卡娅（Елена Петровская）的《匿名的共同体》（*Безымянные сообщества*, 2012）、德国学者罗伯特·明德（Robert Minder）的《德法文学中的共同体本质》（*Das Wesen der Gemeinschaft in der deutschen und in der französischen Literatur*, 1953）、日本学者大冈信的《昭和时代诗歌中的命运共同体》

（昭和詩史：運命共同体を読む，2005）与菅香子的《共同体的形式：意象与人的存在》（共同体のかたち：イメージと人々の存在をめぐって，2017），因为版权联络不畅，最后不得不放弃。第二次版权购买时，拟增补四种共同体文献，但出于同样的原因，仅获得以下两种著作的版权，即雷米·阿斯特吕克（Rémi Astruc）主编的《重访共同体》（*La Communauté revisitée*, 2015）与杰拉尔多·罗德里格斯−萨拉斯（Gerardo Rodríguez-Salas）等人主编的《共同体与现代主义主体新论》（*New Perspectives on Community and the Modernist Subject*, 2018）。目前，前五种文献即将付梓，但后两种文献的翻译工作才刚刚开始。下面对这两本著作做简略介绍。

《重访共同体》是巴黎塞纳大学法语文学与比较文学教授阿斯特吕克主编的法语论文集，分为共同体理论、多样性的共同体实践以及法语共同体三个部分，共收录共同体研究论文10篇，以及一篇共同体学术访谈。这本著作的"重访"主要基于法国批评家南希的共同体理念，即共同体问题是我们这个时代的根本问题，与我们的人性密切相关，并试图探讨全球化背景下人类社会的最新状况与共同体之间的复杂关系。第一部分三篇文章，包括阿斯特吕克本人的文章，侧重理论探讨，主要对南希的共同体理论做出回应或反拨。阿斯特吕克并不完全赞同南希的"否定的共同体"思想，认为共同体先于集体，是一股"自然"存在于异质性社会中的积极力量。另外两篇文章分别讨论否定共同体、共同体与忧郁等问题，在法国后结构主义之后对共同体理论做出重新审视。第二部分三篇文章讨论音乐、艺术、网络写作等对共同体的建构作用，揭示当下人类社会多样化的共同体实践所具有的理论价值和意义。第三部分四篇文章探析法语文学和法语作家在形塑"法语共同体"方面所发挥的重要作用，并将非洲法语文学、西印度群岛法语文学纳入考察范围，不仅凸显了文学与写作对于共同体构建的意义，也特别强调同一语言对于共同体的表达与形塑的媒介作用。作为曾经的"世界语言"，法语自 20 世纪以来不断衰落，法国学者对"法语共同体"的追寻试图重拾法语的荣光，似乎要重回安德森所说的"由神圣语言结合起来的古典的共同体"。他们将法语视作殖民与被殖民历史的共同表征媒介，其中不乏对欧洲殖民主义历史的批判与反思，但也不免残留着对法兰西帝国主义的某种怀旧或留恋。《重访共同体》的译介将有助于国内学界更多地了解法语文学批评中的共同体研究状况，也希望能引起国内学者对全球法语文学共同体研究的兴趣。

与《重访共同体》一样，西班牙学者罗德里格斯-萨拉斯等人主编的《共同体与现代主义主体新论》也是一本学术文集。文集除了导论外，共收录学术论文 13 篇。文章作者大多是西班牙学者，其中也有美国、法国、克罗地亚学者。这本文集主要从共同体的角度重新审视 20 世纪英美现代主义小说中的主体性问题，试图揭示现代主义个体与共同体之间的辩证关系。20 世纪英美学界普遍认为，"向内转"（inward turn）是现代主义文学创作的根本特征。很多学者借用现代心理学、精神分析学等批评视角，探讨现代主义文学对内在现实（inner reality）或自我内在性（interiority）的表征。近 20 年兴起的"新现代主义研究"（New Modernist Studies）采用离心式或扩张式的批评方法，从性别、阶级、种族、民族等不同角度探讨现代主义文学，体现了现代主义研究的全球性、跨国性与跨学科的重要转变。然而这本文集则是对当下"新现代主义研究"的反拨，旨在"重新审视传统现代主义认识中的核心概念之一——个体"。但本书研究者并不是向传统现代主义研究倒退，而是立足于西方个人主义与社群主义大论争的学术背景，准确抓住了现代主义文学研究中的核心问题，即个体与社群的关系问题。在他们看来，传统现代主义研究大多只关注共同体解体后的个体状况，经常将自我与现实、自我与社会完全对立起来，却忽视了小说人物对替代性社群纽带的内在追寻。著作者们主要运用当代后结构主义共同体理论视角，就现代主义个体与共同体的关系问题提出了很多独到的见解。

米勒在《小说中的共同体》中说，如何看待个体性和主体间性的本质，基本上决定着一个人对共同体的看法。从这本文集的导论来看，学者们主要依托南希和布朗肖对运作共同体与不运作共同体的区分，探寻现代主义小说叙事中的内在动力，即现代主义作家们一方面在表征内在自我的同时背离了现实主义小说对传统共同体的再现，另一方面也没有完全陷入孤独、自闭、疏离、自我异化等主体性困境，而是以直接或间接的方式探寻其他共同体建构的可能性。在该书编者看来，现代主义叙事大多建立在有机、传统和本质主义共同体与不稳定性、间歇性和非一致性共同体之间的张力之上。该书的副标题"独一性、敞开性、有限性"即来自南希"不运作的共同体"（又译"无用的共同体"）理论中的三个关键词。三位主编以及其他作者借用南希、布朗肖、阿甘本、罗伯托·埃斯波西托（Roberto Esposito，1950-）、德里达等当代学者的理论，从后结构主义共同体的批评角度对现代主义主体重新定义，就经典现代主义作家，如亨利·詹姆斯（Henry James, 1843-1916）、康拉德、詹姆斯·乔伊斯（James Joyce，1882-1941）、伍尔夫、威廉·福克纳（William Faulkner, 1897-1962）等，以及部分现代主义之后的作家，如萨缪尔·贝克特（Samuel Beckett, 1906-1989）、詹姆斯·鲍德温（James Baldwin, 1924-1987）等，进行了新解读，提出了很多新观点。这本文集既是对"新现代主义研究"的纠偏或反拨，也是对传统现代主义研究的补论与深化。这本文集的翻译与出版对于国内现代主义共同体表征研究不无启发意义。

五

《文献卷》共有著作七种，其中六种出版于近 10 年内，而过去 10 年也是国内文学批评界对共同体问题高度关注的 10 年。因此，这套译丛的出版对于批评界研究文学中的共同体表征，探讨文学与共同体的双向互动关系，以及文学视阈下的共同体释读与阐发，无疑能起到积极的作用。将西方最新共同体研究成果译入中国，还可以直接呼应当代中国推动人类命运共同体构建的价值共识，也有助于当代中国马克思主义批评视角下的共同体研究。

《文献卷》七种著作得以顺利问世，首先应当感谢所有译者。没有他们的敬业精神与专业水准，在极短的版权合同期限内完成译稿是不可能做到的。其次，这是一套多语种译丛，原作的筛选与择取非一二人之力可以完成，尤其是非英语语种共同体批评著作的梳理，若非该语种专业人士，实难进行。这其中凝聚了很多人的汗水和劳动，在此衷心感谢！他们是上海外国语大学德语系谢建文教授及其弟子、南京大学法语系曹丹红教授、上海交通大学外国语学院吴攸副教授、上海外国语大学日本文化经济学院高洁教授、上海外国语大学文学研究院助理研究员张煦博士。

最后，特别鸣谢上海外语教育出版社孙玉社长、谢宇副总编、版权部刘华初主任、学术部孙静主任、多语部岳永红主任，以及编辑苗杨、陈懋、奚玲燕、任倬群等。没有他们的支持与热心帮助，《文献卷》的问世是不可想象的。

张和龙　执笔

查明建　审订

于上海外国语大学

2022 年 10 月

译者序

　　说起"共同体"，不知怎的首先想到的是巴别塔（Tower of Babel）的故事。这个源自《圣经》的故事讲述了人类不同语言的起源。按照巴别塔的说法，人类最初讲的是同一种语言，后来在大洪水之后，他们从东方来到了示拿（Shinar，即巴比伦），并决定建造一座可以通天的高塔。见此情形，上帝将人类驱散到世界各地，并让他们讲不同的语言，彼此无法沟通。之所以想到巴别塔的故事，是因为这个故事让人想到了神性与人性之间的边界，想到了一元与多元的发展，想到了从单一家庭向不同家庭、不同语言、不同民族、不同地区的衍变。在巴别塔的故事中，人类很担心被流散到世界各地，因此想通过建造通天塔来证明自己。"巴别"（Babel）原意为"神之门"（Gate of God），但在巴别塔的故事里，它衍变成了"混乱"。在这个故事里，人类的意图是要团结一致，而这与神性要求将人类迁徙世界各地、填满地球的主张相互矛盾。上帝如此做的原因是害怕人类各个种族和各种语言的统一会使人类变得异常强大，带来意想不到的后果。人性的觉醒和语言的混乱由此开启了人类文明的第一步，不同的语言和不同的领土伴随着人类的发展，同与异始终伴随着人类，成为人类思考和力图超越的一个目标。

共同体的讨论和巴别塔的故事有着诸多对应之处。共同体（community）最初的含义就是"共同""普遍"。后来，共同体词义发生了衍变。在《关键词：文化与社会的词汇》（*Keywords: A Vocabulary of Culture and Society*，1976）一书里，雷蒙德·威廉斯（Raymond Williams，1921-1988）罗列了共同体的四种特征：（一）平民百姓，有别于那些有地位的人（14 至 17 世纪）；（二）一个政府或者是有组织的社会——在后来的用法里，指的是较小型的（14 世纪起）；（三）一个地区的人民（18 世纪起）；（四）拥有共同事物的特质。[1] 但是实际情形要比威廉斯罗列的要复杂得多。乔治·希勒里（George A. Hillery，1927-）在《共同体的定义：协议的范围》一文里指出，community 一词有 94 种含义[2]。到了 20 世纪末和进入 21 世纪之后，随着人类社会面临的困境日益增多，对共同体的追求和争议也日益显现，大体反映了在日益混乱的局面下，人类的反思和探索，表达了人类在乱中求变、共同应对灾难的渴望。这方面代表性的论著包括齐格蒙特·鲍曼（Zygmunt Bauman，1925-2017）的《共同体：在一个不确定的世界中寻找安全》（*Community: Seeking Safety in an Insecure World*，2001）、让-吕克·南希（Jean-Luc Nancy，1940-2021）的《不运作的共同体》（*La Communauté désœuvrée*，1986）、莫里斯·布

1　雷蒙德·威廉斯：《关键词：文化与社会的词汇》，刘建基译，北京：生活·读书·新知三联书店，2016 年，第 125-127 页。

2　Hillery, George A. "Definitions of Community: Areas of Agreement." *Rural Sociology*, 1955(20), pp.111-123.

朗肖（Maurice Blanchot，1907-2003）的《不可言明的共同体》（*La Communauté inavouable*，1983）、J. 希利斯·米勒（J. Hillis Miller，1928-2021）的《共同体的焚毁》（*The Conflagration of Community*，2011），等等。中国学者许倬云的《说中国：一个不断变化的复杂共同体》不是专门意义上的共同体讨论，但是他对何为中国的思考也同样引发人们对于共同体问题的关注。

在共同体的诸多讨论中，共同体与身份和归属问题一直是理论界关注的一个焦点，这方面比较早的代表作则是本尼迪克特·安德森（Benedict Anderson，1936-2015）的《想象的共同体》（*Imagined Communities*，1983）。在 1983 年首版的这本书中，安德森指出，"事实上，所有比成员之间有着面对面接触的原始村落更大（或许连这种村落也包括在内）的一切共同体都是想象的。区别不同的共同体的基础，并非他们的虚假/真实性，而是他们被想象的方式。所有比原始村庄更大的社区（甚至这些社区）都是想象出来的"[1]。因此，在他的眼里，民族国家有能力培养一种超大规模的归属感，以此来维持一种前后连贯的民族认同感，这种认同感植根于个人的意识之中，而个人也同样认同一种想象中的民族叙事。安德森认为，大众传播新技术的发展，特别是印刷媒体的发展，是所有现代"想象"共同体的先决条件。在安德森的笔下，共同体已经变成了无形无体的幻影，不再牢固地建立在触手可摸的社会基础上，而衍变成了一种形而上。

在英文里，identity（身份）一词源自 16 世纪的 identita-s，本身是拉丁语 identime 的派生词，意思是"相同"。但是"相同"不是绝对的，同的背后还隐含着独特性，因此，如果身份（或者说认同）是

1　本尼迪克特·安德森：《想象的共同体：民族主义的起源与散布》，吴叡人译，上海：上海人民出版社，2005 年，第 6 页。

彻头彻尾的社会行为（表明与他人一起构建），那么独特性也不可避免地隐含在社会行为之中。安德森作品发表两年之后，英国人类学家安东尼·保罗·科恩（Anthony Paul Cohen，1946- ）就出版了《共同体的象征性建构》（ *The Symbolic Construction of Community*，1985）。在这本篇幅不大的小书中，科恩指出，共同体的存在离不开图像、边界标记、习俗、习惯、仪式和仪式过程中的交流。换言之，这些符号不仅描述着共同体，而且也有助于人们理解共同体的本来面目，因而也可以说是共同体建构中的重要部分。科恩的分析源于共同体对人们意味着什么这一想法。实际上，他开始重新考虑共同体概念，并将其置于前沿，探索如何使用共同体概念，分析那些使用共同体的人是如何定义、分类、谈论共同体的。

在安德森的《想象的共同体》中，有一点讲得颇有意义，那就是民族是一个"想象"的共同体，因为它是一种凝聚力，为其追随者提供了共同的历史、共享的文化和共同追求的目标。作为想象的补充，科恩认为共同体是种象征性的建构，这并不是说它的深层含义只有某些拥有特权的人才能领会，也不是指共同体的形成源自某种类似于集体意识的想象，对自身的生存有着清晰的了解，并且内心充满了信心。相反，共同体是在局内人员和局外人员不断互动、进行分析和展开想象的基础上开始变得明晰的。这里的关键是科恩提出的共同体所引出的局内人和局外人的边界问题。这种边界模型也是引发人们关注和评估争议的要点。科恩认为，边界问题十分重要，但是对于如何界定他也是含糊其词，并没有给出非常明晰的定义。在结合共同体一起讨论时，科恩认为尽管共同体成员之间存在着表面上的差异，但他们可以建构一个包容性很强的共同体来维系边界，把想象和现实、象征和物质结合在一起。个人和集体的需要、相似性和差异性，所有这些在特定的语境中都共同存在于共同体中，真实可见。至少在表面上，无论任何人，无论他们的社会、文化、政治和经济差异如何，都可以在这个共同体名义下得到庇护。

在科恩的讨论中，边界界定的一个重要环节就是象征。在古希腊语里，"象征"（symbol，有时也翻译成"符号"）原指将一枚硬币一分为二，作为日后相认的信物，后来衍变成了某种符号或标识。在文学研究中，符号的应用和阐释则更为宽泛。比如在语言研究中，单词就是它们所代表的符号，费尔迪南·德·索绪尔（Ferdinand de Saussure，1857-1913）之后，符号涵盖了所指和能指两个方面。符号通常是指一种事物以相对固定的形式来表现另一种事物，如交通红灯表示"停止"。而象征则是指一个事物会含有多种解释，如红色可以指生命的开始，也可以指生命的结束，在不同的文化中，白色可以指纯洁，也可以指死亡，如此等等。

在认知体系中，象征是指代一定意义的意象，它可以是图形图像、文字组合，也可以是声音信号、建筑造型，甚至可以是一种思想文化、一个时事人物。例如"="在数学中是等价的符号，"紫禁城"在政治上是中国古代皇权的象征。总的来说，象征符号的功能是携带和传达意义。它具有极为广泛的含义，并非固定僵硬，也并不都是十分明晰的。比如梦中的形象化象征符号未必都很清楚，或者说很不清楚，睡梦中模模糊糊的象征符号似乎在讲述着某个故事，从一定意义上来讲，这些象征符号也是对生命意义的探索和理解。

在《恶的象征》（*The Symbolism of Evil*，1960）一书中，法国思想家保罗·里克尔（Paul Ricoeur，1913-2005，也译利科）曾经说过，象征开启思想，开启了对于各种意义的探索。也就是说，象征并非精心雕琢的修辞手段，这点跟隐喻不同。隐喻或类比是需要人们的想象力的，他们知道脑海里想要的是什么，只是需要一个更好的方式来表达。相比之下，如果没有了象征，也就没有了思想和这个世界。

而这也是科恩共同体理论的出发点：没有象征符号及其交流，共同体就无以为立。

科恩的理论建立在他自己从事的实证研究中。他的研究对象是设得兰群岛中的沃尔塞（Whalsay）岛民。这项研究使他认为，意象、边界标记、各种习俗和仪式以及彼此之间的交流是共同体成员的重要特征，因为他们不仅形成了一种共同的现实感，而且也塑造了这个现实，尽管他们面对的只是内部人和外部人的想象性社会结构。这是一种通常看不到但却总是为人所知的共同体感——一种从内部和外部想象出来的共同体地貌。这也表明，象征符号和实际是不可能分开的。因此，我们不得不承认，没有任何一个共同体可以依赖于坚实牢固、无懈可击的真理基础。科恩的概念本质上是一种"想象性的"共同体意识，在科恩的研究中，它是得到了经验主义证实的。科恩的想法的最大优点是将地方感和空间感与当地习俗、习惯和仪式相结合，这是一种常规的、重复的、规则决定的社会生活模式，用来表达相互分享、彼此共通的经历。正如他所说："无论其结构边界是否完好无损，共同体的现实在于其成员对其文化活力的感知。人们象征性地建构共同体，使之成为意义的一种资源和储存库，成为身份的参照物。"（本书正文第 127 页）比如 17、18 世纪英国民族共同体的确立跟中国的茶叶有着千丝万缕的联系。随着茶叶这个外在于英国的文化符号进入英国，从奢侈品演变为日常消费品，成为英国上至王公贵族、下至平民百姓日常不可或缺的饮品，茶叶这个外在的符号诡异地建构起了 17、18 世纪的英国民族共同体，成为英国国民一种身份符号的象征物。

通过探索象征符号的多重声音，科恩建立了一种解释方法，分析共同体成员如何看待自己在社会中的地位，以及他们跟其他相邻群体的差异。为了说明他的主题，科恩使用了一系列他自己的实地调查和许多名著中的案例研究。通过这些案例，科恩让我们了解人类是如何通过象征性的手法来规范其边界活动，通过各种仪式和其他表现方式，使用和不断重复象征性的标记来传达意义。比如他大量引用维克多·特纳（Victor Turner，1920－1983）的作品，提醒我们这些仪式是如何在不同层次上进行交流的，因为它们是"'多指的'和'多声的'"（本书正文第 52 页）。这自然会导致对象征符号倒置和反转的更简短的探索，他还引用美国著名人类学家克利福德·格尔茨（Clifford Geertz，1926－2006）的巴厘人斗鸡活动来加以说明：

当人们站在自己文化的边界上时，当他们遇到其他文化时，当他们意识到其他的做事方式时，或者当他们仅仅意识到与自己文化的矛盾时，他们就会意识到自己的文化。规范是边界：它的逆转就是认识和陈述它的象征性手段。这种意识是重视文化和共同体的必要前提。评估过程就是使用我们在此讨论的那种象征手法来加以完成，它也是维护规范的一个先决条件。规范依赖于象征性边界的设计。（本书正文第 70 页）

这种分析方法的结果应在于其行动潜力。科恩暗示这种理解蕴含着社会变革的潜力。如果人类学家想在共同体发展方向上有发言权，那么象征性研究也许会成为这门学科中的极大潜力。

科恩评述着社会变革，并试图厘清种族的概念，但并没有从象征符号的视角去进行深入探索，或者说他的评述只是为共同体的讨论铺路。象征性地维护共同体的主要方式之一就是通过仪式。早期的社会理论家普遍认为，在共同体中，人们之间的日常接触会产生共同的知识，频繁的接触会创造共同的文化。然而，文化融合的象征形式是通过仪式进行的。仪式是一种标准化和重复的象征行为，它允许个人将人类体验的混乱置于一个连贯的框架中。仪式还通过将过去与现在、现在与未来联系起来，为个人提供了时间连续性。

科恩的研究，尤其是他以经验为主而得出的一些结论，并非没有批判者。科恩认为，我们的关注点应该落脚到日常生活中，关注日常生活中使用的共同体理论，而不是遵循某些规范性的定义。这话颇有道理，但是他也承认，即使是经验丰富的人也会意识到，概念源自社会科学家的大脑。因此，他们既可以用概念来指涉代表社会现象，也可以用概念来扭曲社会现象。科恩的实证性研究，诸如每年在伦敦举行的诺丁山狂欢节，或者小型的、非典型的政治文化，包括那种社区生活，相对狭小，范围不够开阔，容易将自己囿于自己的小圈子里。

从某种意义上来说，共同体理论化之所以变得如此模糊，很大程度上跟科恩有关。因为他的共同体研究让共同体这个概念变得似乎无所不包，或者说包装过度，超出了其自身代表的可能性，偏离了传统的共同体理念。而且，就像所有其他标志性词语一样，它伴随着将现在与未来联系起来的承诺，并限制了从地理空间到社会身份、从文化差异到政治紧急情况的任何选择的可能性。例如，将职业足球俱乐部附近的贫民区称为"共同体"，并不能证明这是一个共同体，但它的"命名"无疑会给人各种事情都会如此断言的印象。科恩综合分析了边界及其各种象征用途如何创造了"共同体"身份，强调了社会存在和家庭在其中的象征作用。边界的概念是探索的核心。"共同体"的结构变化多端，就连该书的系列主编彼得·汉密尔顿（Peter Hamilton）在其简介中也十分正确地说道，科恩的主要成就是重新讨论如何确定这个"令人愤怒的狡猾概念"（本书第 iii 页）。在应对这个"令人愤怒的狡猾概念"时，科恩的实证考证和概念梳理无疑会给人带来很多启迪，让人感到共同体概念背后所蕴含

的历史、文化、种族、语言等等一系列问题，感受到共同体背后的
错综复杂性，这反过来需要人类从综合的视角去加以体会，理解和
挖掘同与异之间的辩证联系，协同努力，共同应对人类面临的共同
困境。

王光林

2023 年 2 月 14 日

作者简介

自 1979 年起，安东尼·保罗·科恩一直担任曼彻斯特大学社会人类学讲师。1971 年，他入职曼彻斯特大学，任社会学讲师。此前他曾在加拿大的女王大学、金斯顿大学和安大略大学担任助理教授，后在纽芬兰纪念大学担任社会经济研究所研究员。

科恩博士毕业于南安普顿大学，先后获得哲学与政治学学士学位（1967）、社会学与政治学硕士学位（1968）和政治人类学博士学位（1973）。科恩博士此前发表过两本专著，并在学术期刊和研讨会上发表过多篇论文。他是皇家人类学研究所研究员、社会人类学家协会委员会会员、农村经济和社会研究小组成员。

主编前言 1

现代社会科学中，共同体的概念一直引人注目，但同时也最难界定。因此，人们多少难免会认为，西方社会学某些流派近来宣称共同体已经"终结"的说法是躁狂症的一种体现，因为这个看似优雅但却令人愤怒的狡猾概念给人创造出的是无休无止的界定乱麻。出现这种回应也许并不令人感到吃惊，因为人们记得，早在 20 世纪 50 年代中期，一位充满了进取精神的美国社会学家就发现这个词在社会科学中有 90 多种各不相干的定义。如果不是因为共同体这个概念对知识阶层和大众思想都有着显著的影响，那么这种灵巧得令人羡慕的卡片索引对学术工厂而言还真可以说是多多益善。尽管激进的或有结构主义倾向的社会学家和人类学家已将共同体的概念视作灰烬，抛诸风中，

1　本书的英文原版属于"核心思想"丛书（Key Ideas），本前言为"核心思想"丛书主编撰写。——译者

但生活在现代工业化社会中的整个西方世界都在积极地主张自己的地域性和民族性，他们都认为自己是真正的**共同体**成员，不过研究他们的人可能未必如此看待。

因此，**共同体**是社会科学中的一个"核心思想"，无论是将其视作一个概念来研究人类社会，还是将其视作一个意识形态设想，将人们的注意力从大规模牢固控制人们生活的势力——正如理查德·桑内特（Richard Sennett）所说，"破坏性的共同体"（destructive Gemeinschaft）——中转移开来。如果我们暂时还可以视其为一个概念，那么我们可以说这个概念既提供了一种涵盖各种社会过程的手段，也提供了一种不仅仅是**技术意义**的理念，因为它指的是十分流行的象征符号、价值观和意识形态。人们显然**相信**共同体的理念，无论是视其为理想还是现实，或两者兼有。现在，正如美国社会学家 W. I. 托马斯（W. I. Thomas）所观察的，如果人们相信一件事是真实的，那么它对他们的影响就是真实的。概念的这种二重性是概念混乱的核心所在。一方面是现实存在的社区精神，即人们对一个比家庭大，但比官僚体制或工作机构更有人情味的小型社会和文化实体产生的归属感，另一方面则是社会学家和人类学家想为社区（communitas）定位出一种结构性维度而做出的种种努力，两者彼此相悖。这种二重性的外表还一直覆盖着一层评价和意识形态因素——共同体作为"规范处方"经常干扰着"经验描述"，到头来系统性的共同体社会学根本无法构建。

共同体理念或共同体概念的"核心"或**关键**性质反映的既是现代社会一直存在的社会进程和文化意义的潜流，又是社会科学的一个长期问题。共同体对大多数人来说仍然具有实际意义和意识形态意义，因此是社会科学中的一个重要研究领域——尽管有人看到，概念中有些东西掩盖了社会行动中至关重要的阶级结构维度，因而做出了相反的预测。只要地方关系在人民生活中发挥重要作用，共同体的研究就仍然是必要的，因为我们还有很长的路要走，直到我们都成为麦克卢汉式的"地球村"村民，或者认为我们社会生活中的决定性要素就是我们与生产方式和社会阶层各成员之间的关系。

安东尼·保罗·科恩的书《共同体的象征性建构》是社会科学"核心思想"系列丛书中的第一本，该系列丛书从关注这样一个经典主题开始，那是再合适不过了。他的书说明，**共同体**是社会科学的一个核心概念，享有长期的中心地位，该书结合了社会学和社会人类学的观点，关注的不是共同体（**Gemeinschaft**）的结构定义这类陈腐辩论，也不是将共同体研究置于某种语境中，让地方主义或种族主义隶属于阶级、合理化或普遍主义等宏观社会力量。相反，他关注的是共同体的象征性建构，作为一个价值观、规范和道德准则的系统，从而在一个有界的整体中向其成员提供一种认同感。这种对**意义**的强调巧妙地回避了人们在探寻一种共同体结构模式中，将其作为特定形式的社会组织而带来的定义问题。它表明，结构本身并没有为人们创造意义，因此，对于这个问题——为什么设计那么多的组织来创造"共同体"用以缓解失范行为和异化现象注定会以失败告终——它提供了一个有效的答案。

科恩博士提供了大量的案例研究材料来论证其各个阶段的论点，并列举了大量的例子来证明，共同体的象征性维度是其中心，是其决定性的特征。这些例子选自对特定的共同体进行的大量的民族志和社会学研究，它们雄辩地说明了结构形式的多样性，在这种多样性中，人们会对**当地的**社会环境产生一种归属感。作为一个有界的象征性整体，共同体的文化体验绝非传统和过时的社会结构标志，无论是在非工业社会**还是**在工业社会，它几乎都是普遍存在的，甚至超越了资本主义和社会主义中形形色色的宏观社会力量。

　　人们想寻求出一种以结构为基础的定义，这种定义给人留下的印象就是共同体是一种独特的"传统"型社会关系，与"现代"的社会形态形成对比——具体体现在工业社会那些人情淡薄、城市化、理性化和以阶级为基础的社会结构中，但这种寻求却陷入了一种僵局。在关注共同体的象征性层面时，科恩博士提出了摆脱这种僵局的方法。正如科恩博士总结的那样，共同体研究面临的问题不是它的结构限制是否经受住了社会变迁的冲击，而是它的成员是否能够给它的文化注入活力，并建构一个能带来意义与认同的象征性共同体。

彼得·汉密尔顿

1985 年 2 月

目录

第一章
引言

象征符号与边界

"共同体"和"文化""神话""仪式""象征"一样，是一个在日常语言中随处可见，无论是说者还是听者显然都很容易理解的词，然而，一旦将其引入社会科学的话语中，它却带来了巨大的麻烦。多年来，"共同体"在人类学和社会学领域鲜有令人满意的定义。原因也许很简单——所有的定义都包含或暗示着理论，而共同体理论一直存在着很大的争议。在最极端的情况下，这场辩论提出了意识形态上截然对立，但双方都站不住脚的主张。例如，过去有人认为，现代性与共同体是不可调和的，共同体的特点在工业化和城市化进程中是无法留存的。这种论点是站不住脚的，因为它将"共同体"和"现代性"对立，并按照人为的规定将共同体仅仅建立在本就缺乏现代性的那些社会生活特征上！此外，这个论点还极其不合理地断言涂尔干（Durkheim）、韦伯（Weber）、滕尼斯（Tönnies）、齐美尔（Simmel）等开创性学者的权威性——说其极不合理是因为，正如我将要说的，它对这些早期作家进行了曲解，或者说进行了高度选择性的解读。也有人认为，国家对现代社会生活的支配，以及资本主义社会各个阶级间的本质性对抗，使得"共同体"成为一个怀旧的、平庸的、不合时宜的概念。同样，这一论点完全建立在一个高度特殊化和宗派主义的定义基础上。然而，该词的冗余性不仅有其哲学基础，而且还明显地见诸"种族性""地方主义""宗教"和"阶级"本身等术语的共同体意识大潮中，近年来，这种意识横扫了"现代"世界。

本书并不想另外提出一个定义。相反，本书拟遵循维特根斯坦（Wittgenstein）的建议，不要去寻求词汇意义，而要去看其**使用**。合理解释该词的用法似乎暗含着两个相关的建议：一个小组的成员（a）彼此有一些共同点，（b）他们在很大程度上与其他假定小组的成员不同。因此，"共同体"似乎同时意味着相似性和差异性。这个词表达的是一种**关系**观念：一个共同体与其他共同体或其他社会实体的对立。事实上，有人会说，只有想要或需要表现这种区别的时候才会去使用这个词。因此，比较合适的做法是将我们对共同体性质的研究聚焦在体现这种区分意识的要素，即**边界**上。

根据定义，边界标志着共同体的开始和结束。但是为什么这样的标记是必要的呢？简单的答案是，边界包含了共同体的身份，而且，就像个人身份一样，边界往往在社会互动的迫切关头应运而生。边界之所以被标记是因为共同体想方设法与不同的或其希望与之不同的共同体产生互动（见 Barth，1969）。标记它们的方式完全取决于相关共同体。有些边界，如国家或行政边界，可能是法定的，并要载入法律。有些可能是物理的，或许表现为以山脉或海洋为界。有些可能是种族、语言或宗教的。但并不是所有的边界，也不是**任何**边界的**所有**组成部分，都如此客观地显而易见。相反，人们会觉得这些边界存在于旁观者的头脑中。既然如此，感知边界的方式可能完全不同，不仅对立面的人感知得不同，而且同一面的人也感知得不同。

在这里，我们讨论的是边界对人们来说意味着什么，或者更准确地说，是人们赋予边界什么样的意义。这是共同体边界的**象征性**一面，鉴于我们非常想了解共同体在人们经验中的重要意义，这也是最关键的。然而，说共同体边界在很大程度上是象征性的并不仅仅意味着它们对不同的人有着不同的意义。它还表明，有些人感知到的边界是其他人完全察觉不到的。例如，1974-1979 年那一届的工党政府提议权力下放给威尔士和苏格兰，这样做的显而易见的前提是，在这些实体中的每一个都会达成内部一致意见，给予其边界特定的法律表述。但是事实证明，这样的假设是不合理的。争论的焦点远不止权力下放是否是一件好事，或者这种权力或自行决定权是否应该下放给新政府。相反，它让这些实体**内部**的人发出质疑：白厅[1]设想的边界是否是对他们来说最重要的边界。问题不仅仅是"苏格兰人和英格兰人不同吗？"，而是"作为一个苏格兰人，我和他，即另一个苏格兰人有什么不同？"。换言之，与苏格兰高地人跟低地人相比，格拉斯哥人跟爱丁堡人相比，设得兰群岛人跟奥克尼群岛人相比，设得兰一个小岛的成员与另一个小岛的成员相比，设得兰小岛的一个小镇的镇民和另一个小镇的镇民相比，苏格兰和英格兰之间的分界线就一定更为重要吗？当一个人"降低"尺度时，边界的"客观"参照物就会变得越来越不清晰，直到外人看不见为止。但是，当你"走下"这个尺度时，这些参照物对他们的成员来说就会显得更加重要，因为这些涉及他们生活中越来越亲密的领域，或者涉及他们身份中更实质性的领域。

此外，当一个人降低尺度时，这个人接触到的"共同体"就远远不止一个修辞虚构了。当政府领导人将共同市场称为一个"共同体"时，他们可能会被认为是在夸夸其谈：空谈对共同利益的渴望，而这在现实中显然是缺失的。但是，当设得兰岛的居民谈论"他们的共同

---

1 英国首相和内阁成员的开会场所，代指英国政府。——译者

体"时，他们指的是一个实体、一种现实，在日常生活的社会交往过程中，亲情、友谊、邻居、竞争、熟悉、嫉妒，有关这些的所有情感无处不在。在这个层面上，共同体不仅仅是一个演讲的抽象概念：它在很大程度上取决于意识。

因此，共同体意识被封装在对其边界的感知中，边界本身主要由人们在互动中形成。从某种程度上来说，本书书名中提到的正是这一过程，即边界的象征性建构。但是，除了认识到共同体意识的象征性成分外，我们还必须揭示共同体理念本身的象征性，而这同样主要体现在边界概念中。

边界包含一些元素，这些元素出于各种缘由可能被认为同大于异。但他们也将这些元素与那些不同的元素区分开来。在这方面，共同体的边界与各类知识的边界具有相同的功能。如果我们从整个认知库中提取一个亚属，即**社会**知识的范畴，我们就会发现所有这些范畴都有象征意义（见 Needham，1979）。例如，在区分角色、生与死、生命周期中的阶段与状态、性别、世代、纯洁与污秽的仪式中，象征意义可能是明确的。它可能在神秘的神话和图腾幻想中表现得淋漓尽致。但是，我们的许多象征符号并没有一个特殊的词汇或习语行为，相反，它是意义的一部分，我们直观地将其归于日常使用中更具工具性、更加实用的东西，比如词语。哲学家们早就把我们的注意力吸引到了语言表达态度和表示对象的能力上。在克兰斯顿（Cranston）的例子中，像"自由"和"民主"这样的词不仅仅描述政府的形式和法律地位，它们还告诉我们如何看待这些形式。它们是"呼"词（"hurrah" words），而不是"嘘"词（"boo" words）（Cranston，1954）。人类学家玛丽·道格拉斯（Mary Douglas）也同样指出，"污垢"一词的使用不仅仅意味着指甲下的微粒，它还表达了一种态度，"呸！"，然后开出一个药方，"擦洗！"（Douglas，1966）。

　　因此，象征符号不仅仅代表或再现其他的事物。事实上，如果这就是它们所做的一切，那么它们就是多余的。它们还让使用它们的人提供其中的部分含义。如果我们再次援引上述类别的例子，年龄、生命、父亲、纯洁、性别、死亡和医生都是那些使用相同语言或参与相同象征性行为的人所共有的符号。通过这些符号行为，这些类别得以被表达和标记。但它们的含义却**不尽相同**。每一种都是由个体的特殊经历来调节的。当我想到"父亲身份"时，我对父亲身份的思考通常是根据**我**跟父亲和孩子的经历来进行的。当我作为一个苏格兰人在权力下放公投中投票时，我不应该仅仅拿自己跟英格兰人对照，而是要根据我的个人经历——设得兰渔民、金卡丁农民、法夫矿工或克莱塞德船厂的船工、父亲、儿子、兄弟、不可知论者、音乐爱好者、社会主义者，等等——来折射"苏格兰性"。与其说符号在表达意义，不如说符号赋予我们创造意义的能力。

　　并非**所有**的社会范畴在意义上都如此多变。但那些最难以捉摸、最难确定的范畴往往也充斥着最模棱两可的象征。在这些情况下，这些类别的内容如此不明，以至于它们基本上或仅仅以其象征性的边界存在。像正义、善良、爱国、责任、爱、和平这样的范畴几乎是不可能精确地讲出来的。如想这样做，那无疑会引起争论，有时甚至更糟。但它们的意义**范围**可以用一个普遍接受的符号来粉饰——正因为它允许其追随者将自己的意义附诸其上。它们共享符号，但不一定共享其含义。共同体就是这样一个表达边界的符号。作为一种符号，它由其成员共同持有；但其意义则因其成员对它的独特取向而有所不同。面对这种意义的可变性，共同体意识要想保持活力就得操纵好它的符号。共同体边界的真实性和有效性——当然还有共同体本身的真实性和有效性——取决于其象征性的建构和装饰。本文讨论了与此过程相关的最常见的一些特征。

象征符号与意义

罗纳德·多尔（Ronald Dore）写道："如果你住在篠畑（Shinohata），'外面的世界'要从300码之外的道路开始……"（Dore，1978：60）我们不必仅仅从地域的角度来领会共同体，而更应该根据多尔充满深情地回忆日本村庄时清晰描述出的那种"归属感"，这个村子他前后研究了25年。共同体是一个人的归属实体，大于亲属关系，但比我们称为"社会"的那个抽象概念更亲近些。它是人们在家庭之外获得最基本也是最实用的社会生活经验的舞台。在这个舞台中，他们通过感知亲属关系的边界来学习亲属关系的意义——也就是说，将亲属关系与非亲属关系并列；他们学习"友谊"；他们在密切的社会交往中赢得了情感，并学会了如何在社会关系中表达或管理这些情感。因此，共同体是一个人学习并继续实践如何"社交"的地方。冒着用一个无法定义的范畴来代替另一个范畴的风险，我们可以说这是一个人获得"文化"的地方。

学会社交并不像学习语法或高速公路规则。它不能简化为一套规则。当然，人们可以在文化中识别出类似规则的原则。因此，例如，我们可以说，塞拉利昂的滕内人保留了用右手做上半身动作、用左手做下半身动作的习惯（Littlejohn，1972）。我们也可以做一个类似的概括陈述，提出设得兰群岛中的沃尔塞岛民避免公开的争议或公开的主张（Cohen，1977）。在实践中要充分遵守这些"原则"，如果违反这些原则，就会认定犯事的人是局外人或越轨者。然而，它们不同于更客观的规则，因为它们与一个固定且共同的依据没有明确的联系，甚至没有明显的联系。滕内人很可能会区分左撇子和右撇子，但这并不是说他们都是出于同样的原因，也不是出于任何"有意识"的原因，更不是说他们会接受利特尔约翰（Littlejohn）所谓的权威信息提供者对他们行为的解释。人们赋予这些规定和禁令自己的含义。在这方面，它们与其说是社会的**规则**，不如说是社会的象征。因此，当我们谈到人们获得了文化，或学会了社交时，我们的意思是他们获得了具备社交能力的象征符号。

这种象征性的配备可以比作词汇。学习单词，获得语言的组成部分，给了你与他人交流的能力，但却不能告诉你该交流**什么**。象征符号也是类似的：它们不告诉我们要表达**什么**意义，而是赋予我们创造意义的能力。文化是由象征符号构成的，它不会把自己强加于这样一种方式，即它的所有追随者都应该对世界有同样的认识。相反，它只是赋予他们理解的能力，如果他们倾向于做出类似的理解，那不是因为受到了任何决定性的影响，而是因为他们采用了同样的象征符号进行理解。共同体的基本指涉是，其成员一般而言或出于特定的重大利益而做出或自认为做出相似的理解，而且，他们认为这种理解可能不同于他们在其他情境中做出的理解。因此，在人们的经验中，共同体的真实性就源于他们对共同的象征符号体系的依恋或承诺。我们将在后面讨论维持边界的过程，而其中有许多讨论的都是如何保持和进一步发展符号的共同性。但必须再次强调的是，共享象征符号并不一定等同于共享意义。

因此，人们对共同体的体验和理解就取决于他们对共同体象征意义的取向。显然，我们要做的就是要分析揭示共同体的概念，而其中关键的一步就是要进一步讨论象征符号、文化和意义之间的关系。

在最近的人类学著作中，格尔茨（Geertz）宣称"……人是一种悬挂在由自己编织的意义网中的动物……"，这已成为一种颇为著名的说法。这些网络构成了"文化"，其分析"……不是一门寻求规律的实验科学，而是一门寻求意义的阐释科学"（Geertz, 1975a：5）。格尔茨精确而雄辩的表述中包含了三个相互关联的有力原则。第一，文化（"意义网"）是由人们通过社会互动来创造和不停地再创造的，而不是作为涂尔干式的社会事实主体或马克思主义意义的上层建筑强行施与的。第二，文化是一个连续的过程，既没有决定性的力量，也没有客观可辨的参照物（"规律"）。第三，它明显赋予人们感知意义，或给社会行为附加意义的能力。行为本身并不"包含"意义；相反，行为的意义在于解释，我们要"弄懂"我们所观察到的东西。我们的理解是"我们的"，可能与那些行为者的意图相一致，也可能不一致。因此，只要我们"理解"发生在我们周围且我们参与其中的行为，我们就会对它做出解释，并采取行动，我们谋求的就是赋予它意义。社会交往取决于这种解释；它本质上是意义的交易。

退一步讲，阐释意味着我们必须称之为"主体性"的东西。作为一种社会互动的特征，主体性暗示着可能出现的不精确，匹配不严谨，含混和独特的癖性。换言之，面对同一种现象，不同的人有可能在某些方面做出彼此不同的解释。他们可能没有意识到这种差异，尤其是当这种现象成为他们生活中的一个共同特征时。因此，他们的分歧未必成为他们成功互动的障碍。事实往往恰恰相反。人们可以在行为中找到共性，同时还可以根据**自身**需求主观上（和阐释上）进行调整。

这些解释不是随机的。它们往往是根据特定社会内特有的术语而产生的，并受其语言、生态、信仰和意识形态传统等的影响。但它们也不是一成不变的。更确切地说，它们是根据人与人之间、整个社会和跨越其边界者之间的互动情形而做出的反应。这种解释的载体就是象征符号。就其本质而言，象征符号允许解释，并为使用象征符号的人提供了解释的余地。象征符号通常被定义为"代表"其他事物的事物。但它们并不能明确地代表这些"其他事物"：事实上，如上所述，如果它们这样做，那将是多此一举。相反，它们很善于"表达"其他的事物，能让一个群体的成员保留和分享其共同的形式，同时又不会将单一的意义制约强加给这些人。因为如此一来象征符号的可塑性就出来了，它们可以被调整以"适应"个人的环境。因此，它们可以提供媒介，通过这些媒介，个人可以体会和表达他们对社会的依恋而不用损害他们的个性。象征符号是如此全能，它们常常可以演变成这些特殊的意义形式，而同时使用同一象征符号的其他人还看不到这种扭曲。

以下面这个象征符号为例：。在任何一个凸显这一象征符号的游行或示威中，支持者都可以轻松地将自己与这一符号联系在一起，而且，事实上，为了某种话语目的，他们会发现这一符号准确地表达了他们的立场。然而，如果要他们自己辩论单边主义相对于多边主义的优点，一种竞争策略相对于另一种竞争策略的合理性，他们对北约或苏联阵营的态度，基督教、和平主义或社会主义对他们支持核裁军的重要性：那么面对各种各样的意见——其中有许多还互相敌对，而不是简简单单地相左——这时这个简单的符号看似有效，但是非常肤浅，只能起到一种掩饰作用。这并不仅仅是说任何伟大的社会运动都是一种利益联盟。它还展示了象征符号的全能：持极端对立观点的人仍可以在共同的象征符号中找到自己的意义。

这个例子是一种非常特殊的象征符号：它本质上是一个标志、一个符号。大多数象征没有视觉或物理表达，而是思想。这可能使它们的含义更加难以捉摸。

最近对剑桥附近的埃尔姆登社区进行的一项研究，考察与村庄的联系对不同类别居民的不同意义。对有些人来说，"村庄"指的是一个地方，区别于其他社区，尤其是较大的城镇。而对于其他的人，那些自认为是"真正的埃尔姆登人"的人来说，这意味着亲属关系和阶级。在这里，将"乡村理念"视为象征性的是恰当的，同样值得注意的是，它为不同的使用者呈现出了雄辩但却不同的含义（见Strathern，1981，1982a，1982b）。同样地，戴维·施奈德（David Schneider）的研究也表明，像在美国那样占主导地位的亲属关系体系——与其他国家相比，这种体系可能显得相当平淡无奇，关系淡薄——更应该被理解为一个象征符号系统：这就是一套写有名字的盒子，需要加入人们的经验，而不是一个"……可以观察到美国人在家庭生活中日常行为的角色和关系……"的系统（Schneider，1980）。在标有如"叔叔""表亲"象征符号并附带各种意义的范畴之间，没有必要保持一致。或者换一种说法，在亲属关系系统中命名的生物遗传和亲缘关系并没有耗尽它们所附带的意义，就像埃尔姆登的公民地位也没有穷尽它的居民们赋予村庄的意义一样。

现在，人们早已认识到，共同体是重要的象征库，无论其表现形式是图腾、足球队还是战争纪念馆。所有这些形式都像是亲属系统的范畴：它们是共同体的象征性标记，使之有别于其他共同体。不过，这里提出的论点有些不同。共同体本身和共同体内的一切，无论是概念还是客观存在，都有一个象征性的维度，而且，这个维度并不作为某种情感共识而存在。更确切地说，它的存在是为了供人们去"思考"。共同体的象征是精神建构：它们为人们提供了创造意义的手段。如此一来，它们也为人们提供了表达共同体所赋予的特殊意义的手段。

因此，一切都有益于象征符号的使用。此外，在共同体成员的生活之中，共同体的现实也是象征性的，就像施奈德描述中的芝加哥人那种"亲属关系"一样，其边界也必然如此。大海可能会把一个岛屿同另一个岛屿分开，就像教区边界可能标志着一个定居点的范围。但这些界限是象征性的容器，充满了成员们赋予和感知的意义。稍后我们将讨论象征性行为，其中有许多都涉及这种意义的产生及其在边界中的应用。

象征、文化、共同体

从前面的讨论中可以清楚地看到，在本书中，共同体并不是作为一种形态、一种能够客观定义和描述的机构中的结构来研究的。相反，我们是想捕捉共同体成员对共同体的体验，以此来理解"共同体"。我们要问的不是"这在我们看来像什么？它的理论含义是什么？"而是要问"它对它的成员来说意味着什么？"我们不是从一个有利的外部角度来分析、描述结构的形式，而是试图穿透结构，从它的核心向**外**看。

迄今为止，我们绘制的共同体就是符号和意义之间的混战，只有在对共同体进行象征性注解时，符号和意义才会黏合，这与早期，尤其是功能主义的叙述形成鲜明对比。涂尔干长期关注的核心问题就是关联性，他想建立一种纽带关系，将共同体成员牢牢地联系在一起。他提出一个经济差异化社会的理想形式就是效仿劳动分工，在分工中，不同的职能被控制在一个生产性整体中。把人分开的差异点反过来转化为相互依存的关键点，将他们团结起来。涂尔干的愿望是融合。后来的作家们于是就把文化看作一种融合力量。帕森斯（Parsons）甚至使用术语"融合"来标记他留给文化的分类盒。在同一传统中，阿伦斯伯格（Arensberg）和金布尔（Kimball）发展了一种以融合为关键因素和最高功能的共同体理论（Arensberg and Kimball，1965：ix）。从这种"融合"传统中产生的文化版本就是社会各个成员公认的东西："一种思维方式、感觉方式、信仰方式……"（Kluckkhohn，1962：25）然而，上述论点表明，大家实际上公认的东西未必具有实质性内容，而是**形式**大于内容。各个成员之间的内容差别很大。因此，就算共同体为文化提供了语境，也需要对文化有不同的概念。我们提出，人们不应该把共同体看作一种**融**合机制，而是应该把它看作一种**聚**合手段。

因此，在这种方法中，共同体中发现的"共性"未必是一种统一性。它不克隆行为或思想。它是一种**形式**（行为方式）上的共性，其内容（意义）在成员之间可能会有很大的差异。共同体之所以令人瞩目，原因就在于它能包容这种多样性，如此一来，其固有的不一致性也不会颠覆其边界所释放出来的明显的凝聚力。如果一个共同体的成员开始觉得他们彼此之间的共同点比他们与其他共同体成员之间的共同点要少，那么很显然，边界出现了异常，他们这个封闭"共同体"的完整性也受到了严重的怀疑。这一论点的要旨是，这种相对的相似性或差异性不是一个"客观"评估的问题：它是一个感觉的问题，一个存在于成员自己头脑中的问题。因此，尽管他们认识到彼此间有重大差异，也依然认为相比他们与其他共同体成员之间的相似之处，他们彼此之间更为相似。原因就在于尽管他们赋予象征的意义可能不同，但他们共享了这些象征。事实上，或许正是因为他们对这些象征有着强烈的集体占有感，才完全不知道，或者说完全不关心他们赋予这些象征的意义是否与同伴的相同。正如我们前面所看到的，象征作为一种交流手段可以非常有效地发挥作用，而不必对其含义进行严格的测试。一对恋爱中的情侣可能会如此交换感情：

"我爱你！"
"我爱你！"

而不必对"爱"这个词的含义进行冗长而复杂的研究。当然，这个词掩盖了一个极其复杂的概念。这个词复杂得很，如果我们的两个情人想要准确地解释他们的意思，他们很可能会发现自己陷入了激烈的争论之中。

　　象征之所以有效是因为它们不精确。很显然它们并非没有内容，它们的部分含义是"主观的"。因此，它们是理想的媒介，通过它们，人们可以说一种"共同"的语言，以明显相似的方式做事，参加"相同"的仪式，向"相同"的神祈祷，穿相似的衣服，等等，而不用屈从于正统的暴政。因此，个性和共性是可以调和的。正如象征的"共同形式"聚合了赋予其中的各种含义，一个共同体的符号库聚合了共同体内发现的个性和其他差异，并为它们的表达、解释和包容提供了手段。这种共同体符号库提供了个性可被识别的范围（见 Cohen，1978），不断地将不同的现实转化为相似的表象，高效之下，人们因此仍然可以赋予"共同体"一套完整的思想体系。它在异与同的互相对立和内外对立中寻求统一，因而构成并实现了共同体的边界。

共同体："古典"传统与芝加哥学派

　　在简要概述了本书将要提出的论点之后，我们不妨退一步，更保险一点，把它放在社会学家和人类学家开展的关于共同体意义的辩论历史之中。

　　我们前面提到，在 19、20 世纪之交写作的学者们延续的是当时还比较新的进化论传统。社会理论家已经取代了自然科学家的观点，即有机体变得越来越精致，能够很好地适应不断变化的环境。当然，达尔文（Darwin）的观点是，那些不能这样发展的生物将会灭亡。纵观 19 世纪后期，我们发现社会理论家们在推测着社会有机体所需要的变化的性质，以满足城市化、工业化、社会和地理流动等新兴进程的同期条件，以及随之而来的更大的异质性。他们的推测常常基于两个在历史上显然分离的社会类型。例如，梅恩（Maine）将本质上是世袭性归属关系的社会和后期衍变而来的社会形式并列。前者的建立基础是基本不变的等级制度，靠血缘排序维系；后者具有一定程度的自由，其建立基础在于法律协议。前者他定义为"地位"，后者则称为"合约"。从前者到后者的转变过程中所产生的本质变化是，亲属关系在约束社会行为和界定一个人的社会关系网方面变得不那么重要，亲属关系让位给了"个人"。滕尼斯描述了一个发生在"共同体"（Gemeinschaft）和"社会"（Gesselschaft）之间的转变。"共同体"是一个关系密切、彼此无猜，相对稳定的社会，"社会"的特征是以自我为中心，高度特异，而且还可能缺乏连续性的关系，在这个社会中，个人为了不同的目的在不同的社会环境中展开互动。涂尔干将这两种类型划分为：第一，机械团结，即一个建立在相似性基础上的社会，不能容忍差异性（因此不能包含任何基本的劳动分工）；第二，有机团结，其建立在将差异整合为一种相互协作，进而彼此和谐而复杂的整体上，在这里，个人又是一个专门化活动的组合体。

　　贯穿这些不同方法的一个共同观点就是，个人的社会生活越来越专业化。这不仅体现在他们的劳动上，而且体现在他们所有的社会关系中。他们与不同的人接触，目的不同，也很有限。因此，他们的生活水平不一样，也可能生活在不同的地点。因此，大多数人认识彼此也仅仅是因为他们有互动关系——作为客户、面包师、税务员、牧师，等等。除了跟他们最亲密的伙伴，或许也就是他们的近亲，一个完整的社会人跟现代性格格不入。他们不是什么法律实体，就是些小人物，在不同的社会阶段扮演着小小的角色。因此，现代性中的行为必须以特定的目的为模型；正如韦伯相当遗憾地指出的那样，它必须是"理性的"。对涂尔干来说，这种模型必须采取结构调控的形式：各个部分的个体利益必须服从于不可损害的整体利益。任何损害的举动都会导致不正常、自由化和**失范**的病状。

因此，这种观点认为，这种转变将个人从一个社会环境转到了另一个社会环境。在前一个环境中，他们不断地受一种人际关系体系影响，该体系由极为类似的因素构成，如亲属、邻居、同龄人等。这种体系提供了一种环境，在这种环境中，他们在社会生活中打交道的人构成了其整个社会世界，人们彼此熟悉，互相了解。而在另一种环境中，人们彼此匿名，人际交往功能明确而有限，在这种环境下，个人必须得在不同的关系网中穿行。

这些作家的进化论传承让评论家将他们描述的转变视为历史性的和社会性的，这点或许毫不奇怪。此外，他们将"共同体"（被视为一种社会生活质量）与现在认为已不合时宜的前者联系起来，并认为它缺乏后者的模式，或者说在后者中已非常弱化。这一观点在以芝加哥学派闻名的社会学和人类学传统中得到了进一步发展。这一学派最初源于罗伯特·帕克（Robert Park）、欧内斯特·伯吉斯（Ernest Burgess）和后来的路易斯·沃思（Louis Wirth）的开创性城市研究，催生了一批著名的城市民族志**作品**；雷德菲尔德（Redfield）的开创性著作对城市和乡村生活进行了强有力的人类学对比研究，霍勒斯·米纳（Horace Miner）和奥斯卡·刘易斯（Oscar Lewis）等人则延续了他的传统。这一美国传统的思想取向是典型的涂尔干学派，自然也就引向了传统的看法，即梅恩、涂尔干、韦伯、滕尼斯等人基本上提供的是历史社会变迁和发展的理论。

有人可能会认为，对于"古典"大师的这种解读部分原因在于涂尔干和韦伯作品中有许多争议涉及他们自身社会的变迁需要，在于他们对当代境况的明确关注。也有部分原因可能是他们感到有一种需求，即要反对马克思（Marx）、恩格斯（Engels）和后来的马克思主义历史学家提出的综合性的历史进程理论。虽然我们的任务不是对这种解释进行批判性分析，但我们有必要对其提出一个先决条件。韦伯非常清楚地指出，按照他一贯的社会学方法，他提供的基本上是"理想"的类型描述：也就是说，缺乏经验类比的分析结构。此外，他关心实用性：是**理解**"非理性"，而不是消除它。效率（即"终极目的伦理"）必须与同情心（即"责任伦理"）相调和，并与之相结合。他说："……这些不是绝对的对比，而是补充……"（Weber, 1948：127）。

涂尔干和韦伯都认为**需要**变革。但作为社会的观察者，他们都太精明，也太敏感，以至于不会认为它的出现有任何必然性，也不会认为所带来的社会形式有任何的单一性。两人在宗教的社会学解释上都达到了新的高度，同时又保持了自己的不可知论；因此，他们也以超乎寻常的先见之明和清晰的方式描绘了资本主义经济的社会关联，而没有成为它的辩护者。尽管在涂尔干的作品中可以清晰地看到菲斯泰尔·德·古朗士（Fustel de Coulanges）之类的进化论理论家的影响，但同样清晰可见的是，他并不认为机械团结和有机团结在历史上互不相容，而是认为在任何时期都是社会内部的对比趋势。因此，虽然他像卢梭（Rousseau）一样，呼吁建立各种政治组织，以此催生出有意满足一般利益的社会精神，但他也承认，这些组织的显见的基础将是群体利益，例如根据职业协会组织而形成的群体利益。这两种倾向并不能完全代表不同历史时代碰巧重合的原型模式。相反，在涂尔干看来，他们每个人都在谈论个人与社会关系中的差异——因而也是社会进程中的模式差异。机械团结是参与社会生活的个体的总和："在我们之中生活并活动的社会"（Durkheim, 1964：129）。有机团结是**由**个人组成的社会，在这个社会中，令他们彼此有别的差异也成为他们融合和团结成为一个社会整体的基础。"只有每个人都有自己特有的行动范围，也就是说，人格，这种团结才有可能实现。"（同上：131）他描述的不是两个社会，也不是不同历史时期的一个社会；而是特定历史时刻下社会的两个方面：

首先，我们所说的社会是一个或多或少有组织的整体，群体中的所有成员有共同的信仰和情感：这就是集体类型。另一方面，在第二种环境下，我们团结在一起的社会是一个不同的、具有特殊功能的系统，它们之间有着明确的关系。这两个社会实际上组成了一个社会。它们是同一现实的两个方面……（同上：129）

因此，机械团结一直延续到明显展现出有机团结特征的社会中。如果我们接受传统意义上那种共同体与机械团结之间的关联（不将其作为排他性的关联来接受！），我们就会得出结论：共同体一直存在于这些复杂的社会形式之中。另一位作家还引用了上面引用的那段话来支持他的论点，即机械团结不是一种历史虚构，而是一种人为的具有象征意义上的相似性（共同性）的表达。它是从可能和可用变量的宇宙（**有机**实体）中选出的有限和有特定变量的相似性（Boon，1982：54-55）。就本书的论点而言，它无异于边界的象征性建构。在这一另类解读中，共同体和建立非共同体关系是不同的、但彼此互补的社会生活模式。布恩（Boon）将他们涂尔干式的术语称为"同一枚硬币的两面"（同上：63）。稍后，我们将以"互补对立"的名义回到这个观点（见下文，124 页及其后）。

然而，这两种模式的互补性在很大程度上被芝加哥学派的学者所忽视，他们将涂尔干的二分法作为自己区分城乡社会的范例。在稍后的阐释中，这种区别表现为线性刻度上的标记。但是早期的城市社会学家把它看作社会生活质量的绝对差异。农村社会（"共同体"）是小的、狭隘的、稳定的和"面对面的"：人们作为"整体的"社会人相互交往，彼此知根知底，他们的关系往往以亲缘关系和血缘关系为基础。这是一种传统的、保守的生活方式，在这种生活方式中人们出于习俗本身的考虑而重视习俗，因在食料生产过程中实现了一定程度的自给自足，从而感到自己基本上能控制自己的生活。当然，这还要受自然变化和上帝的影响。

有人认为，城市生活几乎在各个方面都不相同。它要求个人的心理修复，而对于来自农村的移民来说，他们肯定还受到重新社会化的影响。但城里人实际上是进化后期的产物，是一种比乡下同胞更加精致的物种。罗伯特·帕克写道，"城市是……文明人的自然栖息地"。他接着引用斯宾格勒（Spengler）的话，大意是说成熟的人是城市的生物，而"世界历史就是城市人的历史"（Park, 1925：3）。城市社会中的个体在各种各样的环境中开展社交生活，在一个环境中居住，在另一个环境中工作，到别的环境中去旅行，也许还在其他环境中休闲。这种多元化的环境在城市的生态系统中得到了结构上的复制，被划分为不同的区域（"继承区"），其群体和功能清晰可辨。共同体的遗迹只能在邻近社区层面找到。然而，除了少数族裔聚居区，这些准共同体是脆弱的，因融入城市的基础设施、受社会流动性削弱（因此是无常的）以及成员承担了多重角色的影响，共同体本身遭到破坏（同上：9 页及其后）。农村生活原有的公共性被专业化的劳动分工打破，取而代之的是建立在相互依存基础上的团结——实际上，这是一种以共同私利为基础的有机关系（同上：13-16）——但这种关系是由功能而不是情感决定的：

伴随城市发展而来的是间接的"次级"关系取代了共同体中个人交往时那种直接的、面对面的"初级"关系。（同上：23）

他确实意识到，这些"初级"交往的解体滋生出不少自身的问题，如缺乏监管、孤立无援，甚至犯罪，而政治机器试图补偿"前城市"初级社会化管控机构的努力好像还不够充分。

种族隔离的过程建立了道德距离，使城市变成了一个充满小世界的马赛克，这些小世界相互接触，但并不相互渗透。这就使得个人能够迅速而轻松地从一个道德环境过渡到另一个道德环境，并鼓励人们尝试令人着迷但却充满危险的实验，即同时生活在几个相邻但又相隔甚远的不同世界中。（同上：40-41）

不久之后，同一类型的另一位作家看到，为了应对生活中的这种分裂（共同体的丧失？），人们采取了寡言少语和漠不关心的态度，"……将其作为自身免疫的手段，抵御他人的个人要求和期望"［Wirth，1951（1938）：54］。社会关系维持在非个人层面上：

我们的身体接触是相近的，但我们的社会接触是遥远的……我们看到表明职能人员角色的制服，而不能察觉隐藏在制服背后的个人怪癖。（同上：55）

我们再一次有了这样的个体形象：以独特的路线穿行于各种没有关联的社会环境，每个人都声称看到了自我的另一面，其功能"只涉及他个性中的一个部分"（同上：57）。

因此，这一学派的结构决定论引导其成员提出了一个论点，即城市社会生活的分裂与个体分裂成一篮子角色之间有一种明确的因果关系。这一传统将农村社会和城市社会视作彼此对立。雷德菲尔德将农村社会称为"民间"社会，而在帕克、沃思等人的描绘下，乡村社会跟城市原型的各个方面都是相反的。个性、传统、稳定、宗教、家庭，是共同体的经典宝库。越是沿着雷德菲尔德的连续体从"民间"社会走向"城市"社会，共同体的丧失就越严重。

同样，对这一立场进行恰如其分的批判超出了本文的范围；无论如何，批评的文献已经很多（尤其是它们后来被应用于共同体研究中，例如，Pahl，1968；Bell and Newby，1971）。我们首先要关注的是，尽管这一论点显示出浓厚的涂尔干思想的影响，但它实际上背离了他的机械团结和有机团结彼此互补的主张。部分原因是它将两种类型之间的转换视为一种必然的变化过程，使其在历史上互不相容；另一部分原因是它的决定论让人类交往的性质完全成为其结构化环境中的主导特征（如大小和规模）的产物。还有，它在心理上可以说是幼稚的，它将个人以角色为基础的社会行为的外表和它的现实性混淆起来，也就是说，按照人格将各种角色合并起来。因此，个人因其角色众多而出现分裂实乃结构功能分析的虚构产物。个人调和他所扮演的多重角色，例如，一个女人作为母亲的经历也会影响她作为教师或医生的表现，而这两者都是她作为朋友角色的一部分。因此，她行为的各个方面是一个更大整体的组成部分，而不仅仅是她自我的独立部分（比照 Turner，1962）。第二，我们可能会注意到，作为结果，那种认定共同体已经终结的论调简直是错得离谱。无数的研究向我们展示了城市中的"共同体"。过去 25 年来共同体行动的历史提醒我们（如果我们需要提醒的话），人们是在各种关系中描绘出他们的社会身份，找到他们的社会定位，而这些关系是在象征意义上而不是在抽象的社会意识中，跟他们密切相关，这就像马在自己的领地边界上排泄粪便一样（如果读者能原谅这个平淡无奇的比喻）。因此，人们象征性地做下自己的社会标记，使用他们最容易吸收的象征性词汇，然后创造性地为之贡献力量。因此，他们形成了共同体。人们是否在"共同体"模式下行事，或者以某种更专业、更有限的方式行事，与其说是结构决定论的问题，不如说是边界管理的问题。

芝加哥学派废墟：一些被披露的神话

因此，本文的理论重点是人们设计共同体的方式，尤其是当变迁的过程和后果威胁到共同体的完整性时，人们是如何机智灵巧地使用象征符号来重新维护社区及其边界。为了完成这个场景，我们需要设法去驱散一些一直笼罩在共同体头上的社会学迷雾。

（i）朴素的神话与"面对面"的社会

纵观芝加哥学派的传统，可以发现这样一种观点：从定义上讲，城市社会比农村社会更为复杂。他们在表述这一观点时将社会分类为"简单"和"复杂"两种，结果多少有些误导性。这种假设是，一个社会中有大量的人扮演一系列高度专业化的角色，而另一个社会中只有相对较少的人扮演类似的，甚至更多种类的角色，其中有些人高度专业化，而另一些人则没那么专业化，这两种社会相较而言，前者要比后者复杂得多。人们可能有理由怀疑，"对谁来说是复杂的？"这种区别似乎是一种量上的区别，假设复杂性随着机构的规模扩大和数量激增而成比例地变化。它很少关注社会生活的质的方面。对于我们这些习惯于在都市社会中解决日常生活危机的人来说，与出租车司机就付费问题，或与律师就收费金额问题，或与建筑商就其做工问题出现一点小小的分歧，尽管令人恼火，但我们通常都可以从容面对。它们要求我们以某种方式解决争端，但我们通常不希望此类事件会影响我们的余生。但我们可以想象，如果这类事件涉及的人恰好与我们有亲戚关系，或者在其他活动中会一而再再而三地与我们见面，那么处理起来就相当困难。应对这种关系，区别对待他们所从事的各种活动，都需要更复杂的策略，而不仅仅是走出房间，或者从愤怒的出租车司机那里仓促撤退。当然，在共同体的小型社会环境中，我们应该预料到后一种复杂性。

在一个对这些关系之间的差异更为敏感的分类学中，格鲁克曼（Gluckman）将第一个单股且高度特异的关系称为"单路"；第二种是多股，称为"多路"。人们很容易将第一种与"次级"关系中的非个人因素联系起来，比如帕克、雷德菲尔德等人认为这些非个人因素是城市"复杂"社会的特征，第二种则与"民间社会"或"小的共同体"的"初级""面对面"关系联系起来。诱惑应该遭到抵制。这两种类型都随处可见。之所以应该受到抵制，主要是因为面对面社会的概念不足以描述多重性。

那种认为在小型社会中，人们作为"全人"互动的想法是一种简单化的表现。与更加匿名的大型环境相比，他们彼此相遇的频率可能更高、更为密集，活动范围可能也更大。但这并不是说人们对"这个人"的认识凌驾于他们对这个人所从事的独特活动（或"角色"）的认知之上。当然，这确实意味着，他们对这个人的了解会影响到他们对这个人的活动的看法和评价，就像人们对他们在共同体中的身份的假设会影响他们的角色表现策略一样。角色与人格相互影响；没有理由认为一方对另一方施加了决定性的影响。正如舞台演员努力为自己塑造一个令人信服的戏剧角色——令人信服是因为他有能力投射出某种解释——社会演员也努力使自己的角色表现与其个性相符。失败会产生一种令自己和他人都无法信服的表演。

我想在设得兰群岛中的沃尔塞岛共同体中找出人们认定男人为"优秀"船长背后的因素，但我发现不可能笼统地来讲，因为这背后牵涉到的不仅仅是众多例外那么简单。虽然人们可以抽象出一套原则——例如，良好的航海技术、成功的人员管理、勤奋、富有经验和为人精明——但很明显，这些原则在共同体内并没有统一适用。相反，不同的人对这些原则的解释和应用有所不同，这是一种规则的灵活性，稍后我们在安达卢西亚村庄的语境中会再次遇见（见下文第四章）。此外，船长们根据自己设想中的公众形象，根据船长与船员之间更为广泛的社会关系史，自己规划了与船长身份相应的表现。例如，在某种语境下，一个人虽然是全船的船长，但他也可能是船员的亲属、同龄人、邻居或同学时代的密友。然而，他必须让船员们把他当作船长，而不是表亲；否则他将无法对他们行使权力。但他不能以船长的身份，做出与他在社会上习以为常并众所周知的举止不一致的行为。出于同样的原因，他也不能将船长的权威地位扩大到渔船船员之外。相反，他的举止必须是表亲、朋友或邻居的举止，而他恰好也是船长（见 Cohen，1966）。

因此，多重性就需要区分角色的方法，这不是要将角色去个人化（因为它们都融合在演员的身上），而是向其他的人发出适当行为的信号。格鲁克曼观察到，划分角色的特有手段是象征性的："未分化和重叠角色的多样性越大，分离它们的仪式就越多"（Gluckman，1962：34），而这种仪式"掩盖了内在于多重性中的根本冲突"（同上：40）。

我们不需要把这些仪式标记看作必然宏伟或带有礼节性的东西。正如我们前面所说，他们的象征意义可能更加平凡：可能存在于术语、称呼方式或服装之中。但是，尽管它可能是务实的，但它的重要性不可低估，因为这些象征符号标记的有效显示为社会秩序的建立提供了大量基础。

在这方面，对象征符号进行戏剧化运用的一个生动例子是，爱泼斯坦（Epstein）比较了赞比亚铜带省（Copperbelt）两位酋长受到的接待（Epstein，1978）。第一位奇提穆库卢（Chitimukulu）是贝姆巴（Bemba）的最高酋长，但他基本上被忽视了。人们没有用惯常的尊敬姿态来欢迎他。在另一个地点，他几乎被完全忽视。而在第三个地方，他甚至遭人动粗。他打扮成欧洲人，开着一辆面包车旅行。爱泼斯坦的信息提供者评论说，旁观者看了酋长的访问，"只是看着他，好像他是一个普通人"（同上：31）。另一位拒绝向酋长行皇家礼的人解释说，"……看看这位酋长——他穿衬衫的样子。甚至连领带都没有"（同上：32）。第二位来访的酋长姆瓦塔·卡则贝姆（Mwata Kazembe）是隆达族（Lunda）的首脑，他受到了截然不同的待遇。他身着传统服装，在音乐家和舞者的陪伴下显得光彩照人，引得大家无比兴奋和热情。在解释其中的区别时，一个人说：

> 今天来了很多人，因为他们听说酋长带着鼓和舞蹈人员来了；如果不是这样，这里就很少有人了。但这是一个重要的酋长应该做的……他必须让人们感受到他这个非洲酋长的信心和骄傲。这就是为什么你的贝姆巴酋长不受尊重。（同上：34-35）

在对英国地方法院的研究中，卡伦（Carlen）描述了一个没有那么丰富多彩的象征性展示。这种展示利用空间和语言来界定角色，做出一些判决结果，让有些人享有特权，而让另一些人处于不利地位（Carlen，1976）。同样，埃德尔曼（Edelman，1964）指出，卡夫卡式的官僚迷宫生态在官僚和客户的互动之间设置偏见，增强前者的权力，而给后者设置障碍。

此类例子比比皆是，生动是因为它们象征性地凸显了公共舞台上的行为和角色划分。但这种公共性的政治行为往往戏剧性地再现了普通人日常生活中的常见行为。因此，当老师和学生在酒吧共同享受了一个友好的午餐时刻，回到教室后，这时每个人都应该意识到，他们对另一个人的行为也应相应改变。当一个父亲中止了和孩子的玩耍，进入"纪律模式"时，他也同样发出信号，要求并确保孩子的行为举止发生适当的变化。这两种情况都使用了象征手法（第一种可能是头衔，第二种可能是音调）来标示这一过渡。在这两种情况下，如果不能充分区分这两种姿态，那将会像奇提穆库卢得不到关注和尊重一样具有毁灭性。

在对乌特库因纽特人（Utku Inuit）文化的精彩描述中，琼·布里格斯（Jean Briggs）就描述了她的养父，乌特库人的司祷员因纽蒂亚克（Inuttiaq）的一次失败尝试：他想确立自己的权威，但这显然破坏了团队成员之间的平等。因纽蒂亚克在周日和圣公会历其他著名场合举行的礼拜活动都是在他的拱形圆顶小屋内完成的，因而非常拥挤，"我们29个人被挤到了因纽蒂亚克10英尺圆顶小屋里，弯曲的墙壁让我们变得扭曲，陌生的肘部和脚近得让人感到不舒服，而且还得想法避开圆顶上无情滴下的水珠"。出于对周围环境的尊重，会众在整个仪式中始终保持着相同的姿势。直到有一天，因纽蒂亚克明显地表示出他们应该起立，唱最后的赞美诗。第一次，尽管困难重重，他们还是服从了。但没过几个星期，不声不响的反叛爆发了：

> 到了二月，这一切结束了。在一些仪式中，因纽蒂亚克似乎忽略了会众依然坐着的事实；他没有表示他们应该站起来。到了第二个星期天，他急促地扬起下巴，吹口哨想让会众起立……但只有五个人服从了。他再也没有叫过他们；维持现状占了上风。（Briggs，1970：55-56）

他还想搞一个创新，让人们进入拱形圆顶小屋之前先敲门，好维护他的神圣权威，但这一尝试同样以失败告终。我们不得不得出结论，因纽蒂亚克就是缺乏为自己树立一个令人信服的新角色的资源。还有一个经典研究就是 W. F. 怀特（W. F. Whyte）的名篇《街角社会》

（*Street Corner Society*，1955）中揭示的这种非正式领导的扩散策略。在这部开创性的城市民族志中，怀特描述了"街角男孩"帮派内部和帮派之间的社会关系，说明领导者在保龄球、求爱和外交方面运用各种技能来维持他们的崇高地位，并展示了这些技能失效时的后果——失去地位以及操纵角色的能力。

这种虚构出来的"简单"共同体观和没有限制条件的面对面社会理念显然是密不可分的。如上所述，也正如我在本书中想要展示的，共同体内的社会关系不一定比其他环境更复杂。我们也许应该满足于说他们是不同的；但是，我们不能允许人们不受质疑地认为它们比别的地方更简单。同样，我们必须认识到，在所有社会中，有些关系可能更倾向于个人，有些则更倾向于非个人。但是，把任何一种关系看作完全不考虑角色或人的因素好像很奇怪，而且也肯定非常偏颇。当然，在小而密切的共同体中，个人知识和人格的首要地位并不排除对不同活动的边界产生敏感，还有与之相关的权利、义务和制裁。因此，即使认为这样一个共同体**在结构上**更加简单也会被误导。正如齐美尔无可比拟地指出的，微观层面的社会生活解剖比宏观层面阴暗的上层建筑更为复杂，也同样具有启示性。这种错综复杂的现象本身就是微观社会对生活在其中的极其复杂的个体做出的更大的反应；正如我们将要看到的，正是这种回应很好地解释了为何共同体最近复兴，成为社会行动中的一种动员思想。

（ii）平等主义神话

假定共同体生活简单的另一个推论是同样令人生疑的平等主义主张，这也是雷德菲尔德所宣传的（例如，1955），但在随后而来的共同体研究传统中，这种说法屡屡出现。我们应该对这种平等主义的主张提出抱怨，不是说它不正确，也不是说它在经验上没有根据，而是说它不够充分。它很少区分平等中的意识形态（"我们这里都应该平等"）、修辞（"我们这里都是平等的"）和实用主义（"我们这里的表现**好像**我们都是平等的"）。所有这些都不应与对实际社会关系的描述相混淆。

我们的论点是，把平等主义无条件地归于一个共同体，通常是由于错误地把分化结构的缺位——比如说阶级，或形式上的权力和权威等级——视为明显的分化缺位。人们标记和承认地位的手段可能经常被肤浅的民族志学者掩盖，它们确实并不直白，隐匿于强调平等以及缺乏对**不**平等的制度化表述这一表面之下。在某种程度上，平等主义的务实思想导致人们对差异采取无声表达，然而，他们对此还是很敏感。因此，一个共同体可能缺乏形式上的领导结构。然而，它有办法赋予地位和威望，也许是基于生存能力，也许是基于其他有价值的活动，或年龄，或明显的神圣性，如此等等。例如，一位观察家令人信服地质疑普遍归于纽芬兰农村**渔场**（定居点）的平等主义，这是加拿大最东、也最贫穷的一个省：

本文作者自己的经验……是所有纽芬兰社会都是分层的，几乎所有的纽芬兰人都十分清楚地位上的差异。此外，我们认为，大多数农村社区的分层程度即使不比城市中心高，至少也一样高。这种分层的基础是多种多样的，可能包括宗教、"勤奋"、工作技能或各种各样的其他标准。我们实际观察到的地位象征包括一个人居住在港口的哪一边；一个人多久粉刷一次房子；渔具的数量；赠送出的食品、野味或酒精饮料的质量；暴风雪过后，一个人铲出自己的道路或车道的速度有多快；一个人在夏天不需要堆很大的木柴堆时堆了多大的；还有近年来购置的室内管道和取暖炉。此外，一旦个人或家庭在纽芬兰农村确定了地位,他们往往是不可能逃脱或改变它的。即使是儿子获得了所谓的父亲特征,这个过程也具备了自证预言的许多特质。(Matthews,1970:224)

如此得到的地位通常可以非正式地转化为影响力和权威。然而,这种分化的重要特征是,它很少得到公开的承认:它是对差异的默认。事实上,人们经常会发现,这样的一些共同体很可能有形式上的政治组织——理事会等等——这些组织正式地代表共同体向外部世界发声;但与那些非正式地得到承认的"领导者"相比,它们在共同体**中**的信誉较低(例如,见 Frankenberg,1957;Cohen,1975)。正如我们稍后将看到的,如果默契,重要的等级划分甚至可以跨越某些宗教派别毫不隐晦、自以为是的平等主义(见下文第 2 章,60 页及其后)。

因此,每一个共同体都有大量的手段在其成员之间做出评价性的区分,这些区分手段虽然有可能隐藏在结构表面之下,但却是当地社会生活中强有力的组成部分。平等主义的出现往往掩盖了分化的现实(见 Hanrahan,1979)。

民族志学者不会仅仅因为看得不够仔细或不够深远,就把表面上的平等主义误认为是现实。这个错误有着更为复杂的根源,与平等主义的语用和修辞表达有关。有些情况下,人们应该表现得平等一些。想象一下,一艘拖网渔船上狭小的餐厅里的气氛,年复一年,人们周而复始地生活在那里;如果有一个或几个人声称自己在船员中拥有优越地位,或享有特权,或地位高于他们形式上的地位,这显然会造成摩擦。必须排除这种潜在的紧张形势,因为在海上的拖网渔船上没有切实可行的办法来摆脱这种令人不安的局面;在这种受限的环境中,人们必须形成合理的生活方式,否则将自食其果(有关敏感描述见 Warner,1984)。同样的情况也可能发生在农村和相当偏远的社区（事实上，也可以发生在任何相当与世隔绝的人群中），在这种情况下，某个人不断地言称自己与众不同会成为一种令人无法忍受的刺激，这与大家将独特的身份归于个人完全不同（见 Cohen，1978）。

　　与世隔绝并不总是一个地理问题或有关特殊兴趣问题。它也可能是隐居于共同体边界——例如共同体通过象征性手段设计出的那些——之后的产物。这里，务实的平等主义也成为共同体完整性的一种修辞表达。它向外界展示了共同体成员的共同利益。因此，它具有不同社会阶层之间交流的特点，即简化。当一组人与另一组人交往时，它必须将其信息简化为一种形式和普遍性，这样每个成员都可以借此来确定他们的个人利益。否则，信息就会晦涩得离谱，而且限定性太强，外人都无法理解。因此，当一个立场被表述为"以共同体的名义——'**我们**想……''**我们**认为……'"——那它就意味着一种观点的普遍意义，等于表达了相同性和平等性。持不同意见者会指责这种平等主义，正如它会违反如此设计的边界的完整性一样。这种一般性的立场声明，即使不完全是虚构，也往往是对个人愿望的充分扭曲，因此不可能在共同体**内**获得通过。然而，向另一方阐述这种一般性沟通立场的做法往往也会反馈到共同体，赋予其自我意识，从而修饰其象征性的边界。

　　此外，跨越边界表达平等主义往往也是一种手段，共同体据此表达了它与其他地方的不同之处。它的成员可能会诋毁他们在其他地方看到的财富和权力的差距，或竞争力，以证明他们对平等的支持是合理的，并赋予其价值。这也是赋予边界活力的一种方式。

　　在这里，我们还可以看到，平等主义和社会关系中的个人主义一样，是共同体社会进程中一个强有力的象征性一面，而不是其结构性贫困的一个指数。在早期的理论阐释中，平等主义被视为令人乏味的相同性，而且，在一个臭名昭著的例子中，它既是一种病态的表现，也是一个共同体愚昧化和贫困化的原因（Banfield，1958）。如果我们反过来把一个共同体公认的平等主义视为其对比身份研究中的一个项目，而不是对其社会结构所做的一种肤浅的描述，那么我们就可以对共同体及其边界的象征性动态过程进行阐释。

(iii) 在所难免的从众神话

雷德菲尔德认为，一个共同体变得越不与世隔绝，也就是说，它与一个社会的大都市"中心"接触得越多，它就会沿着从"民间"到"城市"这个极点连续体走得越远，最终丧失共同体生活的质的维度。这里我们来谈谈两个相关争论的核心。第一个争论展示了结构功能主义的一个基本的理论假设：结构决定行为。第二，鉴于这种结构决定论，类似的结构影响会产生类似的行为反应。在本书的不同阶段，我们将对这两种争论进行较多的论述。让我们在谈论观点之前先说明一下，就像"简单"社会和平等主义的谬误一样，这个论点源自对**形式**或外表的过分强调，轻视或者说忽视了行为的**实质**或意义。

在所难免的从众神话表明，文化影响从中心向外传播将使处于边缘的共同体不再像从前的自己——事实上，会消解他们独特的文化——而且会反过来把他们变成中心的小型翻版。这些文化帝国主义的影响将沿着大众传媒、大众信息、传播基础设施、批量生产、全国营销和消费主义的轨道向外发展，带来一种单一的城市文化，这种文化将改变人们的行为，并像念咒语一样说出所谓的"共同体的消亡"（Stein，1964）。我们将在后面看到，第三世界的"现代化"和"发展"所带来的变革也提出了同样的论题。这两个预测都被历史所推翻——也许在政治家眼中是例外——但无论如何，它们在人类学上天真到了平庸的地步。他们都认为，人们可以把自己的文化剥离掉，留下一片空白，然后被一些输入的超级文化重新填充。换句话说，他们假设人们在文化上多少是被动的：他们接受文化，传播文化，表达文化，但并不创造文化。

社会心理学、现象学和象征互动论的兴起有效地削弱了这种文化观。英国社会人类学家不那么容易上当受骗，这当然是因为随着现代田野调查技术的发展，第一手的民族志开始积累起来。他们很快注意到，外来的形式并不仅仅是跨越了文化边界就输入的。在输入的过程中，它们被融合转化了——也就是说，通过一个过程，新的和旧的被融合成一个更符合本土文化的习语。但是，人类学家自己开始认识到了象征符号的多声性，认识到了形式和意义之间存在着问题重重的关系，这时他们也清楚地表明，这种转变不仅仅是习语的联姻。共同体可能会跨越边界导入结构形式，但这样做之后，他们往往会将自己的意义注入其中，并利用它们来服务自己的象征目的。在第二章和第三章中，我们将不断看到有关这个过程的例子。现在只需注意，作为结果，不同的社会、同一社会中的不同共同体，都可能表现出明显相似的形式——无论是在宗教、亲属关系、工作、政治、经济、娱乐还是在其他方面——但这并不意味着它们在文化上已经同质化。因为这些形式成为表达本土意义的新载体。我们特别感兴趣的是，它们很可能成为重申和象征性表达共同体边界的媒介，这点颇有讽刺意味。这些边界对于外人来说，即便不是不可能辨认，也是非常难以认出的。这就好像一个制图员以一种非常规的方式使用了传统的图示，但却没有提供符号说明，地图因而变得难以理解了。既然现在的共同体边界更具象征性，比之物理性和地理性，更具"精神"性，因而难以辨认，那它们就更难打破。你不能在一条看不见的河面上架桥。

中心和外围之间的距离，有界的共同体和外部世界之间的距离，现在常常都属于这种概念上的变化。事实上，概念上的距离是精心设计和修饰的，就是为了保持共同体真实的独特性。因此，从众往往是一种幻觉；至少，这只是故事的一部分。那种认为主流社会的主导性结构逻辑将转变共同体，让它们更加相似的理念忽视了本土的创造力。正是凭借这种本土创造力，共同体抵御住了外部强加的变革。与结构形式的变化相匹配的是，通过神话、仪式和"建构"的传统，人们对特色共同体进行了象征性的再创造。不过，让我们不要对故事做太远的预期。

结　论

我不想给人留下这样的印象：美国大师的作品可以随意地被历史遗忘。它应该有人阅读，而不仅仅是为了它的历史价值。美国大师的作品充满了智力上的刺激、想象力和活力。它们充满了洞察力；其中有些作品，尤其是帕克和伯吉斯对信息管理的观察，即便没有韦伯那样持久的当代性，也有惊人的现代性。但在理论和方法上，它却被社会科学的范式转移和民族志方面的经验积累甩到了后面。但车轮继续转动，它们的时代可能又来了。然而，我们的论点是，它们确实搅浑了古典大师们游过的水域，而**他们**的遗产对我们影响最大。如果学生们想要掌握当代的方法去理解象征符号，理解社会进程中的对立模式，那他们就必须读涂尔干；如果我们关注的是微观社会进程，那就读齐美尔；如果我们现在正在深深地纠结（也许到了神经质的地步），想要解决意义和阐释问题，那就要读韦伯。

正是后面的这些问题影响了此处采取的方法。一段时间以来，共同体研究由于极力想制定精确的分析定义而陷入理论贫乏的深渊（例如，见 Hillery，1955）。我们现在不关心分析型分类学的实证细节。

我们面对的一个经验主义现象：人们对共同体的依恋。我们想捕捉到他们的**经验**，理解他们赋予共同体的意义，从而达到对共同体的理解。因此，之前我们的学科强调的是结构，现在我们改变了这个做法，将共同体视为一种文化现象：因此，作为一种文化现象，它的意义是由人们通过其象征力和资源来加以建构的。

第二章
边界的象征

引 言

比较社会科学从方法论着手提出假设，认为用来描述一个社会的某些成分的术语可以恰当地应用于另一个社会。这一假设为社会人类学提供了一个十分基本且又无法解决的哲学问题，因为它等于是在说，一种文化在描述和阐释上都可以简化成同样适用于另一种文化的术语。该方法的倡导者可能会声称两种或两种以上的文化足够相似到用共同范畴进行分析。反对者回应说，它们的相似性是人为地将它们归入这些共同范畴的产物，也就是说，分析人员只是把它们当作**似乎**真的相似。哲学问题太复杂了，不能在这里进一步探讨。然而，我们把它引入我们的讨论，因为它跟共同体边界的实质性问题密切相关。正如人类学家和社会学家在试图理解和描述其他文化时，常常会绊倒在一个个隐而未现的文化差异障碍之中，"普通人"在感知并和其他人互动时也会被绊倒。特罗布里恩群岛的母系制（Trobriand matriliny）、塔伦西人的父系制（Tallensi patriliny）和舒瓦瑟尔岛的双边主义（Choiseul Islands bilateralism）丰富多彩，与众不同，而人类学家则可能会把这种非凡的多元文化减少到一个可以简单描述的范畴："亲属关系"和"血统"。但更天真的是，外行人"理解"他人的亲属关系或家庭关系的方法就是将其同化为自己的亲缘关系。也就是说，他们将**自己**的阐释性建构置于他人的经验之上，并经常混淆两者。当然，我们必须以自己的经验为出发点，去理解我们周围的事物。事实上，当我们无法做到这点，也就是说，当我们无法将未知转化为可知时，我们往往会变得害怕。但是，这种将我们的意义强加于他人行为的倾向，可能会促使他人坚持自己行为的唯一性、完整性或独特性。实际上，他或她对我们说，"但我的经历**不像**你的。我的情况不一样！"或者，青春期少年动不动就对无所不知的父母爆发说，"你根本不了解我——我和你不一样！"正是这种大体相同的独特情感导致共同体和族群重申并再次确认其边界。事实上，随着边界两边在形式上出现越来越**明显**的相似之处，或者说在人们的想象中越来越明显，这种自信很可能会加强。因为相似性的**出现**可能会阻止人们去质疑它的**真实性**。结果，那些感到自己的边界因混乱而变得模糊的人不得不揭露外表和现实之间的矛盾。随着本章的进展，我们会探讨这一来势汹汹的独特性主张，然后在下一章里会更直截了当地面对它。首先，我们得更深入地研究人们是如何意识到其共同体的独特性的，他们用了什么样的象征手段来设计和维持这种意识，当然还有共同体边界的象征性表现。

上面提到的各类继嗣制度都可以归入"亲属关系"这一描述性范畴。但我们需要在认知上突破它们自己的边界，以便了解一下它们的成员是如何体验和理解这些边界的。同样，把佛教和圣公会都称为"宗教"并不能给我们提供任何实质性的基础，我们无法从中理解任何特别的佛教徒或圣公会教徒的信仰经历。为此，我们需要找到某种更微妙、更亲密的途径来接近他们的意识。因此，当我们看待他人的共同体时，我们别动不动就把自己的意思附加在它们的结构形式的外表上，而应该寻求共同体成员赋予它们的意义。换句话说，我们必须把它们当作**符号**形式。

案例：吉卜赛人和"非吉卜赛人"对女性的看法

感知的差异有一个生动的案例，这或许就体现在朱迪思·奥凯利（Judith Okely）在对吉卜赛女性充满感性的描述中。她的一个写作主题就是对比吉卜赛人和非吉卜赛人（"白人"）对吉卜赛女性的看法，她认为白人的刻板印象就是吉卜赛人好色、滥交。与非吉卜赛诋毁者相反，在她的描述中，吉卜赛女性更关心性行为的规范、性的忠诚和节制。虽然白人共同体有可能认为吉卜赛人"肮脏"，但吉卜赛人关于身体纯洁和玷污的思想比英国社会流行的思想更为完善。事实上，吉卜赛人利用他们的意识形态来象征他们的民族边界。吉卜赛人，奥凯利说，

从根本上区分身体内部和外部。皮肤的外层及其丢弃的皮屑、积聚的污垢、毛发等副产品以及粪便等废弃物都有可能造成污染。外部身体象征着呈现在非吉卜赛人面前的公我或角色。它是身体内部的保护层，内部必须保持纯净和不受侵犯。内在的身体象征着秘密、民族的自我。（Okely，1975：60）

案例：塞舌尔的疗法术士

另一个雄辩的例子可以从塞舌尔的魔法治疗记载中得到。在塞舌尔，让疗法术士（bonhommes des bois）明显感到有趣的是，白人观察家马里恩·本尼迪克特（Marion Benedict）最初接触治疗是因为她觉得他们的病人天真地相信他们的魔法。换句话说，她屈从于**自己**文化中的魔法意象。她认为疗法术士的塞舌尔病人容易上当受骗；而疗

法术士就是见利忘义地剥削着这种轻信者的人。经过长时间的思考和与疗法术士的个人咨询，她才意识到疗法术士的艺术在于通过闲言碎语获取信息。此外，即使是他们最热衷于治疗的病人也参与提供此类信息。他们非但不容易上当受骗，反而意识到秘密谈话的治疗价值。魔法的昙花一现（gris gris）和疗法术士的神秘用具可能只不过是一种手段，掩盖着充满压力的现实和成功解决问题的治疗性幻想之间的分野；同样，这也是标明塞舌尔人和那些认为他们迷信、容易受骗却暴露出自身容易轻信的白人之间的界限的一种手段（见 Benedict and Benedict，1982：尤其是 92 页及其后）。

　　很久以前人类学家就被告诫，不要将形式的相似性和内容的相似性混为一谈。在《缅甸高地诸政治体系》（*Political Systems of Highland Burma*）的引言中，利奇（Leach）认为"审美装饰"（aesthetic frill）是一种仪式和象征，社群用它们来装饰自己的日常行为和专业行为，表达社会的本质和独特性。在这些美学中存在着社会的"伦理规则"。在一个行为中，这部分的内容可能与该行为的表面目的并无实质上的关联。但是，它对于参与者描绘其社交世界的方式至关重要：它是"群体内人际交往总系统的一部分"（Leach，1954：12）。因此，尽管外人可能无法理解，甚至无法察觉，但它可以向成员表达其社会边界的显著特色。尽管在上述作品中，利奇关心的是提出一种分析仪式而不是社会边界的方法，但很明显，他对日常行为中的象征元素充满了洞见，这对我们的主题至关重要。它强调了上述论点，即结构**形式**不能与**实质**相混淆：人们在行为中所发现的意义远远超出了他们行为的功能或特征，因为这些功能或特征可能被其他人所感知。任何行为，无论多么日常，如果社会成员希望赋予它意义，那么它就可能具有这样的象征意义（比照 Needham，1979：14）。

案例：昔兰尼加 [1] 贝都因人

举个例子，我们来看看这篇关于昔兰尼加贝都因人饮茶的描述，以及随之而来的"各种装饰"：

喝茶往往持续一个小时或者更长，在这个过程中，会给简单的煮水技术添加许多装饰，将其与茶和糖混合，然后饮用。程序一开始是简短地辩论一下谁来沏茶。一旦决定好人选，小茶杯和小搪瓷茶壶就会被放在托盘里，摆到他的面前。余烬被放在一块金属上拿了进来，放在托盘附近。水放在一个叫作kilu的容器里煮沸，kilu是意大利人分发的一种小罐子，用来盛集中营年代配额发放的那一公斤油。所有这些项目都是标准的，没有其他项目可以达成这个目的。茶匠一旦开始烧水，大家就开始交谈。他们谈话兴致勃勃；非如此则体现不出其得体之处。水烧开后，茶匠往小茶壶里倒一些开水，加一把茶和两三把糖。与此同时，对话有增无减。混合料煮成浓糖浆状冲泡后，茶匠挑挑拣拣地洗了几个杯子，在面前摆成一排，然后从一个很高的高度，往小杯子里倒些茶，搅拌好，再倒回锅里。然后，他用一种不必要的劲儿砰的一声关上了茶壶盖，好像对它很生气似的。三到四次这样的混合通常就足够了。然后，他往杯子里倒了一小杯茶，又把茶壶举得高高的，尝了尝，把剩下的倒回茶壶里，然后一声不吭地又把茶壶放回闷烧的余烬里，坐在他周围的人都在全神贯注地注视着他的一举一动。茶匠根据整体气氛，会或多或少地来回做着这些动作，直到最后，他把茶倒进所有的杯子里，然后一个个递过来。每个

---

[1] 指利比亚东部地区。——译者

人都会迂回地把杯子端到嘴边，然后发出啧啧的响声。畜牧骆驼的贝都因人要喝三轮茶。每一轮都要用同样夸张的动作。第三轮结束后，队员们像受到了驱动一样站了起来，然后突然离开。（Peters，1984：212-213）

该文作者坚持认为，他所描述的一套动作不是仪式，因为"喝茶不会改变人们之间的关系"。然而，除了泡茶和喝茶，明显还有很多其他事情发生。程序的每一个步骤都得遵守规矩，这表明每一个步骤都是一道遵从声明，遵从在特定的社会边界内业已建立并得到承认的规范体系。彼得斯（Peters）描述的大意使我们有权假设，不遵守这些惯例的违规者将立即被标示为局外人或越轨者。彼得斯指出，参与者以"全神贯注"的态度观看这个过程，这与我们仅仅关注煮沸一壶水的态度很不一样。他注意到在这个过程中有许多明显多余的动作（"夸张性动作"），如"从一个很高的高度"倒茶；砰的一声关上茶壶盖，那是"不必要的劲儿"；饮茶者把杯子端到嘴里的迂回动作；还有吵闹的喝茶声。很明显，尽管这种行为可能是常规的，但如果将其描述局限于实际的饮茶，那就没有抓住重点。

彼得斯的"夸张性动作"就是利奇的"审美装饰"。两者都表明了这种日常行为的象征性质。波士顿和贝都因地区都有可能举行茶话会，但很明显，茶话会对各自参与者的意义截然不同，因此这里对茶话会使用的描述性标签只会混淆茶话会的性质和意义。

边界与社会变迁

在社会变迁的背景下，随着共同体越来越多地受到来自其边界的影响，形式和内容之间，或表面功能和本土意义之间的混淆问题显得非常重要。工业化和城市化、现金经济和批量生产的主导性地位、市场的集中化、大众传媒和统一传播信息的扩散、交通基础设施的增长和流动性的增加，所有这些相互关联的进程都破坏了共同体边界的基础。每一种都是对社会包囊作用（encapsulation）的多方面攻击，最终导致社会形式明显同质化。无论哪个国家，其语言、家庭结构、政治和教育机构、经济进程以及共同体的宗教和娱乐活动都有某种明显的相似之处。至少，它们彼此之间的相似程度要远远高于他们跟他国共同体的相似程度。这种明显的相似性很可能会让人们认为，旧的共同体边界在某种程度上变得多余和不合时宜。事实上，国家媒体、国家政党、营销专家等的既得利益很可能导致他们积极贬低和诋毁国家层面之下的边界。但这种同质性可能仅仅是表面的，仅仅是一种表面上的相似、一种虚饰，掩盖了更深层次上真实而显著的差异。事实上，共同体承受着修改其结构形式以便更好地符合别处标准的压力。压力越大，它们就越容易从**符号象征**层面重申它们的边界，将这些掩饰着它们外表的意义和重要作用灌输到修改过的形式中。也就是说，随着边界的**结构**基础变得模糊，象征性符号基础通过"夸张性动作和装饰""审美装饰"等方式得到了加强。

无论是资本主义还是列宁主义谱系，许多早期发展理论都认为，随着"发展"，还不太"现代"的世界将在许多方面逐渐与现代世界相似，而不仅仅是经济。法律、亲属关系、政治和宗教都将趋向于一种社会规范（见 Worsley，1984：特别是 1-22）。事实上，正如我们所知，这种假设为欧美的帝国主义提供了许多意识形态宪章。我们也知道，殖民地政府、传教士和其他更为阴暗的人物运用这些假设，创造了一种普遍存在的抵抗现象，这种现象笼罩在原始的本土主义意识形态与修辞学中，比如货物崇拜、黑人精神、"非洲社会主义"和南部非洲的犹太复国主义教堂都是其中著名的例子。我们自己国家界内的有界群体和共同体也会做出同样的反应，虽然可能没有那么明确，也少了点戏剧性，但对此我们的回应就没那么敏感——部分原因可能是，尽管它们表达了明确的差异，但它们被**明显**相似的结构形式所掩盖；正如它们所说，这些外观是骗人的。这种反应可能表现在维护共同体完整性的各种攻击性政治声明中，可能会强调语言权利，强调特殊问题或要求某些便利设施。这种政治化的边界主张也有不那么严肃的一面，例如，1978 年，设得兰当地一家俱乐部的老板邀请脱衣舞演员到设得兰演出，娱乐的主要对象是大量出现在岛上的石油建筑工人，对此设得兰女性团体（一个当时完全由外人组成的团体）表示反对，并通过《设得兰时报》的"读者来信"专栏开展了一场激烈的辩论。在天气恶劣的北方举办脱衣舞演出的想法在当地被普遍认为是可笑的，但他们却忽视了局外人明显的施恩性干预行为。两位参与辩论的人员写道：

最近我和我的朋友参加了设得兰女性团体反对脱衣舞表演的活动……我们接触了很多设得兰人，想要他们签署我们的请愿书，但对他们无可否认的种族主义反应感到十分震惊。"回家去！谁叫你来这里的？"许多人的反对意见不是关于这个问题，而是他们认为我们在设得兰问题上介入不当。（1978 年 8 月 18 日）

对此的回应是：

我根本不能确信为什么她们一边自称设得兰女性团体，一边又承认自己是一个岛外人（局外人）。此外，是什么让她们认为设得兰女性将要遭到剥削，她们有什么资格阻止这种不太可能的事件发生？（1978 年 8 月 25 日）

以及，

　　这五封信（抗议脱衣舞表演）都不是设得兰人写的，这不是值得深思吗？如果我去了她们的国家，并开始大声嚷嚷……以当地人的名义，我会怎样？（1978 年 9 月 8 日）

　　这种挑衅性的有界共同体承诺采取的形式也不是很明晰。也许人们可以从如何使用、看待和修改某些习惯性的社会形式和做法中觉察一二。长期以来，人们注意到，正在经历快速而动荡的变化过程的社会往往会生成一些表面上十分传统的形式，仿佛隔代返祖，但却赋予它们适合当代环境的意义和影响。这种因变化而产生的反应可能是传统与现代在语言、技术、宗教等方面的融合。有时候，它们还表现为在不断变化的情况下有意识地维持习惯性的做法，使其早先的依据不合时宜。这些融合技术似乎就是一些手段，将外族的实践变成一种熟悉的、因此也可以接受的形式。它们可以被看作外来社会影响的本地化翻译和修饰。然而，这种"外部世界"影响了边界共同体的观点过于简单。它是一种社会变迁的消化模式，在这种模式中，身体（边界共同体）通过自身消化液的作用，吸收、摄取食物（外在影响），从而发生本质上的转变。然而，社会的变迁往往也标志着一个反刍过程，这不仅仅是肠胃胀气，而是相当于一个对吞咽的含蓄拒绝！这种反刍咀嚼的社会相似性，是一个共同体采用了源自外部的结构形式，这些结构形式在输入过程中发生了变化，并被本土意义从根本上重建，这样，跨越边界输入的结构为表达本土价值提供了新的媒介。

案例：纳斯卡皮人 [1]

纳斯卡皮印第安人以拉布拉多海岸的戴维斯湾（Davis Inlet）为基地，但他们一年中的大部分时间都在被称为"贫瘠地带"的内陆狩猎。自 1952 年以来，他们与外界的接触主要是通过哈德逊海湾公司、纽芬兰和加拿大政府，由当地的天主教传教士出面协调。传教士向他们介绍新的捕鱼技术，帮助他们在戴维斯湾购置房屋来代替帐篷，培养他们对物质资料的渴望，因此也培养了他们对现金的需求。

据他们的民族志学者说，传教士的策略是使纳斯卡皮人越来越依赖戴维斯湾的定居点，以便让他们更紧密地与当地的使团联系在一起（Henriksen，1973：15）。

纳斯卡皮公共性中最重要的一个象征表达就是祭鹿宴（mokoshan）中的共生仪式，即分享和食用驯鹿骨髓。像一些牧民社会的祭祀一样，举行祭鹿宴可能是为了纪念社会关系中的任何重大转变，但也可能是为了象征狩猎的临时领导人沃茨茂（wotshimao）的权威，或是为了庆祝狩猎的成功。祭鹿宴通常被认为是"猎人和驯鹿精神之间关系的确认"（Henriksen，1973：10），以及一种深深扎根于纳斯卡皮的萨满教历史的仪式。因此，这似乎是对天主教牧师传教利益的憎恶。

祭鹿宴基本上是狩猎场（纳斯卡皮人的世界）的一种仪式，因此，它在戴维斯湾定居点本身很少得到保障，这里是纳斯卡皮人与白人世界的界面或者说边界。在这里，教会仪式似乎占了上风。但他们真的这么做了吗？

1　魁北克北部和拉布拉多内陆高原的一印第安部族。——译者

　　迄今为止，圣餐是纳斯卡皮人最重要的教会仪式，和祭鹿宴非常相似。事实上，纳斯卡皮人说圣餐和祭鹿宴是一样的。这是一个合理的等式，因为两个仪式之间的比较表明，它们由相似的元素组成：都发生在一个帐篷／房子里，一个人是仪式的负责人。在这两种情况下，都有少量的神圣食物必须被小心处理和食用：在祭鹿宴中，驯鹿骨头的生骨髓是与驯鹿精神沟通的载体，而在圣餐中面包和葡萄酒把圣餐者与耶稣基督的身体结合在了一起。（Henriksen，1973：78）

　　所以，皮耶特神父用基督的身体［而不是血（同上）］喂养他的信众，感谢异教徒的皈依，而纳斯卡皮人则嚼着薄饼，与驯鹿的灵魂交流。在这样做的过程中，他们思考了纳斯卡皮文化的本质，并重申了他们共同体的边界。

　　据报道，加拿大东部另一个印第安群体，新斯科舍省的米克马克人（Micmac）也有类似的情况。这一次我们又找到了一个非常清楚的示例，说明一个共同体的成员可以采取一种外来的社会形式，并从根本上对它进行象征性地改变，让它折射出他们自己的群体自我感，并支撑起他们的共同体边界，反对来自外部的颠覆。有一个例子是米克马克人对天主教圣徒节的重新表述：

　　欧洲人第一次定居的时候，首长们夏天聚集到了海岸，展开政治讨论。与此同时，家庭群体聚集在一起，庆祝他们的共同组带，重新结盟，安排婚姻，等等。在适当的时候，耶稣会教士会设法在宴会中加入一些基督教的内容，不久，夏季聚会就成了对圣安妮的感恩宴会，圣安妮成了米克马克人新的守护神。今天，圣安妮节仍然是一年中最重要的部落活动，但主要的宗旨不是借此与保护圣徒再续契约，而是作为一个民族融合的工具，一个展示印第安人团结和确立国族的

机会。（Larsen，1983：47）

案例：波迈（Permai）葬礼

就像纳斯卡皮人的祭鹿宴一样，一种叫作"斯拉梅坦"（slametan）的共生仪式提供了一个重要的符号，象征性地表达了爪哇人乡村生活的共同性。它很有社会成效，部分原因就在于穆斯林和印度教徒都承认它为睦邻友好的媒介。事实上，它体现了宗教多元化的融通方案，让不同的宗教信徒能够在社会中和谐生活。与爪哇其他地方一样，在莫佐克托（Modjokuto），这种共识越来越多地受到正在兴起的原教旨主义伊斯兰教学校派（Santri）运动的威胁。同时，马克思主义和世俗民族主义的出现也强化了旧的阿邦甘派（Abangan）[1]的融合倾向，并在波迈党派中找到了政治表现形式。波迈明显融合的特征可以清晰地见之于以下描述中：

> 波迈会议既遵循斯拉梅坦仪式，完整地配备了香和象征性的食物（但没有伊斯兰教圣歌），也遵循了现代议会程序；波迈的小册子包括历法、数字占卜系统、神秘的教义和阶级冲突的分析；波迈的演讲涉及宗教和政治概念的阐述。在莫佐克托，波迈也是一个疗愈派异教，有自己特殊的医疗实践和咒语、一个秘密代码，以及对领导人在社交场合和政治会议上演讲段落的神秘解释。（Geertz，1975b：151）

然而，表面上它唤起了斯拉梅坦等特有的融合，但是本质上它是一个

---

1 美国人类学家克利福德·格尔茨（Clifford Geertz）1960年出版的《爪哇宗教》把爪哇社区分为伊斯兰教学校派（Santri，也译"敬虔派""正统派"）、阿邦甘派（Abangan，也译"挂名派""传统派"）。——译者

反伊斯兰教的党派。所以，格尔茨随便就提了一下将伊斯兰教圣歌排除在仪式之外。该党还为世俗葬礼而奔走，而在莫佐克托这实际上是不可能的，因为伊斯兰教对葬礼仪式的影响由来已久，而且传统上负责葬礼的当地宗教领袖莫丁（Modin）在1954年就接到指令，不要参加波迈成员的葬礼。

接下来发生的困难就反映在一名波迈成员身上，他的年轻侄子一直陪伴在他身边，直到猝死的那一刻，他想筹备他侄子的葬礼，但一直没有成功，感到十分沮丧。莫丁拒绝合作，整个葬礼过程（通常在死亡数小时内举行）陷入僵局，造成了非同寻常的情绪宣泄和对神秘灾难的恐惧。只有当死去男孩的父亲赶到，要求举行"完全伊斯兰教的"葬礼时，葬礼才能继续进行，而且葬礼得按照规定的伊斯兰教的方式进行。爪哇人的丧葬仪式是受到习俗约束的，要围绕着一系列纪念性的斯拉梅坦进行组织。然而，在男孩死后三天举行的第一次斯拉梅坦会议突然脱离了传统形式，波迈官员利用这个机会展开了冗长的政治演讲。

从格尔茨的描述来看，很明显，对社会边界（在这个例子中，是政治宗教团体的社会边界）的新感觉体现在了仪式中，而在过去，这种仪式掩盖和压制了分歧。尽管双方都承认斯拉梅坦**形式**在死亡仪式中的合法性和力量（Geertz，1975b：164），但各方也都利用这个机会作为媒介，表达自己明显的宗派身份。在形式上既达成了共识又实现了融合的仪式传递了一种无论是在风格上还是在实质上既对立又新颖的伦理。尤其引人注目的是，葬礼上的斯拉梅坦被带过了边界，而且，虽然染上了厚重的伊斯兰教影响的色彩，却被用作反伊斯兰教的波迈信条的平台。正如格尔茨的一位信息提供者遗憾地告诉他，"你甚至都不能再死了，这成为一个政治问题"（Geertz，1975b：156）。

仪式与边界

所有这些例子都表明，无论一个组织的表面功能属性是什么，它的实质可能在很大程度上是由它对共同体边界的象征构成的。对边界的象征性表达和肯定，增强了人们对共同体的意识和敏感性。这一现象为政治活动家所熟知，他们常常为自己显然毫无结果或毫无希望的示威游行辩护，指出这些示威游行在参与者中产生了效果，即"提高了意识"。事实上，这种理论可以很好地解释为何极权主义政权要在政治行为的**各个**方面找出一个政治纬度，无论是在艺术上还是在小偷小摸的行为上，戴维·阿普特（David Apter）将这种趋势描述为"政治宗教"（Apter，1963）。

人们出于各种原因参加仪式。但是，无论他们的动机或表面目的是什么，似乎很多仪式也都有这种能力来提高意识。因此，在确认和加强共同体边界的各种象征手段中，仪式占据了突出的位置，这并不奇怪。在本章的剩余部分，我们将回顾一些不同方式的例子，在这些方式中，仪式和类似的象征性流程过程在这方面显得特别有效。

（i）仪式与公共性体验

在其权威的宗教社会学中，涂尔干有力地论证宗教和仪式为确认社会的基本组织原则提供了环境和媒介。随着理论和民族志的发展，人类学家开始认为仪式具有比涂尔干设想的更复杂、更广泛的能力。最重要的进展莫过于马林诺夫斯基（Malinowski）对仪式的心理效果的认可。尽管仪式作为一个主题，揭示了人类学作为一门学科具有的所有的范式多样性和宗派主义，但大多数学者都同意，无论是在社会还是心理后果方面，仪式都确认并强化了社会身份和人们的社会位置感，是人们体验共同体的重要手段。

我们的论点是，随着共同体的实际地理社会边界遭到破坏、变得模糊，或在其他方面受到削弱，共同体及其边界的象征性表达变得越来越重要。要想证实这一论点，我们不仅可以在定居的共同体中，还可以在成员已经离散但仪式却为他们提供重建共同体机会的人群中找到证据。

案例：维乔尔（Huichol）印第安人的佩奥特掌（peyote）搜寻

墨西哥中北部西马德雷山脉（Sierra Madre Occidental）的维乔尔印第安人生活在相当与世隔绝和贫穷的环境中。4 000 至 5 000 人口分布在一个广大山区的五个定居点。另外 5 000 人已经遍布墨西哥。西马德雷山脉的维乔尔人共同体没有首领。他们之间没有组织上的联系，在别人的笔下更像是"一个营居群，而不是一个真正的部落组织"（Myerhoff，1974：62）。只有通过"一种共同感"才能实现他们这种整合。这种感觉似乎受到了一系列仪式的强有力的刺激，这些仪式构成"搜寻"佩奥特掌，要维乔尔人去朝觐维里库塔圣地（Wirikuta）这片他们的神圣祖先的土地，因而也是他们的起源。这片神圣的领土与他们现在的世俗家园并置，涉及一系列复杂的对立，体现出一个根本性的矛盾。在维里库塔圣地，维乔尔人是神圣的、跨社会的、不朽的、永恒的。他们经历了人与自然的完全融合以及生命中所有元素的完美统一。在世俗世界里，把人与人、人与自然和神灵分开的边界被驱散了，这令人欣喜若狂。维里库塔圣地是天堂（同上：258-261）。相比之下，在世俗世界里，维乔尔人受到了"社会矩阵"

的束缚，被自然和生态限制在：

这样一种生活中，必须无休无止地、一成不变地、徒劳无功地关注收成、季节，必须适应不易理解而又充满威胁的压力，而施加压力的就是周边强大而危险的外来者。（同上：259）

在他们回归维里库塔的仪式中，维乔尔人因此"找到了他们的人生"——他们真正的本质——象征性地表现在鹿（"过去完美的生活"）、玉米（"世俗的人性维度"）和佩奥特掌（"自由的个人精神生活"）之中（同上：262）——而在他们当前贫穷的定栖条件下，这些是得不到的。

这两个对立状态之间的边界呈现出多种象征性的标识方式。在朝圣途中，希库里特人（hikuritámete，朝圣者）扮起了神。为此，他们精心设计了逆转。例如，

一个人掉头向后，背对前面的人说话，一个人接受另一个人的东西后告诉他"不客气"，送的人则回答"谢谢"。

他们的领导人玛拉阿卡姆（mara'akame）说，"一切都应该彻底颠倒过来"（同上：149）。他们经历了一系列的净化，洗去并烧掉他们的腐败。他们甚至抑制、隐藏或改变正常的摄入和消化功能：

维里库塔是绝对纯洁的；在那里，便溺是不洁的，因为它明显是一种凡人的活动，给圣地带来了另一个领域——家、日常生活、"现实"——这些在那里没有立足之地……同样，希库里特人回家时，烧掉了他们在圣地享受的所有食物，这时人们看到了维里库塔和日常生

活之间的界限。

在维里库塔吃的食物严禁被"运到另一个领域,即日常生活的世界,遭受污染"(同上:242,注3)。

因此,象征构成了维乔尔人世俗生活和神圣生活的边界。玛拉阿卡姆坚持认为,象征是不可翻译的,因为它不是一个空想的或寓言表达的信仰和理想。更确切地说,维乔尔人确实是如此看待象征的。然而,似乎可以合理地假设,朝圣者在维里库塔经历的快乐和"集体狂喜"(同上:157)在很大程度上要归功于维里库塔与其日常环境的对比。其中最突出的是维乔尔人在墨西哥梅斯蒂索混血儿中的边缘化,他们在前往神圣家园的旅途中必须穿越墨西哥。因此,他们创造的象征性边界不仅将他们神话般的过去与经验主义的现在区分开来,而且他们也将其共同体与周围的社会区分开来——而且还更加有效,因为这种象征对于混血儿来说是无法理解的。在一个非常生动的描述中,迈尔霍夫(Myerhoff)讲述了朝圣者在从维里库塔回家的路上,去了一家相当漂亮的餐厅。朝圣者们成群结队地经过"一群非常优雅、傲慢的侍者",穿着十分惊艳但现已弄脏的朝圣服装,在"神圣的冰雹"中四处扔食物,把菜单和装备变成了一个奇妙的神话,并且很高兴看到,可怜的外国佬只看到一群令人发指的"肮脏的印第安人",看不到他们的"无形财富",

意识到没有外人知道我们已经改变了,知道别人只把我们看作凡人。(同上:167-168)

这句话有力地唤起了象征在维持边界方面的功效:它创造了一种

归属感，一种认同感——同样，也创造了一种与他人不同的感觉。它这样做的方式很可能不为他人所察觉，因此也不容易被他们攻击或颠覆。搜寻佩奥特掌的象征性过程可以说是在一个群体中创造了一种共同性，即使是在一个共同体的**结构**已经被严重削弱，也许还被污名化了的群体中。维乔尔人的仪式显然创造了一种共同体意识。

（ⅱ）作为象征性标记的仪式

在局外人看来，维乔尔人的象征是神秘的、令人感到迷惑的，如果没有经过刻意的、专门的思维方面的努力，它是无法被理解的，以至于局外人无法将其中的大部分视**作**象征。例如，我们可以用审美的眼光来欣赏一幅维乔尔人的纱画，却不知道画面角落的鹿浓缩了一本对维乔尔人有着极其重要意义的纲要。

但在许多社会中，边界标记仪式并非那么深奥，而且往往在表达上更加明确。它们可能是精心组织的大型娱乐活动（如嘉年华），或分散性的欢庆场合（如集市和节日），或更加集中的地方和教区事务（如圣日）和神社特定的庆祝活动（如英国德比郡的饰井节）。在农村社会，在资本密集型技术普及之前，农业周期产生了宗教和世俗的仪式日历。但更"现代"的工业化和世俗社会也揭示了重要的历法仪式，标志着地方、种族、职业或共同身份的一些其他重要方面。值得注意的是，即使在那些官方上诋毁宗教仪式的社会中，国家也发现，为仪式展演设计一些庆典也是有利的（例如，见 Humphrey，1983；Binns，1979，1980）。尽管这些仪式的形式更加明确，但这并不意味着它们的意义必然是固定和统一的。相反，仪式本身就是象征性的。它们有一种"官方"的形式和理由，但它们的参与者很可能会从中发现完全不同的含义和经验。事实上，正是它们为参与者提供的机会使他们变得魅力十足，充满了吸引力。这种机会使参与者能够将象征性的形式融入他们个人独特的经历与社会和情感需求之中。

这些仪式在不同的层面上交流。用维克多·特纳的话来说，它们是"多指的"（multi-referential）和"多声的"（multi-vocal）（例如Turner，1967，1969）。在团体为整体的层面上，在正统的层面上，它们表明了群体与他人的关系。在个体参与者的层面上，它们表明的是个体与群体和世界的关系，而这种关系是通过个体的成员身份来调节的。两者都建构并允许个体体验社会边界。

案例：诺丁山嘉年华

诺丁山嘉年华是英国每年举行的规模最大、也最为著名的西印度群岛文化庆典。对它自 20 世纪 60 年代中期形成以来的历史分析表明，它经历了三个截然不同的阶段，这些阶段都是社会边界和群体认同的重要标志和颂扬。在第一个阶段（1965 年至 1970 年），狂欢节被描述为"阶级团结的……一种表达方式和工具"（Abner Cohen，1980：68）。诺丁山是一个工人阶级聚居的地区，与当时流行的伦敦"新潮"和富裕形象形成鲜明对比。英国本土居民和西印度群岛本土居民共同参与了为改善当地福利而进行的各种斗争，狂欢节表达并激发了当地的团结意识。

第二个阶段（1971 年至 1975 年）更强调种族和返祖，回到特立尼达狂欢节传统中，这是新近获得解放，但仍然处于殖民状态的黑人从他们的白人移民主人那儿接管过来的。后来，嘉年华在特立尼达得到了发展，变得现代化起来，成为独立的标志。征服、坚持和最终获得胜利的历史进程在钢"鼓"的本土创作中得到了象征性体现，其在乐队中的组合为特立尼达狂欢节以及后来的伦敦狂欢节提供了象征性的本质。在失业率不断上升的时期，种族紧张局势的加剧和黑人所处的日益不利的地位，使伦敦狂欢节的种族维度更加突出。嘉年华及其钢鼓成了它与英国白人对抗的缩影：

钢鼓锈迹斑斑，鼓边粗糙，鼓面笨拙，是贫穷和社会劣势的象征，也是一种抗议：在富饶的土地上，拥有如此众多的精密乐器，却让一个民族捡起废弃的炮弹来表达他们的艺术情感。（同上：71）

科恩说，狂欢节富有表现力，而且它也在参与者中培养了公共性的精神和实质。

在第三个阶段（1976年至1979年），嘉年华再次发生了变化，反映在其新的组成元素——年轻、自信，以拉斯特法里派为导向的牙买加裔青年——组成了民族马赛克。这种发展在不同风格的对峙中（例如，现场钢鼓乐队表演，与雷鬼音乐录音相反）、在黑人女权主义涌现为狂欢节组织一个非常重要的特色中表现得十分明显。

但纵观这些不同的阶段和转变，狂欢节是

一种新的同质化的西印度群岛文化的表达方式和发展工具，它超越了原有的所附属的岛屿，与当代英国西印度群岛人的经济和政治现实形成对抗。（同上：78）

参与团体的重要边界和象征一起发生了变化，它们彼此刺激，相互表达。从科恩的叙述中可以清楚地看出，狂欢节在微观层面上也具有象征意义。他描述了个人——面具制造商、设计师、音乐家、组织者、乐队追随者——通过狂欢节的活动为自己找到了一种民族认同感。以前作为年轻移民，他们感到没有根，既无法认同他们的原籍社会，也无法认同他们的定居社会，现在他们在狂欢节标示的边界内找到了心理社会取向。每个人都能够使用狂欢节提供的象征形式为自己定义共同体。

这里，我们先回到第一章所概述的象征符号的特征上：正是由于象征本身充满了模糊性，它们才成为共同体的有效边界标记。维克多·特纳是最有影响力的象征主义人类学家之一，他认为一些仪式，特别是一些朝圣仪式，有能力创造共同体（communitas）。在共同体（communitas）中各个成员之间有一种绝对的认同，等同于消除了所有的社会障碍，而这些障碍原本有可能使他们分裂和区别开来。然而在本章中，我们看到的象征符号的功效恰恰相反：人们可以参与"同一"仪式，但却发现它有着完全不同的含义。正是因为象征形式有这种同化个人需求的能力，所以另一位人类学家迈克尔·萨尔诺（Michael Sallnow）驳斥了特纳认为共同体（communitas）起源于朝圣的说法。在谈到秘鲁安第斯山脉的朝圣时，他认为象征形式的组成部分——图标、仪式等——

神圣化了不同奉献者群体之间的界限和不连续性……事实上，在这种情况下，将社群（community）而不是共同体（communitas）视为朝圣的标志更为恰当。（Sallnow，1981：177）（加粗为作者标记）

类似的边界标记能力在另一个地方性庆祝活动"光荣的十二日"的描述中非常明显。

案例：基尔布朗尼的光荣的十二日

七月十二日是北爱尔兰新教的主要节日之一，表面上是回顾博因战役，但现在是明确地庆祝相互对立的新教、王室和与英国的联盟。它的现代内涵在基尔布朗尼小镇的游行标语中得到了有力的表达：

"敬畏上帝－尊敬国王"；"神若支持我们 —— 谁能反对我们呢？""因为王座是靠公义建立的"（Larsen，1982b：280）

镇上的新教徒为庆祝活动准备了几个星期，他们粉刷房屋，在街上悬挂彩旗，给孩子们买新衣服。当天，游行庆祝以管乐队开始，以宗教仪式（即一系列隐约伪装成宗教布道的政治演讲）结束，之后就是家庭野餐、游戏和音乐。

拉森（Larsen）认为，基尔布朗尼和北爱尔兰的其他城镇一样，是一个由两个完全不同的共同体组成的综合体，即新教徒和天主教徒。她说，这种双重性反映在除政治行政机构以外的所有地方机构中，因为天主教徒没有获得政治职位的权利。这也是领土问题，因为这两个群体中的工人阶级成员生活在事实上遭到隔离的地区。此外，它是由维持这种分离的行为惯例支撑着的，拉森称之为相互"回避"的规则。但这些边界也有各种象征性的表达方式，从装饰和房屋的视觉外观（Larsen，1982a：132）到节日、庆典和仪式，如光荣的十二日。

拉森认为，十二日的象征效力可以明显地分为两类：一类是来自整个新教徒共同体的信息，通过橙带党（Orange Order）[1]的"官方"发言人进行传达；一类是作为一种媒介，"普通"参与者可以通过这种媒介辨别和传达他们感知自己身份的价值观。而后者，拉森将其描述为"在社会范畴的'宏观'框架内展示个人状态"（Larsen，1982b：

---

1 1795 年成立于北爱尔兰的一个秘密团体，旨在支持新教。——译者

285）。在这里，新教作为对立范畴的意义并没有援引历史或神学，而是提出"清洁、秩序、负责任的财产管理"（同上），这些都是新教徒拒绝给天主教徒的价值观：

> （集会上的一位发言人说）"有三分之一的人和我们说的语言不一样"。

庆祝活动的多声性使得参与者可以互相交流有关自己的信息，同时也可以通过各种方式与不同的外部观众进行交流。例如，在表达**他们**对"真正的信仰"和王室的忠诚时，他们也与那些在这些问题上被视为欠缺甚至怠忽的英国大陆保持距离：

> 这种态度的象征是被醒目地展示出来的红手旗（Ulster flag），其鲜艳的颜色与业已服务多年、褪了色的"米"字旗（Union Jack）形成对比。（同上：287）

作为一个以工人阶级为主的庆祝活动，他们还与中产阶级的教友保持距离，后者可能会对明显的宗派主义表现感到不安。但是，与此同时，仪式象征的模棱两可也被用来暗示政治领袖和工人领袖在参与游行中明显强调的平等主义。很明显，十二日的价值观是如此广泛，以至于庆祝活动就像一个指南针，新教工人阶级的世俗成员可以利用这个指南针来确定他们各不相同、各具特色的社会身份：

> "十二日"的庆祝活动不是每年激活一次，一直到来年七月才取消。这项活动牵涉到所有的社会人士，他们一连数周或数月要响应号召，展示他们作为负责任的财产管理者、慈爱的父母、友好的邻居、忠诚的基督徒和受人尊敬的公民等的重要品质（同上：290）。

因此，光荣的十二日纪念活动体现的是共同体及其边界的多重价值。它象征着该共同体面对边界的另一侧群体而展现出的总体特征。此外，它还为共同体成员提供了可接受的职权范围，以便制定、表达和评估个人身份。就这点而言，"共同体"是一组象征性的、意识形态领域的地图参照符号，个人以此作为社会导向。

（iii）象征性逆转

共同体及其边界的象征性建构最显著的特征是它的对立性。边界是**视关系而定**的而不是绝对的；也就是说，它们根据共同体和其他共同体的**关系**做出标记。有人认为，**所有的**社会身份，无论是集体的还是个人的，都是以这种方式构成的，"扮演着面对面的角色"（Boon，1982）。事实上，有人认为，象征符号自身的特性不仅包含区分的能力，而且还包含否定的意义：换句话说，象征的基本原理是，它们在某种程度上不同于它们所象征的实体（Babcock，1978）。

我们现在必须为这一主题增加一个更为复杂的维度，以便研究共同体生活中另一个无处不在的象征现象：人们不仅在自己的共同体和其他的共同体之间划定界限，而且还逆转或颠覆"通常"用来划定自己界限的行为准则和价值观。在这些逆转的仪式中，人们还相当故意地以集体的方式从事他们本应感到厌恶或通常遭到禁止的事情。

诸如此类的逆转或反转的象征性使用世界各地都可见到，虽然形式千差万别。在此类描述中，有一个最为著名，那就是新几内亚雅特穆尔（Iatmul）部落的纳文（Naven）仪式。这些仪式就是要明显地颠倒性别和辈分，否定传统上对性展示和性行为的谨慎态度。纳文仪式标志着一个人完成了，尤其是第一次完成了一项任务的时刻，这项任务虽然只是常规的，但在纳文文化中备受重视。这类任务可能包括从杀人到造独木舟和捕鱼。因此，这些仪式既是他或她的劳阿[1]（laua）为其发起的一种庆祝，同时也是为共同体本身发起的庆祝，因为正是其重视的行为得以实现才触发了仪式。

这里提到的逆转与维里库塔的维乔尔人奉行的行为规范似乎不可同日而语。在那里，朝圣者强调的是他们生活的二重性，是他们平凡的生活和在天堂生活之间的绝对差异。但纳文仪式要做的似乎恰恰相反：它庆祝的是正常的"常规文化行为"［Bateson，1958（1936）：6］。

另一个典型的人类学实例是格鲁克曼所描述的"反叛仪式"事件，例如祖鲁妇女对诺姆·库库瓦纳（Nom Kukulwana）的仪式崇拜和斯威士人的丰年祭（incwala）（Gluckman，1963）。像纳文仪式一样，这涉及对正常的性别行为和习俗的逆转。但除此之外，它们还采取了抗议既定权威的形式：

> 女人必须维护自己的权利和支配地位，而不是从属于男人，王子必须像他觊觎王位一样对待国王，臣民公开表达他们对权威的怨恨。（同上：112）

格鲁克曼认为，这些仪式化的叛乱，与农业周期的重要时刻相关联，实际上保存和捍卫了出现这些叛乱的政治制度。冲突的发生"强调了冲突存在的社会凝聚力"（同上：127）。丰年祭仪式庆祝的是王权的持久性和永久性，而不是国王的短暂性和不完美性。"每一次叛乱都是为了保卫皇室和王权而进行的战斗……"（同上：130）

格鲁克曼说，这些仪式缓解了紧张情绪。此外，它们的制度化和

1　劳阿（laua）指姐妹的孩子、姐妹的丈夫的父亲，及其他与他们归为一类的亲戚。——译者

法典化证明了既定秩序在遏制和化解混乱方面的能力。

格鲁克曼的分析无论是在理论上还是在其民族志解释上都受到了批评。然而，这些批评并不质疑他的主张，即这些仪式象征性地逆转了明显的正常状态，虽说做法上不乏格式化。最近，有位批评者认为，这些仪式可以被视作"'反对'叛乱的仪式"：

丰年祭的神圣争议加强了关系本有可能崩溃的国王和公众之间的忠诚，预防了叛乱的出现。（Apter，1983：530）

这里的争议更多的是显著"常态"的定义，而不是象征手段本身的功能和功效。很明显，这些仪式的表现隐晦地指向了盛行的社会秩序，并"标记"了它与其他社会秩序的不同。

继贝特森（Bateson）和格鲁克曼的开创性工作之后，许多不同的文化中都记载了逆转的仪式，当然，伴随着这种民族志观察而来的人类学理论也层出不穷。规范的逆转不局限于仪式，在各种象征形式中也可以找到。例如，面对强加的污名化身份，越来越常见的做法似乎是被污名化者维护着那些破坏（见 Goffman，1963）而非掩饰他们身份的特征。在一项著名的有关萨米人（拉普人）和挪威"白人"之间对抗的研究中，哈拉尔德·艾德黑姆（Harald Eidheim）展示了萨米人如何在公共场合使用各种各样的诡计来压制或隐藏他们的"拉普性"（Lappishness），并使自己融入特定环境下的"挪威性"之中。只有偷偷地在自己的家里，或者在只有萨米人在场的环境中，他们才能在语言、幽默、食物、歌曲和对主流社会的普遍嘲讽中充分表明自己的民族性（Eidheim，1969）。然而，在少数民族和其他弱势群体中观察到的一种新的策略是"尊重"耻辱，使之具有积极作用，然后再给它恢复名誉。也许这一策略最有力也最具创新性的运用是 20 世纪 60

年代末美国黑人激进分子的一句话："黑人是美丽的！"这一信息的影响更大，因为它与以前在民权和种族关系政治中盛行的更具防御性的修辞形成了鲜明对比。早先的主张争取平等，新的主张则表现一种优越感，因此构成了对"通常"感知到的事物安排的一种逆转。

在过去的 20 年中，女性运动的政治也经历了同样的意识形态和修辞上的转变。虽然最初的斗争是为了"机会平等"，为了从性偏见和劣势的束缚中"解放"出来，但后来变成了一种更加激进、表面上更加沙文主义的主张，主张一种专属女权主义品性。这些策略性和象征性的逆转已经扫除了强者和弱者之间的正统关系。在种族和"中心-边缘"关系领域，他们产生了一位作家所说的"象征性竞争"，在这种竞争中，明显处于不利地位的群体拒绝接受处于不利地位的象征性行为规范，并用自己相对强大或拥有排他访问权的规范取代它（Schwimmer，1972）。这些"反对性意识形态"（同上：120）主张"……少数民族的优越性，尽管按照世俗标准，它可能被归类为受压迫和受剥削的少数民族"。

施维默（Schwimmer）将这种象征性竞争视为世俗竞争的一种替代品，在这种竞争中，少数群体由于受到严重制约而没有任何成功的机会。这种另类象征的使用经常出现在成员资格相对较低的宗教派别中。

案例：弗克城的五旬节派教徒（Focaltown Pentecostalists）

位于纽芬兰中部的弗克城共同体正在经历一个快速发展和现代化的时期，并在 20 世纪 60 年代末经历了物质主义和消费主义的全面冲击（见 Cohen，1975）。过去人们依靠一个垄断雇主获得森林里的伐木工作，并通过同一个人（另一身份是商人）来提供消费品，作为对其工资代币的偿还。现在，这样的日子一去不复返了。三座铜矿正在当地开采；其他公司竞争木材；过去的商业垄断被激进的企业家精神打破了。早期建立在信贷和"卡车"基础上的商业关系已被现金所取代，部分通过加拿大政府的转移福利支付，部分通过就业市场。因此，新兴的中产阶级第一次将北美生活中所有的物质压力带到了纽芬兰的**偏远**地区（农村共同体）。

与这一增长和繁荣景象相反的是，强壮男性的失业率为 19% 至23%。失业在纽芬兰农村经济中是如此普遍，以至于一旦被裁员常常意味着长期失业，甚至是永久性失业（见 Wadel，1973）。20 世纪 60年代末，在弗克城失业意味着双重劣势。一个人不仅"靠救济金"，而且也买不起时尚奢侈品，因而失去了在炫耀性消费这一新的地位攀比中的竞争力。

许多长期失业的人转向了五旬节大会。1969 年，五旬节大会吸引了弗克城 42% 的人口，成为当时该共同体几个新教教派中最大的一个。尽管在纽芬兰失业是如此常见，但它仍然带有一种耻辱感，尤其是在有自觉现代创新意识的弗克城。我们有理由认为，五旬节主义虽然在该省受到了这种污名化的严重玷污，但它却提供了一种对付这种污名化的方法。五旬节派教徒把自己当作一个封闭的团体。他们开办自己的学校，禁止参加宗教混杂的社会活动，把自己排除在镇上许多志愿性团体之外，集中在一个分散的居民区。他们只光顾某些店铺，只对共同体中相互竞争的派别中的一个表示政治效忠。它因此变成了

一个有着封闭边界的共同体，在这个共同体里，人们可以与那些有着同样世俗经历的人在一起寻求安全和保持默默无闻，他们的机会微不足道，贫穷，对社会环境的了解有限。这是人们在世俗世界中感到格格不入或者遭到排挤时就选择退避进去的地方。（Cohen，1975：103）

公开忏悔的做法进一步加强了该教派封闭边界的防御和保护作用，为该教派成员提供了一个机会，使其不会对自己的世俗处境有任何的内疚感。边界的确定显然在成员之间产生了团结的纽带。

但是五旬节派教徒并不仅仅把自己与敌对世界隔离开来。他们还创造了一个新的、只有他们才能参与其中的象征性地位体系，这一体系否定了他们认为把自己排除在外的象征舞台的有效性和合法性。五旬节主义

是一种宗教，在这种宗教中，当今世界的经历因变得琐碎而可以忍受：今生只是为一个更重要、更甜蜜的未来做准备。

它为会员提供了

一个机会，逃离物质文化中争强好胜性的地位追求。在这个物质文化里，他因贫穷而遭到孤立，感到沮丧。在五旬节大会内，世俗的地位遭到了人们的大肆诋毁。换句话说，地位是基于"宗教"标准，如某人说方言的技能，而体现的。正如威尔逊（Wilson，1967：154）指出，"五旬节派教徒总是乐此不疲地批判世俗的社会地位，强调按圣灵选举出的才是唯一真正重要的地位，具有不可比拟的重要性"。（Cohen，1975：103）

值得注意的是，五旬节主义是一个非常自信、而且也非常激进的教派。它的成员广泛宣传他们的活动，谴责外来者，并大声反对那些超出其边界的活动。在这方面，它"宣传"其成员自认为被打上烙印的耻辱。事实上，它几乎是在利用耻辱作为手段来挑战别人。它利用耻辱作为一种象征性手段来维护和修饰自己的边界——事实上，作为

一种建构另一个共同体的手段。

在不同的社会和不同的历史时期，宗教的象征性得到了频繁而有力地运用，以挑战主流政治象征体系的优越性。最早出现在牙买加，现在在牙买加裔移民中盛行的拉斯特法里派教义、中世纪法国的异端邪说（Le Roy Ladurie，1980），甚至肯尼亚殖民地的"茅茅运动"（Mau Mau），都是这类造就了共同体的"对立性意识形态"和相互竞争的象征符号的例子。

象征性逆转与自我意识

在上一节中，我们看到有人使用象征来逆转常态。这么做第一是为了强调和重申常态；第二是为了拒绝它，然后用另外一个来代替它。第一个问题是确保共同体的连续性；第二个更倾向于共同体的创建。两者都通过象征性的符号构成社会边界。

在本章的最后一节中，我们将详细讨论象征性逆转的用法，先前的两种变体将在此结合。人们创造了一个象征性的世界，这是对经验社会的一种幻想性重建：通过对第二种社会的幻想和不可能性的认识，重新肯定了第一种社会的必然性和可取性，从而解决了二者之间的辩证对立。通过这种象征性的行为，人们绘制出关于自己的共同体惯例，就像肩上披了一件披风，来保护自己不受**他人**做事的方式、其他文化、其他共同体的影响。惯例通过其象征性价值的再投资而成为边界。

案例：巴厘岛斗鸡

克利福德·格尔茨在关于印度尼西亚的巴厘岛斗鸡的记述中对

这种逆转进行了精彩的阐述（Geertz，1975c）。格尔茨的分析引导我们将斗鸡视为对巴厘岛乡村社会本质的隐喻性评论。然而，在把它与更广泛的社会背景联系起来之前，让我们先把斗鸡看作一个本身可以被理解和解释的活动。这并不是说斗鸡本身就可以被充分或恰当地理解，而是说斗鸡行为确实给斗鸡活动赋予了某种意义。

在巴厘岛的村庄里，斗鸡是一种非法但却十分盛行的活动，比赛通常在公共假日举行。斗鸡也是下注的时机——而这种赌博的意义正是格尔茨解释的核心。参赛公鸡的选配只是在斗鸡开始前进行，斗鸡的主人会为他的公鸡寻找"合乎逻辑的对手"（同上：421）。部分逻辑在于尽可能将势均力敌的禽类匹配在一起，如此一来，战斗的结果就会变得极难预测。很明显，这种逻辑也延伸到了寻求社会公平上。

公鸡斗鸡时腿上装上了五英寸长的锋利钢刀。安装这些距铁是一项高度专业化的工作，只有少数的当地人能够胜任。这些距铁本身受到天文和性别禁忌的保护，被视为仪式对象。战斗分为几轮，他们将一个上面钻了小洞的椰子放在一桶水中，以椰子沉底所需的时间为标志。两回合之间的间隔也由一系列的椰子下沉的时间来计算，并为鸡的训练者提供机会护理前一回合中受伤的部位，并尝试通过各种方式来刺激公鸡取得胜利：

> 他向鸡的嘴里吹气，把整个鸡头放进自己的嘴里，吸气，吐气，弄松鸡的羽毛，用各种各样的药敷住鸡的伤口，尽其所能，想激发有可能藏在鸡体内的最后一点点斗志……它们中有的能够做到最后一搏……（同上：423）

通常这两只鸡都会受到致命的伤害，但一贯的规则是先死的鸡会输掉比赛。在格尔茨的描述下，战斗中的暴力和骚动与观众全神贯注但却沉默不语的注意力形成了鲜明的对比。此外，他还将"拍打翅膀、用头顶、用腿踢的动物性狂怒"（同上：422）与"一大堆异常复杂和极为详尽的规则"（同上：423）并置在一起。这些规则用手写体书写在棕榈叶手稿中，作为当地受人尊敬的知识和传统的一个组成部分代代相传。在比赛中，这些规则的守护者是裁判员，他们的权威是绝对的、毫无疑问的。因此，这场激烈、血腥、被国家定义为非法行为的斗鸡活动，在村民的眼里却是按照"法律的公民确定性"来进行的。

格尔茨刻画这些对比的方式让人想起了列维－斯特劳斯（Lévi-Straussian）讨论结构主义时的基本假设：介于自然（"不受拘束的狂怒"）和文化（"完美的形式"）之间。然而，正如我们将看到的，斗鸡的结构庆祝的不仅仅是"单一的文化"，而是"各样的文化"——或者说至少是一种文化中的自我意识与他人意识。

因此，看待这种活动的一种方式就是把它简单地看作两只斗鸡之间的比赛——一种体育娱乐活动——就像我们看足球比赛一样。斗鸡是斗鸡，同时也展示了社会制定规则的能力。但事情显然没这么简单。格尔茨认为，这场争斗表面上看只是两只公鸡之间的事情，但更全面地来看，这其实是两只公鸡的所有者之间的争斗。值得注意的是，"鸡"这个词对巴厘岛人来说有着和英语口语中相同的双重含义，从而给这种斗鸡阐释增加了一点意义：男人们用他们的公鸡互相争斗。这个双重含义清楚地表明了人和鸡之间的一种身份，尽管对于巴厘岛人来说，鸡象征着一个人的**社会**自我而不是他的性能力。这个区别很重要。

人和公鸡之间的这种联系背后，是巴厘岛人关于动物象征价值的标准遭到了神秘的逆转。一般来说，动物是污染性的，它离地面越近，污染就越厉害。照这样看来，公鸡应该是一种严重的污染物。人们通常避免接触动物，甚至都不想谈论它们。动物是肮脏的。但参赛的公鸡倍受宠爱，享受优待。它们娇生惯养，芳香扑鼻，被精心打扮，需要特别喂养，喝特别的水，住奢侈的屋舍，也受到特别的庇护、宠爱，并不断受到调教。看来，公鸡根本不属于动物世界。尽管巴厘人并不认为它有人类的特征，但他们对公鸡的独特看法表明，他们把公鸡视为其主人的一种延伸。从某种意义上来说，这就是他自己，也正是在这个意义上，格尔茨把斗鸡称为"行走的阳具"。

斗鸡，是男人之间的一场隐喻性比赛。如果我们再进一步观察事件本身，就能够看到支持这一观点的新证据。表面上看，斗鸡是两只鸡之间的比赛。从本质上讲，这是鸡的主人之间的较量。但是，还有另一层面的活动也在进行，因为这种竞争不仅表现为"鸡与鸡之间"的暴力，而且还表现为表面上以金钱为形式的人与人之间的竞争——之所以说"表面上"是因为很明显，这种货币或形式比真实的还明显。如上所述，斗鸡是大量下赌注的机会。这种赌注有两种。第一种是格尔茨所谓的"中心"赌注，在两个主人之间进行。这永远是一个拥有均等输赢机会的赌注。在这里，前面提到的部分逻辑变得突出。越是势均力敌的鸡，赌注就越高。另一种说法是，结果越不可预测，损失的代价就越大。

通过赌博，我们还可以将斗鸡及其原则与更广泛的社会结构联系起来。因为中心赌注也会影响到观众中正在进行的赌博的性质。中心赌注总是为了均等的输赢机会，但外围赌博总是为了赔率。中心赌注越高，结果就越不可预测，因此，外围赌博越有可能出现平局。就像斗鸡本身，外围赌博的场面看似混乱嘈杂，实际上却渗透着一个高度有序，你知我懂，有规可循的过程。下赌注时，人群中的下注叫声逐渐聚焦，接受让步的一方（赌劣势鸡的人）喊出他想要的让步赔**数**；给予让步的一方（赌优势鸡的人）回答时，喊叫的不是数字，而是该公鸡的**颜色**。再说一遍，强烈的对比感：

当训鸡者放出公鸡的时刻临近时，至少在中心赌注很大的比赛中，尖叫声达到了近乎疯狂的程度……在一场势均力敌的大赌中，即巴厘人称之为"真正的斗鸡"的比赛中，带着一种暴乱场面的性质，看似十足的混乱即将逆发出来，所有那些挥着手、呐喊着、推搡着、攀爬着的男人都相当激动，这种情形随着瞬间出现的寂静变得更加强烈，如同有人突然关掉了水流，当木鼓响起时，公鸡被放了进来，斗鸡开始了。（同上：428-429）

在中心赌注和外围赌博之间的关联中，个人和集体之间有着直接的联系，这使得斗鸡成为一个固有的**社会**活动。另一个因素也证实了这一点。我们已经看到，理想的情况是中心赌注越大越好，因为这意味着公鸡势均力敌的可能性增加。这也意味着参赛者输的也更多。事实上，这种赌博变成了格尔茨所说的"深层游戏"，这是一种代价巨大的博弈，因此从经济角度来讲，参赛者参与这种博弈根本就是不合理的。但中心赌注不仅仅是所有者之间的。下注的钱可能由许多人提供。支持者总是与公鸡的主人有着密切的社会关系——亲属、家族成员、亲密的朋友、近邻等。因此，这场较量不仅仅是单个的主人之间的较量，更应该被看作社会派别之间的较量。此外，外围赌博也和中心赌注一样充满了派系主义，因为外围赌博遵循一套规则，这些规则让人想起了埃文斯-普里查德（Evans-Pritchard）归于努尔人（Nuer）的裂变型隶属关系惯例。例如，一个男人从不赌自己家族成员拥有的公鸡。"通常情况下，他会觉得应该为此下注，越下注，血缘关系越密切，搏斗就会越深入。"（同上：437）因此，下赌注与其说是一种赌博，不如说是对联盟的一种肯定。另一条规则是，如果一个人自己的亲属群体不参与，他就把赌注押在与其有着更为密切联系的亲属群体的公鸡上。同样，如果他们村里的公鸡对斗另外一个村的公鸡，他会支持本村的公鸡。来自同一社会群体的两只公鸡很少相互对斗。来自对立社会团体的人在对斗中会下很大的赌注。斗鸡现在是这个村的一个社会标志。

斗鸡中什么最为关键？拥有"最好"的鸡未必是一种威望，因为我们知道动物通常是负价值的，所以，我们只能通过将公鸡视为"非禽"来理解公鸡的正价值，将它们视为人类和社会的象征。钱？好吧，虽然钱未必无关紧要，但"深层游戏"的概念表明它是象征而不是对象。

格尔茨认为，比赛的胜利给了胜利者一个机会去质疑被征服者的威望和荣誉——社会地位的附属品。地位实际上是不可争的，因为它是不可变的。相反，斗鸡是一部戏剧化的作品，讲述了如果地位**可以**成为竞争的主题，生活会是什么样子。巴厘岛是一个印度教社会，因此，是在归属基础上严格分层的。因此，如果出身卑微，一场胜利的斗鸡并不能给一个人爬上地位阶梯的机会；如果出身高贵，在斗鸡场上惨败并不意味着地位的下降。但是，它瞬间暴露了人类的脆弱性，暴露了种姓制度僵化的社会结构下的血与肉。当然，没有人比出身高贵的人更容易失败，而且，因为思想上重视的是赌注高的中心赌注（平局逻辑的"社会"部分），所以斗鸡主要是地位较高的公民之间的事情。此外，正如我们所看到的，斗鸡选手也是社会对手，他们来自对立的派别或团体。这种情况也使胜利特别甜蜜，使失败特别痛苦。地位不能因为战斗的结果而改变，但是已经得了一分：

> 你所能做的就是：要么欣赏和品味，要么忍受和经历那一刻的激烈活动所带来的混合感觉，一种向上攀爬给人美感的外表，一种看似地位在向上跳跃但却没有变成现实的假象。（同上：443）

因此，斗鸡是对巴厘岛乡村社会生活的一个隐喻性评论。这是巴厘人自己创造的一种社会意识（同上：440）。格尔茨这样说道：

整件事就是将人类分为固定的等级，然后再在这个分类周围组织一些具有群体存在意识的主要活动。对此斗鸡提供了一种玄社会的（metasocial）评论。它的功能……是解释性的：这是巴厘人对巴厘人经历的解读，是他们自己在讲述自己的故事。（同上：448）

斗鸡是一种幻想，如果没有受到僵化的地位、习俗和严格控制的行为的束缚，那它或许就是一幅巴厘社会的图景。这种奇妙的逆转是一种无害的投机性社会变革实验，实际上并没有引起变革，也没有削弱社会秩序。它的作用恰恰是凸显那些机制，因为这些机制**确实**约束了人们的行为，束缚住了人们，并且**确实**按照他们的习惯方式组织着他们。因此，它象征性地阐述了巴厘社会组织和文化的独特品质，是巴厘人之所以为巴厘人的一堂文本课。正如格尔茨所说，

对巴厘人来说，观看和参加斗鸡活动是一种情感教育。（同上：449）

在考虑格尔茨的案例研究时，人们反复被这样一个事实打动：它所描述的事件和行为，在几乎每一个细节上，都是对巴厘岛规范的逆转。公鸡是受人崇拜的，而"正常情况下"，动物是令人厌恶的。激情被展现了出来，而通常它们是受到严格控制的。地位受到了威胁，而通常它被认为是不可更改的。表面上的混乱出现了，而通常维持有序的行为被赋予了最高的价值。这些逆转是戏剧性地表达规范的方式，因此能够重视它们。我曾在别处，在一项关于设得兰群岛渔民有组织的抗议研究中描述过类似的充满了戏剧性的常态逆转——不过，

在本例中，这种逆转并未重现（见 Cohen，1982a）。

1975 年，抗议活动采取的形式就是封锁设得兰群岛的主要港口。在此期间设得兰船队中几乎所有的渔民都在罢工，并在一名当选官员的指挥下，将他们自己和他们的渔船合并成一个单一实体，就是为了扰乱港口的正常运作。就像斗鸡一样，这在许多方面颠覆了正常状态。在我所研究的共同体（设得兰群岛最重要的渔业共同体）中，设得兰人几乎从不在公共场合做出任何强势的行为，更不用说有组织的示威了。他们不相信这种行动的有效性，事实上，他们也不同意这种行动的伦理和务实理由。"通常"，他们宁愿麻烦自己也不会去麻烦别人。通常，他们宁愿面对几乎任何可能发生的事情，也不愿通过与他人联合而放弃自己的独立性。然而，这次他们却在那里，听从他们自己选出的一个指挥官的权威。通常，他们会认为任何愿意放弃出海捕鱼机会的渔民都是愚蠢和／或挥霍的——然而，他们却在那里，在海港里坐了四天四夜，而他们原本可能在出海，满载而归。通常，他们会禁止任何可能损害其船只或危及其船员的行动。然而，在封锁中，两种风险他们都在承担。

此处不宜重复分析和协调这些明显的矛盾。简单地说，从事如此背离规范的行为足以让渔民深刻地意识到规范，从而可以通过再一次的庆祝、传播和重申来抵御任何对规范的颠覆，并将规范维持下去。

我们从一个公理开始讨论：当人们站在自己文化的边界上时，当他们遇到其他文化时，当他们意识到其他的做事方式时，或者当他们仅仅意识到与自己文化的矛盾时，他们就会意识到自己的文化。规范是边界：它的逆转就是认识和陈述它的象征性手段。这种意识是重视文化和共同体的必要前提。评估过程就是使用我们在此讨论的那种象征手法来加以完成，它也是维护规范的一个先决条件。规范依赖于象征性边界的设计。

第三章
意义共同体

引　言

　　如前所述，社会人类学家和社会学家以前对共同体的关注主要集中在共同体组织和生活的结构与形式上。相比之下，这里提出的论点是，这种关注倾向于对结构要素对共同体成员所具有的意义做出不合理的假设，因而会误解其重要意义。我们一直试图把分析的重点重新放在意义上，而不是形式上，为了做到这一点，我们把**文化**，而不是结构作为出发点。此外，我们还提出，人们在遇到他人的文化时会对自己的文化极为敏感，因此，要想找到他们对自己文化的态度（或将意义归于他们的共同体中），最合适的地点就在它的边界上。我们发现，随着社会的变迁，边界的结构基础遭到了破坏或削弱，于是，人们越来越多地采取象征性的行为来重构边界；我们看到了这种象征性行为的例子。

　　因此，既然认为象征符号确实有这种功效和能力，我们现在就应该转向"如何"和"为什么"这两个难题上。第一个问题的部分答案已经在前面的一个建议中被提及，即象征符号与其说具有意义，不如说允许人们将意义归于它。因此，第一章的论点认为"同一个"象征符号对不同的人来说可能"意味"着不同的东西，尽管他们在同一个共同体，或承载着同一种文化，彼此之间可能有密切的联系。"共同体"作为符号的作用也是如此。

共同体：结构还是象征?

过去，共同体被描述为形态，描述为社会结构的复合物，但意义问题没有出现。社会学家们认为，他们描述的要素是客观的、明显的，它们的客观性得到了"科学方法"的保证。用涂尔干的话来说，它们是"社会事实"。如果有人反对，认为对社会学家描述的共同体成员而言，这些社会事实的意义完全不同，那么回答是：社会学家是客观的，共同体成员不是。这一回应的马克思主义版本就是宣布这一异议是"错误意识"。表述的形式如此简略，这些观点显然显得傲慢自大。然而，它们源自更加深刻的思想。这些作者认为结构决定行为。例如，如果一个人将一个特定的结构指定为"教室"，那么他就是在为那里将要发生的事情立法。教室将用于教学；这将是一个在大多数时间里，会有一个人在说、多数人在听的环境。一旦教室被用于不同的目的，那么就要做出中止常态的判决，要么是强制实行另一个结构形式（例如，将教室用作 P.T.A[1] 的舞蹈酒吧），要么是病态性地破坏结构秩序（学生暴动）。

涂尔干十分强调结构的充分整合，以防止**失范现象**的出现，他如此强调其必要性的目的就是想达成一种意义上的共识，一种对结构的遵从。同样，马克思把"意识形式"强加于人看作国家设法让人服从主流秩序的手段，不管是资本主义的专政还是无产阶级的专政。

这些观点为 20 世纪下半叶的社会人类学和社会学提供了思想和分析的主导传统。从逻辑上讲，他们要求根据共同体的组成机构、阶

1　家长教师联谊会（Parent Teacher Association）的英文简称。——译者

级和群体利益来描述共同体是恰当的。既然结构应该决定行为，那么同样处于社会结构中的人也会以相似的方式行事，这种行为包括感知和意义。因此，人们认为可以用统一或正统的意义来描述共同体及其组成部分："意大利人做'x'；工会主义者认为'y'；精英们说'z'"。事实上，正如我们在第一章中指出的，共同体分类法早就建立了，同样带有涂尔干印记，分类的依据就是粗略地统计一下结构成分：那些只包含少数不同元素的被标记为"简单"；元素相对较多的是"复杂的"。因此，"简单"社会的成员往往会有相似的想法；然而，在一个"复杂"社会里，不同结构部分的成员彼此想法也不同，他们的想法只与他们的结构同伴一致。因此，如果一个人想知道人们是怎么想的，那就只需检查一下结构。

结构——→意义

从这个角度看，如果说象征符号的使用还有空间，那也只不过是种表达某个可识别意义的手段。人们说"象征是代表别的事物"——但是象征和它所代表的对象之间的关系是毋庸置疑的。

结构——→象征——→

韦伯社会学和米德社会心理学的互补影响，适时打破了这些结构决定论理论的主导地位，使社会学分裂为"解释主义"、现象学、民族方法学、互动论等多个相互对立的派别。幸运的是，社会人类学能够经受住这种分裂，但它的议程被有效地改变了：人们已经认识到"意义"是有问题的，意义的表达——象征符号的使用——成为研究和分析的一个重点，就像以前的结构一样。过去，人类学专业的学生不得不学习代数来分析亲缘关系，现在，他们沉浸在信仰和知识的哲学难题之中。

这些发展远比仅仅认识到观察者和被观察者之间的认知距离要复杂得多——这种距离常常被错误地描述为所谓的"主位"（emic）和"客位"（etic）方法之间的对抗。对这种距离的认识从逻辑上质疑了观察者（客位）的假设，即可能存在**一种**主位观点，而不是多种观点。如果我们把一种宗教信仰归于努尔人，比如说，他们对神灵"克沃斯"（Kwoth）的概念化处理（见 Evans-Pritchard，1956），我们便排除了他们的宗教信仰与我们的宗教信仰一样定义不清、种类繁多、模糊且难以表达的种种可能性。换一种说法：我们不应该把一个人将自己描述为圣公会教徒或天主教徒看作对他的信仰的充分描述。这样的描述是一种隶属关系，不是哲学关系。任何两个天主教徒都会对对方说，"我相信上帝"，并且，因为他们有共同的词汇，所以他们设想彼此能够"理解"。这样的假设往往是不合理的："上帝"和"相信"这两个词对他们来说可能意味着完全不同的东西。同样，他们可能有着相同的象征形式来表达信仰，如弥撒、跪拜、佩戴十字架，但每个人表达的却是完全不同的东西。一个社会通过使用或强加一组共同的符号来掩盖其内部的差异。前几代人类学家和社会学家认为他们的任务就是描述和分析这种公共媒介。但现代民族志必须区分共同的面具和它所隐藏的复杂的变异。

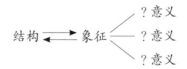

这个问题不是理论社会科学家的专利。事实上，正是我们迟来地认识到它是社会交往的一个**普遍**问题，才使它在社会行为研究中获得

了新的地位。作为社会成员，我们都在不断地努力理解他人的行为。**理解**的基础往往是**解释**，而解释通常就是重构他人的行为，仿佛这就是我们自己的一样：换句话说，就是要设身处地为他人着想，把我们的思想放在他人的身体里。因此，当其他人使用我们使用的词语时，我们就假设它们的意思和我们的一样，以此来解释他们的意图。有时可能是这个意思，有时可能不是；但是，即使在不对应的情况下，我们也可能完全没有意识到这种差异——就像教友集会时，所有人显然都在做和相信"相同"的事情。所以，我们都在不断地进行解释。作为社会行为学的研究人员，人类学家在寻求格尔茨意义上的"对别人的解释进行解释"（Geertz，1975a）时，面临着更高阶的困难。

早期社会学对结构的取向，本质上是对共同面具的取向。我们对文化的强调集中在面具背后的多样性上。它寻求的是解释以及解释的方法，而不是客观的形式。"共同体"已经不能再用制度和成分来进行充分描述了，因为现在我们承认它是一种象征，而它的各种信徒都将自己的意义赋予其中。他们都可以使用这个词，都表示他们是这"同一"共同体的共同成员，但也都将它同化为他们自己的经历和个人的特质。

因此，在人们的展示中，所谓的"简单"社会就是一种社会学上的简单化，就像涂尔干式的机械团结一样。共同体的边界**不是**在分化发生点上划定的。相反，它包含和封闭了差异，正如涂尔干为他的有机模型所断言的那样，并由此得到了加强。边界代表了共同体向外界展示的面具；这是共同体的公众形象。但边界内部的概念化和象征化要复杂得多。换言之，作为共同体的公众形象，边界具有简单的象征意义；但是作为内部话语的对象，它的象征意义十分复杂。因此，我们都可以把令人不快的刻板印象式的特征归于整个群体；但是，对于这些群体的成员来说，用在他们个人身上的这种刻板印象自然会被视为严重的扭曲、肤浅、不公平和荒谬。这种刻板印象为喜剧演员和小报新闻提供了素材；他们就是我们对他人的讽刺漫画。但是他们没有有效地描述人们如何看待自己。在公众面前，内部的多样性消失或合并成一个简单的声明。在其私人模式里，差异化、多样性和复杂性激增。

因此，边界以两种完全不同的方式向其成员象征着共同体：一种是另一个共同体的人对他们的感知——公众形象和"典型"模式；另一种是他们对共同体的感知，通过**他们**复杂的生活和经历折射出来——私人形象和独特模式。

我们关注的主要是私人的独特模式，因为在这里我们遇到了在思考共同体并用符号象征着共同体的人们。正是在这些"思考"的深处，而不是在"做"的表面中，人们才能寻求到文化。

象征符号与社会变迁

正是结构形式的表面性和概念化的深刻性之间的这种区别验证了这样一种论点，即引入共同体的结构不一定破坏共同体的边界，也不一定模糊共同体的独特性。因为结构既不决定行为，也不决定态度，所以不同共同体的成员可能会使用类似的结构，但思考它们的方式却截然不同。事实上，正如我们在纳斯卡皮印第安人和米克马克印第安人的案例中所看到的那样，人们可以将这些外来的结构影响用于服务他们的本土象征系统，从而象征性地加强他们特有的边界。

　　文化、思维方式和对共同体的依恋比许多社会学者想象的更有弹性。马克思至少认识到，社会主义革命需要全方位的国家权力，才能改变人们的思维方式。后来的作家，尤其是受结构-功能主义影响的美国人，看到行为中有更大的可塑性。例如，一度声名显赫的心理学家戴维·麦克莱兰（David McClelland）一本正经地提出，通过向勉强生存的农民灌输以"成就为导向"的资本主义企业家诱惑，第三世界的不发达状况可能会得以大幅缓解（McClelland，1966）。他们需要用"N-ach"（成就因素）来强化治疗，然后再用以市场导向的生产来换取他们的生计，这一理论与本国保守主义哲学中一些头脑简单的元素相去不远。这种思想超越了经济学，涉及了宪法学和公共行政学。因此，英国殖民当局为了支持独立政府而腾出政府大楼时，到处设法留下自己的政府、司法和行政机构的复制品，并怀着不乏善意的傲慢，自以为是地假设这些结构优于它们所取代的土著形式，将以前遭到殖民的人民变成他们自己的公民典范。这些结构将对英美版本的民主做出意识形态上的承诺，另外两位美国政治学家将其尊为"公民文化"（Almond and Verba，1963）。

　　这些论点之所以不成立显然是由于他们的幼稚，而不是印第安农民和非洲政客的变态。这些论点在假定文化的可操作性和肤浅性时，未能认识到社会的创造性——事实上，根本就没有理解文化。即使非洲议会确实采纳了英国议会制度的一些程序和仪式，它们也不是"黑人在干着英国议会的活儿"，而是在利用一种外来的媒介来构思和表达本质上是本土的思想。正如托马斯·霍奇金（Thomas Hodgkin）简洁地指出，意识形态不能像自行车那样输出（Hodgkin，1964：60）。在进口的过程中，它们发生了变化。

从这个相当冗长的讨论中得出的教训是，在寻找共同体的独特性时——也就是说，在寻找它们的边界时——我们不应该被它们**表面上的**相似性所欺骗，以为它们**确实**是相似的，甚至不应该认为它们正变得越来越相似。旺兹沃思[1]、温尼伯[2]和西部群岛区[3]的居民可能都在花很多时间看电视（实际上看的是同样的电视节目），可能会用同样的言语称呼他们的父母，可能会加入同样的宗教派别，可能会遵守同样的日历和同样的生命周期仪式，而且还会明显地被同样的经济需求所支配。这些生活方式看似趋同，但我们也没有资格认为，将它们分开的文化边界现在是多余且不合时宜的。正如我们之前看到的，20 世纪 60 年代，西方社会学家谈论共同体的"失色"或"终结"成为一种时尚。他们认为，大众媒体的传播、中央集权国家权力的增长和看似不可阻挡的城市化趋势消除了社会内部的重大差别，只有那些以经济地位为标志，尤其是与资本市场相关的地位差异除外。换句话说，共同体已经让位给阶级。后来也有人说，阶级本身已经被取代，突出的类别是性别、种族以及是否就业。显然，所有这些争论都是公理化的：它们既无法被证明也无法被反驳，而是依赖于形而上学般的定义。

相比之下，经验上不可否认的是，20 世纪 70 年代和 80 年代，在民族和地方共同体基础上建立的地方性战斗精神在西方世界大规模激增。**反对**同质化的国家和国际政治经济，强烈主张地方性和民族性，这一主张标志着共同体的复兴。这点并不奇怪：正是这种逻辑攻击了共同体边界的旧的**结构**基础。因此，共同体的应对是在象征性的基础上重建边界。

---

1 伦敦西南部老牌居住共同体。——译者
2 加拿大曼尼托巴省的省会。——译者
3 苏格兰西北海岸外岛群。——译者

案例：挪威萨米人的阿尔塔河抗议

　　过去的三四百年中，挪威北部芬马克内陆萨米人或拉普人的主要经济生活就是牧民的驯鹿放牧。即使是现在，由于许多萨米人过着定居的生活，从事着倾向于久坐的职业，200 个牧民家庭将 10 万只动物转移到 200 公里的迁徙路线上。迁徙的时间和路线是由生物因素和生态策略共同决定的。例如，

　　每年春季的迁徙（尤其）反映了动物对蛋白质（草）的需求和牧民们希望保存苔原上丰富的地衣层以备过冬的愿望。这种牧群和牧民需求的相互契合是驯鹿畜牧业的首要前提。（Paine，1982：11）

　　一旦牧民对牧群强加了迁徙时间表，他们就会受其约束，改变很难，也很危险。放牧还涉及不同家庭之间十分复杂的协作安排，人称"西达"（Sii'da）。因此，驯鹿放牧明确提出了社会和生态策略，最终产生了牧区的"回路"（同上：13）。

　　回路的成功充满了危险和不确定性。天气会使动物的位置不易被看清；一些驯鹿四处游荡，而其他鹿群的鹿也可能会闯入。牧群的成功繁殖需要熟练的管理技能，好减少动物在秋季发情季节可能承受的压力，并努力确保春季产崽的最佳条件。在冻土带极端的气候条件下，这种畜牧业可能会因为回路迁徙路线的微小改变而被迫中断。

　　挪威政府想在阿尔塔河上开发水力发电项目，这一计划预示的不仅仅是轻微的破坏。在上面引用的报告中，罗伯特·潘恩（Robert Paine）详细列举了大坝建设可能对努尔塔贝利西达驯鹿造成的潜在的破坏性影响。他描绘的年度迁徙周期主要聚焦于放牧驯鹿的极端敏感

性、放牧和迁移地带的脆弱生态性和萨米人必须具备的牧群管理方面的技能和精准的判断力。他列举了其他类似的开发项目作为证据，表明水利建设使前两个因素恶化，并使第三个因素化为乌有（同上：例见31）。阿尔塔项目规划的地区自17世纪以来就被萨米人成功地用作他们的春秋营地，作为驯鹿牧区。它的地形，潘恩说，

> 是驯鹿的理想选择。萨米人使用该地区的传统从未中断，因此，这绝非偶然。（同上：34）

事实上，由于其他地方传统牧场的消失，它的重要性增加了。该项目的实际地点既是牧民放牧的地方，也是牧群等待机会南迁到冬季牧场的地方。它提供了一个关键的"编组"牧场，在这里，各种迁徙的牧群可以被适当地分开饲养，并在这里找到适合发情的条件。因此，它具有极其重要的战略意义。潘恩总结道，

> 建设给努尔塔贝利驯鹿管理带来的严重破坏可能是无法克服的。（同上：45）

无论出于何种原因，议会和司法部门对该项目的调查似乎忽视了潘恩总结中源自各种渠道的详细证据和论点。萨米人一定认为，无论是侵入性的项目本身，还是官方对为驯鹿放牧造成的影响的明显漠视，都不仅仅是对他们经济的攻击：这是对他们文化本身的攻击。他们安家立业的凯于图凯努县主要是萨米人的。因此，可以理解的是，整个事件被萨米人象征性地转变为他们自己和挪威人之间的对抗，其中突出的问题变成了他们的种族和文化完整性，还有他们作为该地区土著居民的领土权利问题。这并没有夸大他们的困境。如果驯鹿放牧

变得不可行，而且没有工作来支持定居人口的家庭经济，那么向外迁移——共同体的解体——可能成为年轻一代唯一可行的经济选择。因此，潘恩说，

询问驯鹿生活对萨米文化的重要性，就像询问右臂对左臂的重要性一样，这是左臂截肢后，人们真正要问的一个问题。

他总结道，

人口太少，截肢之后文化无法存活……拟议的阿尔塔河/凯于图凯努县水电站项目使挪威的萨米世界非常接近于"生存还是毁灭"。可能的后果是如此包罗万象。他们影响了定居者和萨米牧民：他们的生态、经济、人口，还有他们作为萨米人的自我意识。（同上：71、73、90）

很明显，阿尔塔项目导致萨米人进行了一次跨越种族边界的严重对抗。如果他们这次允许它遭到破坏，那么这种破坏就可能无法挽回。在早先的描述中，他们的民族性就是"一个被破坏的身份"，一种耻辱（Eidheim，1969）。在当时的描述里，他们在非拉普人面前寻求沉默，或完全隐藏他们的拉普性。他们的态度似乎说明他们是一个不可救药的失败者，是一个被殖民的少数民族，他们不合时宜、不成熟，而且由于异族通婚和外迁，人数不断减少。但关于他们对阿尔塔项目的反应的当代报道显示，他们戏剧性地背离了这种沉默不语的姿态。萨米人在奥斯陆的挪威议会大楼前搭起了一顶传统帐篷，进行绝食抗议。他们占领了电视演播室，强迫公众讨论他们的案子。他们炫耀自己独特的服装，庆祝自己的音乐和语言。如此从耻辱中解放出来后，许多挪威人突然"发现"了他们的萨米祖先。抗议的

萨米人通过他们的公民违抗运动，在冰冻地区困住了全国一半的警察部队。他们突然袭击了这个国家的良知和意识。他们在州法院和立法机关败诉，但却成功地重建了共同体，恢复了共同体的象征性活力。

长期以来，萨米人在"自己的"边界内居于从属地位，人们将此描述为"内部殖民主义"。最近，这种失去了权利的边缘化少数民族被称为"第四世界"，在第四世界共同体中人们观察到了惊人相似的象征性战斗精神（例如，见 Dyck，1985）。但这种象征性回应的早期版本在整个"第三世界"殖民地是普遍存在的现象。最著名的例子之一就是美拉尼西亚的船货崇拜。这些崇拜是本土的抗议运动或对殖民地政权的初期反叛，他们用神秘的术语表达表面上的目的，指涉着这些团体的公认传统。

"船货"是一个通用术语，用来表示外来物质，也就是入侵的外来势力，因为殖民人员会用远道而来的船只提供各种各样的"船货"：武器、衣服、几个月前的《伦敦时报》、香烟、火柴和加工食品等。"船货"象征着政治、物质和军事上的优越性。土著居民没有什么可以比得上如此先进的技术和强大的制造业。外来价值观的冲击给本土边界带来了巨大的意识形态压力。由于在可比项上缺乏可靠的回应，人们在共同体文化储备的深处发现了一个。它也有一个货物：不是来自福南[1]的盒装食物，而是象征性地体现在其宗教和祖制中的本土教义和传统的分量。在所有的 P & O[2] 邮轮、挂着白色旗帜的轮船之后，这回轮到本地的船只来装载他们的货物：祖先。祖先们回到了殖民地家园，这在某种程度上是一种隐喻性陈述，表明本土价值观最

---

1 福南梅森（Fortnum & Mason），建于 1707 年的英国百年老店。——译者
2 半岛和东方蒸汽航行公司（Peninsular and Oriental Steam Navigation Company）的英文简称。——译者

终战胜了那些叠加在其上的价值观；再次，共同体通过象征性地重新确定其与外部世界的边界而得以复活（重点看 Worsley，1967；还有 Lawrence，1964；Burridge，1960）。

重申本土主义思想的完整性有一个类似的，或者说也更为平和的说法，体现在"黑人传统精神"（négritude）中，这是后来席卷了西方世界的"黑人意识"的法属非洲先驱。殖民主义带来的不仅是军队和行政人员，还有思想。殖民国家的语言、宗教和哲学取代或压制了被殖民民族的语言、宗教和哲学。正如我们已经从民族志资料中看到的，宗教信仰并非单一地翻译，而是很有可能凭其土语形式成为表达本土主义思想的媒介。同样，欧洲语言的读写能力也成为表达非洲思想的武器。塞内加尔诗人兼总统利奥波德·森戈尔（Leopold Senghor）利用法语艺术性地表达了一种非洲意识，并因此开创了现代"盗版"外来艺术形式的先河，他利用这些进口的形式来表达"热情的非洲主义"的内容（Worsley，1964：119），以此作为手段，支持边界，防止其被入侵的文化所颠覆和消散。

> 法属非洲的非洲人如果不想进化成一个黑皮肤的法国人，从而与自己的人民隔绝，就必须比那些用粗糙的颜色条解决问题的人更加正面地应对法国和欧洲文化……这就是为什么"黑人传统精神"发展成为一种有意识的好战信条，这点在法属非洲的非洲人身上表现得更加强烈。（同上：119）

因此，这里是对这一论点的精确说明：当边界的**结构**基础遭到拆除或变得不合时宜时——法国殖民主义缺乏英国殖民主义的种族隔离——那么取代它们的就是象征性地表现出来的文化基础。如果不这么取代，那么作为一个独特的实体，共同体就会解体。在"黑人传统精神"中，用来象征性地重申边界的媒介就是结构形式：法语，法语的输入颠覆了旧的边界。

法语非洲的"黑人传统精神"的一个有趣的对应物就是引进的欧洲政治思想的非洲化。在这种案例中，比较著名的就是坦桑尼亚的朱利叶斯·尼雷尔（Julius Nyerere）提出的"非洲社会主义"学说。尼雷尔将财产的社会化转化为部落和宗系制度上的传统（通常是未经证实的）社团主义，并认为现代民族国家仅仅是一个放大版的旧的公司实体。同样，他唤起了传统部落社会的另一个印象派形象，将非洲一党制国家与欧洲独裁政权区分开来。他认为政党是对立阶级利益的政治表达。但是，他声称非洲社会传统上是无阶级的，因此竞争性政党是多余的。

这种融合是文化接触的普遍特征。我在这里详述了这一点，并不是要重复它确已发生的明显观察，而是要指出它的一个含义。它不只是把外来的形式变成本土的、可以理解的习语。这不仅仅是一种权宜性的手段，挪用别人的武器，像游击队一样用从敌人手上缴获的武器来装备自己。相反，它支持和加强边界的象征性陈述，支持和强化共同体体验自我意识的条件，以此来补偿任何因结构性的输入而可能引起的边界削弱。

在所有这些例子中，我们发现象征符号通过重建其传统来加强共同体的文化边界。通过这种方式，共同体保持了他们明显共享的行为形式的独特意义。让我们再用两个不同背景的案例研究来强调这一论点。他们应对的是行为的形式——基督教葬礼和抽签——这些出现在许多不同的文化环境中，因此，有人会认为这显示出他们在趋同，以及分化他们的边界出现了一种弱化或模糊。然而，正如我们将要看到的，这些行为形式上的概念建构就是为了使共同体保持分离，让其作为多重的意义世界留在成员的头脑里。

案例：波塔米亚[1]的埋葬和挖掘

在死亡之后举行的仪式及其象征意义一直吸引着人类学家的注意，这倒不是因为这门学科有任何内在的病态倾向，而是因为死亡的社会定义对于揭示一个社会如何看待个人和整个社会之间的关系具有指导性的启示。在一些分析中，我们发现了这样一种论点：在丧葬仪式中，象征性地逆转正常行为强调规范，从而提供了一种强调连续性的手段。也有人认为，它强调的是个体的生命（死亡）与社会本身的生命之间的隐喻性联系。除了其宗教或宇宙学意义，葬礼往往是死者和哀悼者的重要社会标志。与死亡相关的实践和信仰的人类学涵盖了大量丰富的文献，任何想在此做一个简单的总结的尝试都将是一种粗暴的伤害。我们目前的任务是考虑一个具体的民族志案例，看看在象征性地建构共同体中，它能告诉我们什么。

在希腊农村，人们是在希腊东正教的大框架内操办丧葬仪式的。然而，在这种十分重要的教义和礼拜形式中，实际的操作和其中的意义都会有实质性的变化。最近发表的一项研究从文字和照片两方面详细考察了塞萨利北部村庄波塔米亚的死亡庆典。它的 600 名居民都是富裕的农民，尽管规模不大。通常，这个村庄有自己干净整洁的墓园，尽管也很小。同样，在希腊农村比较常见的情况是，坟墓只是死者遗体的临时安息处，最终他们要被转移到藏骨堂。在这里，

穿过一个狭小的空间，有一个梯子通向一个黑暗而有霉味的地方，里面装满了村民的尸骨，有好几代人。靠近骨头堆的顶端，每个

1　塞浦路斯一个中世纪王宫的废墟。——译者

人的遗体都分别用白布捆扎起来。在骨头堆的底部，骨头——头骨、骨盆、肋骨、无数胳膊和腿的长骨——杂乱无章地堆放在那里，随着布包的分解，已经失去了属于不同个体的所有痕迹。藏骨堂的一个角落里堆放着金属箱和小手提箱，上面有姓名、日期和照片，可以辨认出骨头安躺在里面的人。（Danforth，1982：10-11）

我们来看看从埋葬到挖掘这个过渡，它标志着波塔米亚人的集体自我意识，象征性地昭示了它的社会意义。

这一过渡期为五年，在此期间，人们必须按照规定的程序履行哀悼义务和仪式。几乎所有这些义务都落在妇女身上。由于送葬的仪式持续了很长时间，任何妇女都有义务为父母、配偶、兄弟姐妹、子女服务，或帮助其他妇女，因而村里有相当一部分妇女随时都得从事这些工作。的确，对于一个服丧的女人来说，墓地成了她家庭环境的延伸。她每天探望、打扫和整理坟墓，这是民族志学者称为"家庭清洁"的日常工作，正如他将坟墓称为死者之"家"。（Danforth，1982：15）这些探望是由所有的妇女在同一时间——晚祷之后不久——进行的。她们通过一系列的哀歌共同分享悲伤（比照 Du Boulay，1982）。从某种意义上说，安葬的五年是失去亲人的女人退出社会、退出正常社会交往的五年。许多妇女离开家只是为了看看墓地；如果她们想在平时以外的任何时间去墓地的话，她们会在夜幕的掩护下过去，而周围的人毫不知晓。她们回避娱乐和社交活动，只与近亲和其他女性悼念者交往（Danforth，1982：54）。

五年之后，挖掘工作被认为是死者和死者家属的社会回归（同上：60）。据丹福思（Danforth）报告，传统观点认为，挖掘是为了让死者的家人最后一次见到死者；这样他们"就不用承受地球的重量……生生世世"，这样他们就可以"再次看到太阳的光芒"（同上：

15)。但这种民间宗教叙述是片面的，也许，它的字面意义隐藏着一种文化隐喻。

　　事实上，挖掘涉及**社会**方面的问题。首先，活动本身就是社会性的。参加的人很多，遍及全村。实际的挖掘工作是由一名妇女承担的，她似乎经常执行这项任务，并受到在场所有人员的密切关注。其次，遗骸的状况被解释为死者道德传记的一种体现。理想情况下，身体、头发和衣服应该完全分解，骨骼应该是白色的。但这种道德解释是建立在社会对死者及其共同体中的先辈的了解基础上的。因此，面对一位年轻女子的黑骨，村民们感到困惑，因为他们认为这位女子过着无可指摘的生活，解决困惑的办法就是回忆她的祖父，最终他们发现她作为警察的祖父，"有时可能会做伪证，或者接受贿赂"（同上：22)。此外，如何解释似乎也反映了评论者与死者家属之间关系的好坏。例如，

　　对于尸体没有完全腐烂的人，其亲戚和朋友把这归咎于自然原因。那些与死者或其家人关系不好的人急于将责任归咎于他可能犯下的任何罪行。（同上：50)

　　关键是，这个披着宗教外衣的活动有一个脚本，只有那些有着相同习语边界的人（当地共同体本身的人）才能正确地阅读和理解。正是通过分享这些习语，即使是在深深的悲痛之中，人们才意识到他们的共同成员身份。他们根据道德生涯来解读一个人的肉体腐烂并将此与城市中更世俗的判断进行对比；他们自己密切参与丧葬仪式的行为与村外复杂世界中专业殡仪员和殡仪馆的超然形成了对照。他们处置死者的方式雄辩地向他们讲述了所生活的社会背景——他们的共同体。

案例：猫港抽签

猫港是加拿大最东端纽芬兰省东海岸的一个**外埠**（村庄），1964年的人口为 285 人（Faris，1972：41）。像纽芬兰的许多小定居点一样，整个共同体很快就搬迁到了人口较多的区域中心。在整个共同体生活中，猫港家庭以小规模农业、狩猎、捕鱼和伐木为生。当法里斯（Faris）研究猫港时，夏、秋季捕鱼的主要方式是使用"诱捕网"，一种停泊在 8 到 15 英寻水中的"泊位"上的诱捕器（同上：28）。最富有成效的泊位在当地传统中是众所周知的，并通过北大西洋北部渔业社会使用的标有"标记"的基本三角测量系统来定位。即使是这种基本的导航也能与共同体意识产生共鸣。因此，法里斯写道，

猫港新出现的一个问题是如何将许多"地面点"的精确标记传递给年轻人。以前，这些标记是口头传递的，现在的渔民不愿把这些标记写下来，因为担心外人会学习这些标记，开发猫港水域。（同上：29）

这里的"外人"不仅仅意味着竞争。相反，猫港意识形态中的陌生人是许多恐惧和消极价值的化身。法里斯说，陌生感是"一个带有怀疑色彩的范畴"（同上：135），和最不吉利的颜色——黑色联系在一起，黑色意味着污染和邪恶（同上：141）。外来者来自共同体边界之外的世界，因此是"敌对的"，有着"潜在的危险"（同上：165）。

为了防止外来捕鱼者进入，并避免渔栅位置的分配过程中有任何不公平的优势，猫港渔民已经开始实行泊位抽签制度，这一制度他们使用了 30 多年，后来被纳入联邦法规（同上：47）。这种抽签，就像上面提到的基督教葬礼一样，是一种无处不在的社会形式，存在于

无数的社会中。但很明显，将其引入猫港生活这一重要领域之中并没有削弱这个共同体的独特性。事实上，猫港的渔民们在它的身上打下了如此深刻的烙印，以至于外人几乎认不出来。法里斯认为，人们对权威和领导的不信任根深蒂固，以至于不敢采取任何果断或权威的行动：

> 在猫港道德共同体的传统中，简单地做出任何影响他人的决定是困难的。（同上：104）

有人可能会认为，在抽签的问题上，这样的决策是可以避免的。但是。

> 一年一度的鳕鱼渔栅位置抽签是一个漫长而痛苦的事情，因为几个小时的时间都花在决定谁来为船员抽签以及抽签人员将选择什么样的泊位上。

可以说，这是一个表面上的日常活动，每年都会发生，已经30多年了，因此人们可能会觉得这是一个被普遍接受的做法，应该视为理所当然。然而，它造成的近乎瘫痪表明情况并非如此。事件的形式或结构本身是无关紧要的，但变成了共同体的习惯用语之后就不一样了。它在参与者中唤起了他们社会认同的基本问题：**我们**怎么做？在猫港我们怎么做才能有实际意义呢？"这个日常活动在此引起了象征性的共鸣；"技术"行为变成了共同体意识的一种唤起和表达。显然，这种引进的结构为共同体边界的确认和重申提供了一种新的媒介。

这种例子在几乎任何文化中都有很多。它举例说明的过程就是通过使用象征手法重建"传统"和文化边界，具体来说就是重新呈现源自其他地方的结构和行为形式，使之与本土认知的倾向一致。在这里，**结构**超越了共同体边界，但它们的意义却没有。因此，边界保持完整。

现在让我们来看看另一种方式，象征性行为对抗社会变迁对共同体文化完整性的颠覆威胁。在这种变体中，导入的结构不会转换到相同的程度。但是，它们的输入由于传统符号形式的现代化而得到了平衡，以应对共同体中隐含的变化。通常情况下，这些更新的形式渐渐具有自身的特征，在意义和重要性上都与它们的外表截然不同。

外观具有欺骗性

我们一直在讨论"结构"和"意义"之间的区别——这种区别我们也表达为形式和实质之间的区别。在前一节中，我们看到后一类可以独立于前一类：实质**不**是由形式决定的，因此，给共同体带来新的形式或结构的社会变迁未必会给它带来任何实质性的改变。但是，此外，在某些情况下，行为的**形式**被用来掩盖其实质。通常，当一个共同体采用了其他共同体的诸多结构**外观**，但同时仍能设法保持一种强烈的独特性自我意识时，这种情况就会出现。

案例：基兹布（Kizb）

有一种更为奇异的方式是通过欺骗或撒谎，这种行为策略被地中海社会的学生清晰地记载下来。例如，阿拉伯的多面骗术基兹布显然有助于加强（而不是颠覆）黎巴嫩北部村庄的社会关系。据其民族志学者说，掩盖现实及其短期或表面的干扰，有助于更持久地维持传统形式中的社会关系。它调和了民族精神（人们认为**应该**是）和现实（现实**是**）。此外，它作为一种适当的行为方式和话语方式被村庄广泛接受（见 Gilsenan，1976：191-219）。这一论点令人想起了早期人类学的神话理论，在这些理论中，神话展现的就是解决信仰和实践之间产生明显矛盾之后而出现的紧张关系（如 Lévi-Strauss，1963；Leach，1968）。

如果我们把这种关于说谎的观点应用到我们的论点中，就可以提出这样的假设：谎言通过阻止新的行为形式中所隐含的变化来保持传统意义。但是很显然，"谎言"（kizb）本身正是本土信仰与陌生的新事物抗争的表现；它被明确地视为：

事实上，只有通过基兹布，社会生活才能继续下去，这个群体脆弱的团体意识才能继续存在……基兹布弥合了形式与实质、精神与政治经济现实之间的鸿沟，但与此同时，人们直接体验并**知道**这是错误的解决问题的"方案"。（Gilzeman，1976：211-213）

案例：阿尔卡拉的谎言

因此，基兹布象征着边界。在一项著名的人类学研究中，说谎被认为是人们对社会及其边界敏感的表现。在《塞拉人》（*The People of the Sierra*）中，皮特-里弗斯（Pitt-Rivers，1971）描述了阿尔卡拉还有安达卢西亚山脉其他共同体中的村民，认为他们是自身所在地坚定的支持者，这种支持也意味着对邻近地方的对抗：我们上面讨论过的那种边界意识感。这种支撑及其相应的竞争体现在起绰号、赞助人崇拜、民间传说和通俗历史、偶尔的暴力，还有物质文化的变化之中（同上：8-13）。在这样一个高度紧张的环境中，撒谎——或者至少说掩饰真相，使其不被窥探者发现——的能力是一种必不可少的社会和公共武器：

> 安达卢西亚人是我见过的最杰出的骗子……它需要训练和智力来迅速辨别什么时候该告知真相，什么时候该隐瞒真相……按照安达卢西亚的标准我们都是失败者。（同上：xvi-xvii）

但这种欺骗并不是出于对真相的蔑视，恰恰相反：

> 安达卢西亚人应该是一个深切关注真相和内心真实状态的人，这很合乎逻辑，并非有悖常理……当知识成为可以给予或拒绝给予的东西时，你就会关心它的真正价值……（同上：xvii）

对阿尔卡拉人而言，就像对邻村的村民一样，"真相"就在于他们对这些素质的感受上，是这些素质将他们的村庄与别的村庄区别开来，也使他们表面上的相似性成为谎言。正是这种高于一切的感觉才使他们分隔开来。如前所述，强调文化和意识形态差异的需求与规模和结构的差异成反比。安达卢西亚普韦布洛村落的平民团结传统（同上：18），以及村落内部产生的对公众舆论的超强敏感性，为大家拥有的那种与众不同的感觉和对村落的责任感奠定了基础。这是，

> 一种源于身体和道德的接近的团结，共同的知识和对共同价值观的接受。（同上：31）

阿尔卡拉的共同体意识是建立在内部和外部压力辩证互动的基础上的，这种互动长期以来一直吸引着人类学家和社会学家。共同体成员承认他们的共同利益和价值观与其他共同体的共同利益和价值观之间的对比。但与此同时，他们珍惜彼此之间的差异，因为在很大程度上，这些差异提供了共同体内日常社会生活的素材。但两者显然有联

系。我在上面论证过，人们对**共同体**的认识是由其作为**共同体**成员身份的特殊性所决定的。例如，

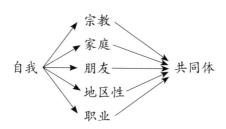

皮特-里弗斯认为，在共同体**内部**分化中潜存的紧张关系变得外部化，从而加强了整个群体的团结。谎言是一种用来向外界隐瞒一个共同体内部分歧的手段。但是，内部人士"解读"谎言的共同能力，促使他们意识到自己的共同成员身份，并暗示着外人被排除在外。此外，谎言，除了用得好可以成为敬语外，还可以有效地掩盖内部冲突的程度，从而有助于维护共同感。说谎这一行为最绝妙的效果就是不仅实用或有用，而且具有象征性。我们在后面将回到阿尔卡拉。

在基兹布和阿尔卡拉的谎言中，欺骗是极端而明确的行为，通过故意歪曲来维护某种文化秩序。但是象征性的生活充满了行为，这些行为既表达了类似的社会价值，又伪装成一种手段，以达到某种更具体的目的。

案例：苏伊克（Thuic）

丁卡人是一个游牧民族，他们生活在苏丹南部尼罗河流域中部的沼泽地带。他们丰富的仪式生活与复杂的万神殿相称，两者都补充了他们复杂的部落组织。他们在整个象征性的建筑基础上建立的典型的

象征性行为就是动物祭祀。但这个建筑最吸引人的（如果说是次要的话）元素之一就是苏伊克：

> 这种被称为"苏伊克"的做法就是在一簇草上打结，以表示打结者希望并打算设计某种形式的限制或拖延。（Lienhardt，1961：282）

例如，把敌人绑在草丛里，就是希望他的行动自由受到某种限制。或者，

> 丁卡人旅行时，经常会在小路旁的草地上打结，其意图是旅途终点的食物准备可能要拖延到他们到达的时候。（同上）

> 但是，如果就此推断丁卡人相信这一行为的实施和期望结果之间存在着一种神秘的关联效应，那种我们受邀将其归于魔术师的咒语及其把戏的关联，那就大错特错了，实际上，林哈特（Lienhardt）说，

> 没有丁卡人会认为通过这样的行动，他实际上得到了他希望得到的结果。

这并不是一个明确的专业性或起作用的行动。相反，苏伊克（象征性的行为）是对"起作用的行动"的一个补充……和准备：

> 打了这样一个结的人通过一种外在的物质形式明确自己的心理意图。他为自己的愿望和希望制作了一个模型，以此为基础做出新的实际努力。（Lienhardt，1961：283）

因此，象征性行为的目的不是在他人身上神奇地诱导出一种反应，而是在其行为人身上诱导或维持一种精神状态。因此，当贝都因人牺牲一只动物来纪念某种社会裂痕的愈合时，这并不是神秘地帮助裂痕修复。相反，它是在参与者的头脑中圣化了和解：它标志着社会关系的转变具有重大意义（Peters，1984）。当英国人第一次见面握手时，他们的身体接触并不表示任何特别的亲密、忠诚或承诺。它只是将这一场合标记为他们之间的初次见面，没有比这更重要的意义了。但是，当争吵过的朋友在解决争执后握手时，他们的握手显然象征着他们之间重新建立了关系。象征性的行为不仅仅是为了公众消费；公众可能甚至都不参与其中。相反，这是要"控制……一组心理和道德倾向"，而且，作为这一论点的证据，林哈特补充说，在采取这种行动时，"没有纯粹的技术上的选择……"（283）。

现在，我不想宣称丁卡人的苏伊克实践对此有任何文化自觉；林哈特显然不是在这个意义上将它呈现给我们。但我们可以合理地假设，在文化接触（与邻近的部落，如努尔和阿赞德人[1]，以及与英国殖民当局）过程中，这种明显的常规性象征行为确实起到了文化记忆的作用，文化认同感是它们所诱发的"心理倾向"之一。例如，林哈特告诉我们，

　　一个丁卡人指望着别人会给他保留着晚餐，这时如果能通过在其前面行驶的某辆车的司机发一条信息，他就会觉得没有必要再去给草打结。

丁卡并不认为汽车上发出的信息和苏伊克仅仅是工具的替代品。

1　生活在非洲中部国家的人。——译者

林哈特说每一种行为都有不同的能力。但每一种都必须被视为与不同的文化行为模式有关：如果部落人停车，这就好像他对自己说"我会用**他们**的装置"；如果他给草打结，"我会用**我们自己**的。"事实上，林哈特开创了对丁卡人仪式生活的讨论，而其烦恼之处恰恰在于仪式改变了经验。在讨论苏伊克时，道格拉斯认为，仪式以这样一种方式"框定"了行为，使我们能够体验到原本不可能向我们披露的东西。她说，仪式"可以让人们了解那些原本根本不为人知的东西"（Douglas，1966：64）。

而原本"不为人知"或不为人体验的是对社会边界的感知和共同体的意识。因此，在这里，仪式对变化的环境做出了反应，并且产生了一个既不同于其表面目的，而且也是伴随着该目的而来的重要功能。

我们的问题是：为什么象征是主张共同体边界中一个如此突出的媒介。通过这些案例，我们看到了另一个答案。象征形式的全能以及将本土现实从边界"另一边"的现实中隐藏起来的能力保护了这些现实不受变化和入侵的颠覆。

外 观 与 变 形

为了结束这一章，让我们看一看象征的另一个特点，它提供了另一个线索，说明它因何在边界保卫中无处不在，尤其是在发生重大变化的情况下。象征全能是因为它本身并不具有意义。由此推论，它可以对变化做出高度敏捷的反应。正如我们所看到的，象征形式与它的内容之间只有松散的关系。因此，在内容发生重大变化的情况下，形式可以继续存在。通常，这样的连续性频繁**出现**，以至于模糊了人们对形式本身已经改变的认识。非工业化世界的伟大仪式并不像英国的隆重庆典那样呆板和神秘。我们的国家庆典已经被冻结在模糊的历史形式中，所以我们需要专家评论员为我们解释。典礼需要编排，还要服从于电视镜头的约束，其结果就是我们看的是这个事件的审美价值，而不是它的意义。这种典礼表演已经成为一种人为的、无法令人信服的象征形式。但并非所有的仪式都是如此，其他地方的仪式和象征过程也不是这样。

在前一章中我们看到，有些仪式中出现的幻想人们或许也可以视为对社会结构的变化而做出的一种无害推测。除此之外，我们现在可以再加上幻想的一种能力：它允许人们在彻底改变的环境中使用根深蒂固的传统象征形式。因此，它**管理**着变化，从而限制了人们对共同体取向的破坏，并使他们能够通过使用熟悉的习语来理解新奇的环境。

我在上面说过，研究社会行为的学者早就认识到，人们有必要解决他们的信仰和现实之间的矛盾，而具有各种理论说服力的人类学家在神话方面所做的工作有许多正是集中在这个问题上。有人认为，这种和解也是宗教和意识形态信仰体系的核心。在所有这些形式中，象征——尤其是仪式——是弥合鸿沟的机制。社会变革造成的混乱可被视为理想与现实脱节的一个特殊实例：理想以"熟悉"为幌子，而现实看似陌生，因此，以恐惧和/或憎恨为表象。在这里，象征形式也可以消除矛盾。

案例：布里亚特蒙古人和他们的苏联政委

卡罗琳·汉弗莱（Caroline Humphrey，1983）研究的布里亚特蒙古人是居住在西伯利亚东南部，靠近蒙古北部边界的苏联公民。他们是由不同种族、语言和宗教的复合群体组成的。尽管如此，他们现在对自己与更广泛社会的关系有了共同的看法，基于：

他们有着共同的历史命运感、口头流传的神话传说传统、社会宗谱观、对亲属关系的深切关注、时间和季节观、正确的行为观、对动物的尊重和对动物的体贴，还有他们对大自然的热爱——甚至是那些看似贫瘠、干燥、灰色的草原，盐渍环绕的沼泽，以及周围潮湿、腐朽、蚊虫滋生的森林。（同上：25）

他们的仪式日历通常是他们经济生活的基础，现在，国家对生产的"征用"破坏了这种关系，对其自身的仪式日历造成重叠。很明显，苏联对布里亚特仪式行为的影响只是布里亚特并入苏联之后出现的根本性转变的一个迹象。其中最重要的一点是，他们从游牧生活转向了在庞大的集体农场里的定居生活。

然而，苏联仪式在多大程度上实际取代了先前存在的布里亚特萨满教仪式，这还是一个值得商榷的问题。汉弗莱认为，通过一种无意的讽刺，国家的入侵可能使传统形式复活，因为它取代的不是"布里亚特仪式"，而是强加于它的佛教和东正教形式。结果，尽管布里亚特的民间文化与苏联的形式融为一体，"但苏联当局并不承认，也常常反对，布里亚特民间文化的仪式仍然在各地延续"（同上：373-374）。这些仪式可能已经变得世俗化，而且在其他方面已经承认了苏联礼仪的影响。然而，仪式的实践者，

试图理解地方或个人问题与声称有能力解决这些问题的社会制度之间的脱节，但它本身……常常使人们陷入两难境地，他们得"按社会的利益"办事，但他们自身的需求又完全不同。（同上：375）

有些仪式，如新年（Tsagaalgan）对纯洁、春天、乳牛更新和亲

情的庆祝，根本就不被苏联当局承认（同上：378）。这个仪式是一个机会，人们明确地承认自己的亲属关联，承认传统的布里亚特人的经济和基本生活中的主要特征，因此，人们也可以认为这个仪式表达了其对布里亚特身份的首要依附。这种表现也可能出现在他们其他富有特色的仪式中，比如婚礼。对此国家有意进行干预，提出了一种官方的"苏联共产主义青年团"来替代传统的形式。然而，汉弗莱在报告中说，1964年至1967年间，卡尔·马克思集体农庄里大约有45场婚礼，只有2场是苏联共产主义青年团式的（同上：391）。当然，传统的仪式形式也发生了显著的变化，既反映了环境的变化，也反映了国家意识形态的影响。但是，尽管如此，仍然有一种明显的意识，即被遵守的形式**是**传统的。因此，它提供了一种重申地方和民族边界的有力手段。尽管财礼的旧习俗可能已经让位，从前对男性长辈的敬拜已经停止；尽管集体农庄官员可能已经取代了亲属长老，成为仪式剧中的敬拜演员（同上：399），但人们仍然强烈地意识到，庆祝中至少有一部分是"布里亚特式的"。这种集体自我意识可能已经转变，使人们能够理解布里亚特社会发生的巨大变化（同上：438）。然而，它在这方面的功效带来了它的新生（同上：442）。

在对英国乡村共同体的研究中，也观察到了大量类似的案例，人们使用貌似传统的象征形式来管理社会变迁带来的破坏性后果。在这些上面提及的例子中，共同体结构性边界的模糊或弱化需要对共同体进行象征性的表达。也就是说，社会变迁与象征表现发生率之间产生了关联。这些象征表达的性质差别很大。在前面提到的埃尔姆登的例子中，它采用的是用亲属关系措辞的习语形式来颠倒人们心目中英国的主流价值，从而表达了本土居民反对新移民的独特性（Strathern，1981，1982a，1982b）。"本地人"和"新来者"或"外来者"的象征性划分在英格兰北部内陆地区（例如，见 Rapport，1983；Phillips，

1984）和更北的不列颠群岛（例如 Forsythe，1984；McFarlane，1981；Cohen，1982a）似乎也很突出。在其他地方，语言差异可能会明确阶级和密切社会联系的情感，以及民族和文化完整性的情感（如 Emmett，1964，1982；Mewett，1982）。甚至北爱尔兰令人忧心忡忡的宗教宗派主义也表达了比宗教信仰更复杂的情感和依恋（Leyton，1974；Larsen，1982a，1982b）。值得重复的是一个早期的观察：正是象征符号的全能性和可塑性，使得它成为表达共同体特性（有界性）的一种行之有效和无处不在的手段。因此，我们发现德文郡农耕家庭中的性别划分不仅包含了家务劳动的组织，而且还包含了土著农耕文化的理想化形象，与英国大都市的截然不同（Bouquet，1981）。同样，尽管自第二次世界大战以来，巨大的变化改变了岛屿的生活，**包括**小农场耕作，但小农场耕作引起的共鸣让设得兰群岛的沃尔塞岛民保持了一种强烈的文化连续性意识（Cohen，1979）。

案例：沃尔塞岛民的狂欢：形式的连续——意义的转化

我们以庆祝的方式结束这一章，将沃尔塞岛民的狂欢视为一种象征形式，其内容已被转化，但其连续性掩盖或限制了变化带来的创伤（见 Cohen，1985）。

狂欢基本上是一个流动的聚会，从一个房子到另一个房子，接好一户人家之后再接下一家。他们在几个固定的节庆场合举行，如圣诞节、新年和夏季帆船赛、婚礼后、渔民**结账**（会计）日以及共同体其他重大社会活动之后。狂欢在形式上是传统的。它提供了一个使共同体重新团结起来的机会，办法就是跨越影响日常社会生活的边界和差异，并重新提出接触所有当地家庭的原则。很多关于"昔日"（the auld days）的评论都让人想起过去的一场声势浩大的狂欢，在那场狂欢中，人们颂扬的是独特的地方观念：独特的沃尔塞式幽默，以个性、传说和地域的共享知识为要素。狂欢总是以家庭为场所。过去，沃尔塞家庭的谋生手段多种多样，有的捕鱼，有的在小农场耕作，有的割泥炭，有的搞编织，但这种生计受到自身资源的限制，家庭本身就是一个经济单位，但同时也是一个以亲属和邻里关系为基础的更广泛的合作团体的组成部分。这种联系构成了社会组织和责任的基本要素（见 Cohen，1982b）；它仍然保持情感上的首要地位，但是，随着向以资本密集型捕捞业为基础的职业专业化过渡，随着作为国内经济的一个要素的小农场耕作的消亡，它作为社会行动基础的突出地位已经减弱。

对男人来说，现在的日常生活更多的是和船员们在一起，而不是和近亲们在一起。船员的激增和资本的匮乏大大削弱了以亲属为基础的旧的船员模式。对妇女来说，生活的流动性远远超过了从前，因为汽车、养鱼厂和集中采购打破了小农场耕作镇区、泥炭山和鲱鱼站对妇女的季节性限制。社会生活领域的扩展，"朋友"和工作伙伴对亲属和邻居的取代，打破了亲属-邻里集团的旧的结构基础。

然而，它的象征效力及其在社会认知中的首要地位，现在在狂欢中得到了体现。以前，亲属-邻里集团无论是在地理和宗谱定义上，还是在经济功能上都具有稳固的地位。因此，狂欢通过其内在的各个部分肯定了更为广泛的共同体的价值。如今，反之亦然：共同体本身就是社会经济的生态位，狂欢表达了它的各个部分在意识形态上的首要地位。共同体作为一个整体的理念和忠诚于其各个部分的理念并无矛盾之处，因为人们通过作为中介的各个部分来清楚地理解和感知共同体：他们**因拥有**近亲和邻居，而属于沃尔塞，尽管这些中介要素的经济地位已经下降。

和过去一样，狂欢让人们超越了日常生活的社会局限，虽说这些局限已经明显被改变了。今天，狂欢把他们带回到其起源之地的亲属–邻里集团中。一个狂欢者的旅程可以从任何地方开始，尽管出发点往往是惯常的，而不是随机的。他午夜的目的地将是一所他在狂欢之夜经常光顾的房子。大家不用明确邀请便聚在了一起，总是代表着东道主密切的社会关系图上的重要参考点：它由近亲、过去或现在的邻居，或许还有他们已故父母的亲密伙伴等等组成。当这一激动人心的狂欢阶段接近尾声时，勇敢的狂欢者往往会往回走几英里，回到他出生的家庭，或者回到他童年或青年时期有着密切联系的房子（见Cohen，1982b）。沃尔塞的亲属关系和血统是双边的、同源的，对父母双方都没什么偏见。在婚姻方面，平衡血亲关系双方的义务增加了他们对姻亲关系相似的义务。检验这种平衡就需要配偶至少有一方离开出生的家庭。狂欢提供了一个机会，让人在特殊活动的许可下重申自己的原始忠诚。这是对正常习俗的中止，也正因如此，其常见的表现就是容忍醉酒行为，放松对各种受约束行为的正常管控。

也许，就像前面讨论的那些暂停正常生活的其他仪式一样，狂欢是一种幻想，参与者并无恶意地推测，如果生活不是这个样子，那会是什么样子！但抛开这种分析的细微之处不谈，它为我们提供了一个象征行为的精确例子，表现出了形式的连续性和内容的实质性变化，进而折射出变化的环境。沃尔塞人现在对共同体的概念有了不同的看法，尽管他们仍然在维护着自己的独特地位，也明确承认其文化边界的客观现实；但他们仍然投身于共同体建设中。狂欢是变化和责任的象征性表达。

第四章
共同体的象征性建构

共同体是一种心理建构

在扎伊尔的伊图里雨林中，居住着姆布提俾格米人，他们是一个在精神上和组织上都非常适应热带森林的游牧狩猎和群居生活的民族。有人告诉我们，姆布提人对和平有一个高度精练的概念，即伊基米（ekimi），它融合了与自然合一、社会和谐、平等主义、柏拉图式的位置感和责任感的概念。他们周围住着比拉村民：定耕者，讲究等级，比较迷信，对神和邪恶的森林充满恐惧，好辩，有依赖性，易受骗——这里积聚着纠纷、噪声、危机和红肉（akami）。在人们的呈现中，姆布提和比拉农民几乎在所有方面都是对立的。姆布提人在理想化的球体中心寻求生命的完美平衡；相比之下，村民们没有这种完美感。他们的球是偏斜的，摇摇晃晃失去了控制，直接甩了出去（waziwazi）。（见 Turnbull，1961，1983）

然而，尽管姆布提人和比拉人性格相反，但他们仍是一个伟大的成年礼恩昆比（nkumbi）的共同参与者，这个仪式联合了伊图里所有的居民。恩昆比每三年举行一次。仪式表面上是对男性成年者进行割礼，但最重要的是将这两种截然不同的文化融合成一种合作关系。对这种仪式的一种解释可能就是将其视为一个文化中立的活动，姆布提和比拉村民都可以在不损害各自共同体的情况下相互走动。然而，人们会就此推测，仪式及其象征符号包含着固有的意义：仪式本身就构成了一个共同体。这样的解释貌似不太合理。人们不可能脱下自己的文化外衣，赤裸裸地步入社会中立的空间。相反，他们从自己的文化视角来看待、解读仪式。这个过程类似于我们所说的人们解读象征的方式：他们根据自己的经验和目的来赋予象征意义。恩昆比也是如此。虽然姆布提和比拉村民"共享"了仪式形式，但他们对其意义的理解各不相同：

> 恩昆比说明……森林与村庄完全对立。俾格米人有意识地、积极地拒绝森林里所有的乡村价值观……两种人的两个世界之间有一条无法改变的鸿沟。（Turnbull，1961：204）

像前面章节中的民族志一样，恩昆比向我们展示出文化——其成员经历的共同体——并不存在于社会结构或社会行为的"表现"中。相反，它存在于对它的"思考"中。正是在这个意义上，我们可以说共同体是一个象征性的，而非结构性的建构。在寻求理解共同体现象时，我们必须将其成分中的社会关系看作对其成员具有丰富的意义，而不是一套机械的联系。当然，意义在民族志上是有问题的。它不受客观描述的影响，而只受解释的影响。在这件事上，我们只能努力根据已有的信息进行猜测。共同体存在于其成员的头脑中，不应与"事实"的地理或社会学主张相混淆。推而广之，共同体的独特性，以及共同体边界的真实性，同样地存在于人们的大脑中，存在于人们对共同体所赋予的意义中，而不是存在于共同体的结构形式中。正如我们所看到的，这个共同体的现实被人们象征性地进行了表述和修饰。

象 征 过 去

在我们回顾过的民族志中，有许多（如维乔尔人的佩奥特掌搜寻、纳斯卡皮人的祭鹿宴、沃尔塞人的狂欢、布里亚特人的婚礼、美拉尼西亚人的船货崇拜）都表明共同体的这种象征性表达指的是假定的过去或传统。在此我们遇到了一个悖论：尽管在当代环境下有必要重申共同体，但是它的实现往往就需要这些因冗余而受到现实环境威胁的习语。

不过，将这种回应定性为"传统主义"是错误的，这意味着有关共同体已经深深陷于自己的过去，无法正视当前的要求。相反，在这里，过去正以多种方式被用作一种资源。过去被引用的方式，强烈地反映出让"引用过去"凸显的各种环境。它是对过去的选择性建构，与当代的影响产生共鸣。有时，这种民间历史类似神话，或元历史，也即马林诺夫斯基赋予这个词的意义：当代行动的一个"宪章"，其合法性源自它与文化过去的紧密联系。神话赋予行动过程"正确性"，将神圣性延至其中，遮蔽了传统和知识。神话般的距离给另一种朦胧的当代视角增添了魅力。解释神话在这方面特别有效的一个原因是它的非历史性。正如一位作家所说，神话是"超越时间"的。它"割断"了过去，这使它不受历史学家、律师和其他人理性主义审查的影响，因为他们可能会质疑先例和史学的合法性（P. S. Cohen，1969）。

历史学家最近将这一过程描述为"传统的发明"。人类学家往往不会赋予它这种人为的特征。他们更倾向于将神话视为人们从认知上描绘过去、现在和未来的方式。在努力解释的过程中，我们用自己过去的经验将刺激信号注入一种非常熟悉的形式中，之后再赋予他们一些意义。我们的经验就像格尔茨（1966）所说的，是现实的一种"模型"。如果没有这样的模型，我们就无所依据，无法使自己熟悉需要解释的现象。当我们发现自己无法将未知的事物变成某种熟悉的形式时，我们往往会感到害怕。社会也经历了类似的集体反应：集体的心脏开始狂跳，如果肾上腺素的分泌没有得到控制，危机和混乱很可能接踵而至。当然，日常生活充满了潜在的危机：需要做的决定，要避开的争论，要能成功进行的社会互动。通常，我们可以部署我们的现实模型来化解或管控危机，使用格尔茨所观察到的"常识"模型（Geertz，1983：79），就如阿赞德人把巫术称为"第二支矛"，解释原本不可解释的现象。这些危机很少出现，证明这些模式有其灵巧之处。正如格尔茨那个平淡无奇的比喻所说，"人们用他们能找到的任何泥浆，堵住他们最需要的信仰的堤坝"（同上：80）。当这样的**封锁**失败时，我们就有麻烦了。男孩认为，他邀请女孩跳舞，将得到礼貌的接受或拒绝。他的邀请也确实基于这种假设。但如果她用踢小腿的方式回答，他可能会有些不安。然后他必须做我们通常不需要做的事情：**考虑**他的反应，因为他的常识模型不包含这种偶然性。如果有人在大街上问路，但说的却是像意识流一样的外语，那么就有可能出现同样的困惑，尽管伤害可能小些。我们跌跌撞撞地走着，最后离开了，行为还可能有点不太文明。

面对出了错的社会互动局面，我们通常会想方设法排难解纷。戈夫曼（Goffman）在《互动仪式》（*Interaction Ritual*，1967）中举了一个例子，两个从相反方向走近的行人试图避开对方，但却像被磁场吸引了似的碰撞在了一起。然而，当事人并没有因为可以理解的原因任意发火，相反，他们常常向对方道歉，尽管他们深信过错真的在对方。另一种选择就有可能从根本上打破维持正常社会互动的秩序。

人们所熟悉的有序性被用来给不熟悉的事物注入感觉。然而，对熟悉事物的调用常常是出于直觉，毫无防备，以至于它会妨碍理解。查普曼（Chapman）说，作为一个英国人，他很难掌握布列塔尼的握手习惯。回忆起他对握手频率和无处不在的接吻的恐惧，他透露了他自己种下的混乱：任何一天内，他都会忘记自己跟谁握过手了，因此，他不得不与同一个人反复握手，显得"脾气古怪"。他还透露了更多的困难。如果一个渔夫因手脏而不能伸出手，他会"伸出只能被称为肩膀的东西"，因为左手即使干净和纯洁，也不能代替右手。但是，因为右手受伤，

我竭力不让任何人抓我右手，所以往往缩回去。我本**应**伸出我的右前臂。然而在我的文化里，握手不太重要，肯定还没重要到在"手"受了伤或不方便的情况下，还要硬将手抬到肩膀的高度。我握手的次数远远少于我应该握手的次数。英国人很保守。有一两次，当我不得不握手时，我伸出了扭曲得不成样的左手，这纯属冲动；从接受者阴沉的脸色来看，这是一件非常奇怪的举动。不仅是"保守的"，而且是相当奇怪的。（Chapman，1982：136）

伸出自己的双手，同时也将习惯用语或模式展开运用，让场景变得熟悉起来，以便每一方都能相应地采取行动。他们的模式不协调对他们来说可能无关紧要。但这对我们很有启发，因为它强调了这一过程的普遍性。

因此，如果个体参照他们的认知地图来确定自己在互动中的方位，那么集体也是如此。这些地图是他们文化宝库的一部分，经过几代人的积累，因此染有浓浓的过去的香味。

对大多数人来说，在大多数历史时刻，过去是不成熟的，只是根据当时的目的有选择地进行传递，有选择地回忆，没有严格的史学

规定。它存在于诸如"昔日""我年轻的时候""我们祖先的时代"等没有区别的范畴中。无论是在训练有素的史学家手里，还是在外行手里，历史都具有极好的可塑性。即使无意歪曲，对它的回忆也总是建立在解释性重构的基础上。柯林伍德（Collingwood）向历史学家提出了韦伯式的警告，要他们进入历史事件，还原历史事件中的人物心态，这充其量只能是在已获得信息的基础上发挥想象力。但是民间历史的使用甚至都很少要求人们与当下保持距离。恰恰相反，他们常常把过去和现在混为一谈。即使是那些采用明显精确形式的民间历史，如家谱，也在不断地被修改，以适应当前的需要（例如，见 Fox，1982；Cohen and Comaroff，1976；Fortes，1970）。在我们的日常话语中，过去本身就是象征性的，因而回忆带给我们的也是象征性的。简单的"历史"标签是用来描述复杂的而且是常常带有意识形态的信息的。我们在政治辞令中最习惯于此。例如，以色列前总理梅纳赫姆·贝京（Menachem Begin）有效地利用了犹太和撒马利亚缥缈的虚构历史来阐明 20 世纪 70 年代以色列的领土扩张主义野心，并使之合法化（例如，见 Oz，1983）。玛格丽特·撒切尔（Margaret Thatcher）用"维多利亚价值观"这种简单化的手法为经济货币主义提供可信度和道德有效性。阿亚图拉·霍梅尼（Ayatollah Khomeini）、齐亚（Zia）总统和卡扎菲（Qadafi）上校都以各种方式援引一种他们声称的传统的伊斯兰教来为他们极端的现代民族主义辩护。但在这一点上，就像他们常做的一样，政客们只会大肆宣扬社会地位较低的普通人的战略行为。当父母们一边斥责他们的孩子傲慢无礼，一边回忆自己对父母的尊重行为，他们这是在模仿撒切尔夫人。当人们为所有权争吵时，他们以先前占有为先例，这是在模仿贝京。在这些情况下，它们超越了过去和现在的精确比较。除了一个孩子对他父亲的举止外，更多的事情被传达和回忆。相反，回忆是一种生活方式，具有复杂的特征，表现出各种不同的价值观和人生态度。维多利亚女王、神圣的承诺和警告，以及第五诫命的象征性使用，所有这些将非常复杂的故事和信息浓缩成了一种记忆或速记形式。

继弗洛伊德（Freud）和萨丕尔（Sapir）之后，特纳将这种引发情绪反应或态度的记忆法称为"浓缩象征"。通过它们的使用，"一方面，规范和价值观被情感所浸透，另一方面，总体的基本情感通过与社会价值的接触而变得高尚起来"（Turner，1967：30）。神话般地注入了永恒之后的"过去"象征正好拥有这种能力，并在密集的社会变迁时期取得了特别的效果，而与此同时，共同体不得不放下最沉重的文化之锚，来抵制变迁的潮流。我们还可以从设得兰群岛的沃尔塞共同体中找到一个例证。

如前所述，到了20世纪60年代和70年代，沃尔塞的社会和经济生活发生了重大变化，在资本密集型捕鱼技术方面进行了大量投资，随之而来的是劳动力的专业化以及早期多种收入和生计来源的减少。然而，小农场耕作依然突出且备受珍视，尽管对最勤奋的小农场主来说，这一耕作的经济回报充其量也是微乎其微的。对大多数沃尔塞渔民来说，小农场代表的是劳动力和现金成本，这在经济上几乎是不合理的。除了这种明显的反常现象之外，在这种情况下，唯一可行的小农场农业是牧羊业——在当时，沃尔塞的小农场主中还没有多少人精于此道。尽管如此，对小农场的需求仍然持续不断，而且人们对小农场耕作的收益也非常感兴趣（见Cohen，1979）。

要想解决这种明显的悖论，或许可以不仅仅将小农场耕作及其相关活动视为经济活动，还可将其视为一种带有强有力的象征性的活动，"浓缩"了一种珍贵的过去和传统的延续感，即使是在发生巨大变化的现在。例如，300多年来，沃尔塞家族的居住地一直保持着显著的稳定性，而且这一点还得到了在耕地保有权上进行立法改革的进一步支持。那么，小农场不仅是一个劳动场所，也是一个有着悠久历史渊源的家族领地。因此，它与身份有着紧密联系（同上：259）。有了这样一个社会和物质空间的牢固基础，人们完全有理由将小农场视为一种象征性资源，即使是在剧烈变化的时期，人们也可以通过这种资源稳固自己的社会身份。小农场耕作，

既能掩盖已经走过的文化距离，又能强化对共同体理想的责任。（同上：263）

此外，

了解过去的这一活动，既可以通过动手体验，也可以借助书本知识。小农场的边界多年来一直相当稳定，旧的边界划分，如草皮墙，依然可见。传统栽培的料槽（种植幼苗的圆形石头围墙）仍然遍布全岛，尽管很少有人还在使用。小农场的老房子依然还在，许多现在已经被大大扩建和翻新。有的小农场让人联想到几代以前，如"安妮（Annie）的香椿""埃皮（Eppie）的院子""惠利（whaley）的垃圾堤"，因而依然为人所知。因此，小农场耕作共同体的"文化地图"并未改变，因为房屋、小农场、小农场的一部分、岩石、堤坝、小山、小湾、沿河低地和岩礁还保留着原来的名字，这些名字的起源要追溯到时间的迷雾之中。因此，人们有一种真实的感觉，那就是几代人都在走同样的路，清理同样的沟渠，保持同样的边界……小农场是一个珍贵传统的宝库，共同体理念就居于其中。（同上：263）

因此，正是由于对过去的指涉不精确——永恒伪装成历史——它们才成为一种再合适不过的象征手段，尤其借象征来表达过去和现在

的连续性，在面对变革力量的明显颠覆时，重新维护共同体的文化完整性。

回应当下：族群与地域

然而很明显，并非所有的共同体都有如此强的弹性，也并非所有的共同体都对变化做出如此坚定和充满活力的反应。许多人在文化上和 / 或人口统计上遭到遗弃（例如，见 Brody，1973），或完全转变，失去自我意识，或因对物质对象的崇拜而遭受贬低（见 Helias，1979；此外，Smith，1981：156 页及其后）。因此，问题来了：是什么产生了这样的气势和自信？答案只能被笼统地给出，没有任何迹象表明类似的情况必然会在不同的共同体引发类似的反应。对于当地共同体来说，人们并不急于找到答案。最具启发性的先例与文化差异的政治主张有关——这种现象通常通过"族群"这个多少被滥用的标签来加以描述（见 Paine，1977，1985）。

一个"种族"群体维护其文化完整性的倾向显然不仅仅是由一种健全的集体自我意识所激发的。我们在上面遇到的许多例子表明，这不仅仅是与其他群体的对比。在通常情况下，这似乎源于一种劣势感，或从属感——但随后许多弱势群体和从属群体屈服了。安东尼·史密斯（Anthony Smith）认为，欧洲种族复兴激活了两个多世纪以来的早期种族意识（Smith，1981：20 页及其后）。尽管这一观察可能很有趣，但它并不能解释"复兴"为何发生、何时发生。答案的一部分可能在于，潘恩在写到他们"是生还是死"（Supra，79）时，提出了一个关于凯于图凯努萨米人的建议。言下之意是，当群体感到自己除了自我意识之外没有什么可以失去时，他们就会不顾一切，直面占主导地位的民族主义和国家主义。但肯定还有比这更多的东西，因为尽管种族激进主义可能很流行，但它更像是肉上的一根刺，而不是贯穿伟大政体核心的一根木桩。事实上，在这个问题上，一位最具权威性、虽说有点争议的作家倾向于将 20 世纪 60 年代和 70 年代的普遍自信斥为"种族狂欢"：

> "族群"这个词就是在那个时期创造的。发现、培养和拥抱"族群身份"和"根"成为时尚……突然间，社会科学家开始宣称，大熔炉失败了，一开始就是个骗局，族群身份是珍贵的，同化主义是一种邪恶的"族群灭绝"政策，国家应充分承认族群和种族感情，并以种族和族群标准作为资源分配政策的基础。（van den Berghe，1981：4）

虽然他强调内婚制和延伸的亲属关系中"族类"的社会生物学基础，但范登伯格（van den Berghe）也将族群视为一种策略，基于选择和优势计算（van den Berghe，1981：254 页及其后）。但是，他让族群至上成为常态，将同化视为反常现象，需要进行分析从而扭转了有关族群的问题。例如，"族群比阶级更原始。血浓于钱"（同上：243）。在这方面，正是族群的"非理性"使得它的情感如此强大，如此易于激发：

> 除了普通的"血缘"之外，对种族情感的诉求不需要任何理由。他们的措辞是"我们的人民"对"他们"。（同上）

如果能将"他们"描述为对"我们"构成了威胁，那么"他们"最容易被动员起来。

范登伯格论点的说服力必须通过其在比较案例中的应用来评估。

然而，在这位作家看来，"族类"的原始性假设似乎过多地局限于生物学层次，并且太拘泥于共同血统的字面神话，而这些神话却被人们当作修辞来支持民族意识形态。"族类"毕竟是一个关系实体，它的定义因对立而不同。种姓作为一种内婚制单位，具有共同世系的意识形态界限，从而将各个种姓区分开来。但共同血统也可以被用作划分种姓之外的目的，如区分印度教教徒与穆斯林、佛教或锡克教徒。如上所述，民族志记录中充斥着家谱设计的实例，将一个群体描绘成"一种血缘""一个家庭"或一条清晰可追溯的谱系，而当情况表明这也许是种策略时，这些谱系可能会被改动或遭到否认，而且人们依然会深信不疑。

　　虽然范登伯格将种族主义视为原始情感的时尚召唤，但盖尔纳（Gellner）认为这是不合时宜的，他认为种族主义的情感吸引力现在比大民族主义的要弱：

　　大而有效的单位似乎是自然的，而它们的解体和分裂则是古怪的，需要特别的解释。（Gellner，1978：133）

事实上，他说，现代的民族主义情绪尤其引人注目，因为它们往往不是设计的主体，甚至可能先于国家实体的正式创建。不过颇具讽刺意味的是，他对民族主义起源部分的解释类似于范登伯格的族类至上观：血缘或群体忠诚或地域性的呼唤……（同上：142）盖尔纳坚持认为，将这些情感的储存库从一个族类或小共同体转到民族是现代社会结构的本质：一种复杂的劳动分工，超越了社会的基本构成。范登伯格大概会回答说，正是因为其他这些单位的团结受到了社会和技术变革的破坏，种族问题才会成为社会动员的可信焦点。例如，有人认为种族主义的复兴源于阶级显著性的降低。承诺人人平等或公平奖励的"自由预期"理论明显地受到了种族分层的反驳（Burgess，1978）。处于不利地位的族裔群体利用近年来非殖民化和争取独立的斗争提供的先例来强调他们自己主张的完整性（同上：277）。范登伯格也在其他地方对欧洲最近爆发的民族愿望给出了类似的解释，他将其描绘为"帝国解体的……最后阶段。如果斐济群岛可以独立，为什么苏格兰不行？"（van den Berghe，1976：247）

伯吉斯论证的逻辑也可以扩展到现代政府失败的另一个方面——**规模**，对盖尔纳来说，正是这个方面使得种族变得不正常和不合时宜。随着政府变得越来越大，越来越远离社会的组成部分；随着其经济情况看上去变得越来越集中、越来越制度化，它也失去了作为人们身份参照符号的可信度和相关性。在欧洲，欧洲经济共同体的超国家权力使得政府似乎比以前更加远离这些地区。这种政府规模还意味着，它的运作要么具有非常高的普遍性，要么对非常强大而特殊的利益做出反应。在这两种情况下，绝大多数人都会感到没有被代表且不被充分理解。他们甚至可能会感到被故意排除在外（比照 Smith，1981）。结果，他们在政治上变得内省，并回到一个更令人信服的社会层次去加以认同（例如，见 Beer，1980；Boissevain，1975：14）。

在这里，我认为跟过度理论化的努力相比，我们的立场更坚定，就是要区分种族、民族主义或其他的集体情感。我们的任务不是定义种族，而只是看看它的各种分析是否为我们提供了任何线索，以此说明人们看重的是他们的共同体成员身份，而不是更高层次的依恋。事实上，也许"种族"如此模糊，使用如此多样，作为一个术语，其定义只能是规定性的，有关其定义的争论也只能是没有价值的。如果我们稍微把他们的焦点从"种族"原因转移到某种形式的次民族或次国家的共同情绪是如何产生的问题上，我们就可以为这场辩论做出恰当的贡献。然后，在特定的情况下进行调查时，我们可以将"为什么这种情感习语有时候具有'民族性'，有时候又强调一些不同的宗派主义"这种问题当作经验问题来处理。

这样下去，我们就可以调和这场讨论中提出的所有猜测。用血缘关系这一措辞来表述的种族意味着一种高度的共同性，足以超越在特定的情况下进行干预的群体利益。这种共同性变得越来越有说服力，因为说它已经过时的所谓"更高层次"的说法显然没有根据。与国家和超国家实体相比，这是一个令人信服的社会性水平，因为人们越来越清晰地看到那些实体并未能提供经济和政治产品。这种失败本身孕育了另一种失败：作为身份的社会心理储存库，这些更高层次的实体已经破产。成为挪威人只是不同于成为瑞典人或丹麦人。要成为一个挪威萨米人，就要有一系列的兴趣爱好，在把你和挪威的"白人"区别开来的同时，还可以描绘出一幅更加完整的肖像。要想在努尔塔贝利西达做一个萨米人就要说出差不多一切对你有社会意义的事，因为它包括你的亲属关系、你的友谊、你的住所、你的生活方式、爱和死亡；就是**整个**的人。因此这里的建议是，当人们认识到共同体是表达整个自我的最佳媒介时，他们就会主张共同体，无论是以种族的形式还是地域的形式。

这种认识并不一定意味着人们在自己和共同体之间感受到了某种一致的利益。简单来说，很可能是共同体为他们提供了一个政治模式，让他们从政治上阐述他们的利益和愿望，也许这个模式是某个更高阶层的权威在无意中提供的。上面提到的去殖民的刺激因素就是一个例子。一位观察家认为，政府对威尔士某些"官方"利益的承认，例如威尔士办事处、威尔士旅游局和英国广播公司威尔士分部，为支持权力下放的激进分子提供了进一步界定群体利益的范例（Aull，1978）。

还有一种可能性，就是直接针对这里提出的象征符号的那种可能性，在此，"共同体"提供的与其说是一种模式，不如说是一种表达各种不同利益和愿望的权宜之计。这是社会历史学家查尔斯·蒂利（Charles Tilly）对社会运动现象采取的一种更为普遍的方法。他设法解释 18 世纪末法国的反革命运动旺代（Vendée），不相信历史学家按惯例把共同动机归咎于如此众多的人。通过仔细分析，他发现"反革命分子"这一没有定型的群体是由各种社会学成分组成的，每一种成分都有其独特的动机。因此，他建议分析者必须严格区分运动的意识形态修辞——比如说，其领导人阐明的目标和愿望——和其个别成员的实际动机（Tilly，1963，1974）。

蒂利的论点很有说服力。它迫使我们把社会运动看作一种意识形态的帽架，虽只是件家具，却可以容纳大量各式各样的帽子。该运动的计划可能相当具体；然而，它的组成项目就像象征本身一样，可以由成员根据自己的情况和经验进行特殊的解释。因此，如果我们简单地回顾一下威尔士民族主义的例子，我们可以很容易地理解，争取威尔士语言权利、政府权力下放和限制英国的影响力的运动，对于彭布鲁克郡的山农、阿伯里斯特威斯的史学专家、布莱诺的板岩矿工和蓝恩小镇的农场工人，意义各不相同（例如，见 Emmett，1964，1982）。然而，无论是作为一个组织的威尔士党，还是作为一项事业的威尔士民族主义，他们都可以从中找到一个清晰表达自己情感的媒介，虽说这种情感可能还不太成熟。运动和事业本身成了象征，凝聚了成千上万追随者的无数野心、政治劳骚、愿望和倾向。它填补了真空；如果没有它，这些感受只能以一种高度分散和无效的方式被表达。事实上，也许它们根本就不该被听到。

共同体与身份

虽然"共同体"可能没有我们认为社会运动应具有的那种结构或

方向，但它可能满足类似的需要。它在很大程度上是一种心理建构，其在地域或种族上的"客观"表现赋予了它可信度。它具有高度的象征性，其结果就是它的成员认为共同体承载着自己。它的性格具有足够的可塑性，可以容纳所有成员的自我，而不会让他们觉得自己的个性受到了过度的损害。实际上，它在其多种成分上所绘制的共同性光泽给了他们每个人一个额外的身份参照物。

因此，面对"为什么共同体对侵犯其边界的行为做出果断反应"这个问题，我们现在可以沿着以下思路进行推测。他们这样做是因为他们的成员感到自己受到了某种源自外部的严重威胁，如果他们现在不说出来，他们可能会永远沉默。此外，他们这样做是因为他们的成员感受到了自己内心的声音，而且他们感觉到这个声音组合的信息虽然笼统，但却直接来自他们自己的经验和心态。他们这样做是因为通过占有共同体的社会空间，他们找到了自己作为个体的身份：如果外来者侵入了这个空间，那么居住者的自我意识就会遭到贬低和损害。以前，物理性的边界和结构性的边界将共同体与世界的其他地方分隔开来，当这些边界变得越来越模糊时，这种自我意识也随之变弱。因此，它很容易被描述为处于威胁之下：它是动员集体的现成手段。因此，人们经常发现在这样的共同体里，变革的前景被视为不祥，似乎变革不可避免地意味着损失。一种常见但肤浅的观点认为人们担心失去"生活方式"，而这其实就是自我意识的一部分。

共同体和身份之间的这种亲密关系被描述为"文化图腾主义"或"族知录"（ethnognomony）（Schwartz，1975）。这些术语表明，共同体及其通过自我而产生的折射，标记着什么是要强调的特征、什么是不要强调的特征，它"既象征着群体的团结，又象征着群体在其比较范围内跟其他群体的对比身份和关系"（同上：108）。正是这种对比标记使得"边界"的概念成为理解共同体的核心。透过边界向外看，人们根据自己的刻板印象建构他们所看到的东西，这种外向视角形成了他们文化中的"自我反省部分"（同上）。这种反省性正是我们前面提到过的，布恩（Boon，1982）将其描述为一种扮演面对面角色的文化。我们很快将谈到它与我们已经提到的象征性行为的联系。

但是，根据我们目前对共同体自信动机的讨论，我们可能会注意到，这种刺激未必来自对共同体固有特性的任何清晰和坚定的感觉；相反，它有可能来自一种将它与其他实体区别开来的感觉。正如范登伯格所说（见上文），先例可能也很重要，这种独特性的主张类似于多米诺政治理论：一旦一个团体标明了自己的独特性，其他团体就会觉得有必要效仿。有时候，卓越与其说是因为所谓的独特性有其实质性的内容，还不如说它有展示自己的需求。在这方面，共同体是个人身份的指南针；它回应了划定相似界限的需要。如果不是后见之明，涂尔干认为这种需要会被大规模生产系统中的政治和经济逻辑所淹没。它们似乎带来了几乎完全相反的效果。

案例：再论阿尔卡拉

《塞拉人》很好地展示了我们在对比显著性方面的结论，这是皮特－里弗斯（Pitt-Rivers，1971）研究安达卢西亚阿尔卡拉的经典之作，我们此前曾简短地论述过。阿尔卡拉人的共同体精神和安达卢西亚山脉的其他城镇和村庄一样，都受这种强烈的对比感的影响。阿尔卡拉人口约有 3 000 人，无论是在衣着、语言还是在起源上，他们很显然是安达卢西亚人，他们对安达卢西亚的忠诚度明显要大于对西班牙这个在概念上遥远的实体本身的忠诚。然而，塞拉各共同体对彼此之间的差异有着明显的认识。这些差异并非以中立的方式表达，而是以辱骂和讽刺来诋毁对方的方式表达。这些城镇往往是成对的，每一个都与安达卢西亚最为相似的城镇"结对"。然而，与该地区其他共同体相比，这些成对的共同体之间会有更多的厌恶和谩骂。在这里，我们再次遇到了一个我们原有机会注意到的原则：人与人之间的差异越细微，人们对它们的忠诚就越强烈。皮特-里弗斯对这种敌意的描述如下：

> 正如可以预料的，对某个普韦布洛村落有多少眷恋之情，就会对邻近的普韦布洛村落产生相应的敌意。因此，对于阿尔卡拉人来说，贾西纳斯人自夸和虚假，蒙特亚克人粗野和暴力，贝纳鲁林人卑鄙，贾拉尔人醉酒，而且总爱拔刀……每个普韦布洛村落都有一套记录当地历史的民谣集，一套歌颂本普韦布洛、贬损其邻村的谚语和韵文。（同上：8-10）

他继续说道，

> 隔壁镇的人总是惹祸，他们偷庄稼，他们的妻子不忠，他们骂人更凶，醉得更多，更沉溺于恶习，他们生意不行。在任何事情上，他们都成了一个替罪羊或一种警告。（同上：30）

这种共同体的对比感也会反馈到自我意识中。上面的引语是指"对普韦布洛村落的眷恋之情……"，但在考察时，人们发现这个简单的公式掩盖了一种惊人的复杂性。"普韦布洛村落"不仅指村庄的领土实体，而且还指村庄的社会现实：团结精神和集体意见。在这方面，普韦布洛就是人民。但是**所有**的人？好吧，只有当这个村庄与其他村庄彼此有别的时候。这个村庄的人口本身就有分化，尽管其分化的性质有些难以捉摸。

最普遍的划分可以表示为两个阶级之间的划分，即乡绅和普韦布洛村民——在这里，皮特-里弗斯揭示了它的另一个身份："平民"。乡绅很难用结构性术语来定义。他们当中有许多人在经济上比平民更具优势，尽管并非所有的人都是如此。乡绅是土地所有者；但有些平民也拥有土地。他们是商人或店主，但也可以通过做手工农活来补充收入。他们包括专业人士，如医生、教师和化学家，但这些人也担任其他职务。他们不是绅士。他们不是一个具有经济优势的世袭阶级，因为财产往往是分散的，而不是按照现行的可分割的继承传统加以巩固。当然，他们更大的财富本身并没有使他们成为有声望的精英。乡绅是赞助人制度的遗产，尽管并非所有乡绅都接受赞助义务。总的来说，乡绅往往比平民更倾向于眼光向外，在更大程度上认同村庄外的世界。相比之下，平民在人生观和责任方面都更关心本地区。

因此，普韦布洛村落表现出一种阶级似的分划（尽管严格来说，它并非一种阶级），这种分化基于财富、地位和社交世界的差异。团结之外还需要保密。经济生活的可行性取决于如何逃避税务稽查员的审查，要不然他们的审查会让橄榄油、面包和纱线等主要产品的生产在财政上行不通。普韦布洛人之间天生的亲密关系使得这种秘密逃避法律的行为变得极其危险：

> 人们生活得很近，在这种环境下，很难保持隐私。每一个事件都被视为公共财产，受到人们无休止的评论。（同上：31）

因此，成功的欺骗行为需要保密：

> 对一个人隐瞒秘密，最好对所有的人隐瞒，你说得越少，把真实故事拼凑起来的可能性就越小……有人解释说，在这里，事情总是被

秘密地做完……泄露你的私事会使你处于弱势地位，因为你不能再让别人猜了。（同上：207）

　　这种团结与保密之间的矛盾当然是可以解决的，因为守住自己不轨活动的秘密就可以避免将他人置于不义之中。这种解决方法可能显得理论化了些。但普韦布洛村落就是要强调这些原则，好将自己与其他共同体区别开来，而这些原则的内在矛盾给这种情况提供了实际案例。它是极其平等的，但却有阶级性。它有很强的公共性，但却非常重视隐私和保密性。但这些矛盾并没有使普韦布洛村落的集体自我形象变得虚伪。相反，自我形象为理论注入了活力，而理论也为它注入了动力。普韦布洛村落凭借团结的意识形态，将自己视为一个道德共同体，非常强调平等主义。这就是乡绅作为一个阶级难以定义的复杂之处。这也解释了为什么财富和声望不是同时发生的。财富既得不到尊重，也得不到权力和影响力。有人认为，在阿尔卡拉，金钱的价值不在于它的所属，也不在于它的数量；相反，在于它的用途。（同上：62-63）

　　皮特-里弗斯把这种伦理说成是"经济价值服从道德和社会价值"。在实践中，这些价值观不够精确，因此可以根据具体情况调整以此为基础的价值判断。个人优先于社会范畴。你可以用仁慈的思想去赞美你想赞美的人；其他的一些人做了同样的事，但出于某种原因没有受到同样的尊重，就不会得到这些喝彩。阿尔卡拉个人身份中的繁文缛节也充斥着类似的逻辑。例如，在绰号比姓氏更流行的情况下，个人优先于类别是显而易见的。但是，看似中性的绰号显然并非如此：

　　"面包师"不是面包师，而是一个农民。"小瘸子"走起路来很

正常。"没牙的人"满嘴都是牙齿。"秃头的那个人"满头都是头发。"丑的那个"比漂亮的那个好看多了。(同上:163)

个人在社会上是由公共知识的存量组成的;它们的内在特征可能是偶然的,甚至毫不相干(比照 Cohen,1978)。这样,判断(因为社会身份确实需要评估)也可以根据情况进行调整。

在皮特-里弗斯对阿尔卡拉的描述中,这种判断的灵活性反复出现。我们已经看到,拥有财富本身并没有任何荣誉可言。相反,是财富的运用赢得了声望。财富本身就在责怪普韦布洛村落的平等主义。富人普遍受到诋毁,并被认为对穷人的苦难负有责任:"他们通过野心扭曲了社会秩序。他们是腐败的根源。"(Pitt-Rivers,1971:62)作为这样一个邪恶的物种,他们在普韦布洛村落显然无法得到认同,无论其中的财富差距究竟有多大。那么,富人总是来自其他地方:他们是"他们",而不是"我们"。如果碰巧在我们中间发现了富人(也就是说,不仅是一个比其他人更富有的人,而且是一个蔑视道德准则的人),我们可以操纵他的个人历史,说明他并不是真正的"我们"中的一员,而是来自其他地方。在敬语"唐"的归属上,可以观察到类似的可塑性判断和类别。很明显,任何一套抽象的"荣誉"规则用到具体的案例上都会崩溃。在这方面,拥有同等财富、权威或权力的人受到的待遇相当不同,有些人被称为"唐",而有些人则不是。最可以肯定的是,"唐"是不同的:他必须不同,因为要把他辨认为"唐"就要让他和普韦布洛村落不同。所以,他不是我们中的一员。即使普韦布洛村落的儿子们取得了一些成就,但只要他们继续生活在普韦布洛村落,也喜欢普韦布洛村落,就不可能是"唐","因为他们给人的感觉跟其他人没有什么不同。他们是普韦布洛村落的一部分。"(同上:73)

我们在阿尔卡拉看到，而且在许多有边界意识的共同体里也清晰可见（例如，见Cohen，1978）的现象具体如下。共同体意识内在于阿尔卡拉及其邻近城镇认定的刻板印象式的差异中。但这些差异即使不算完全虚构，也是严重的简化，因为正如我们应该预料到的那样，阿尔卡拉的社会生活复杂多样，证明这样的刻板印象是虚假的。然而，刻板印象提供了价值词汇，让人们以此来构筑对社交世界的理解，从而限制了内部多样性的表达。例如，我们已经看到"允许的"绰号范围仅限于那些在当地流行的绰号，这导致了一些非常任意的命名。我们也看到阿尔卡拉社会表现出了不平等，违反了普韦布洛人的刻板的平等主义。同样，这种区别在习惯用法上是有限的，比如在"乡绅"和"唐"的类别中，有着独特和前后不一的结果。原则是人先于类别；原则倾向于人，而不是相反。因此，共享的价值**词汇**，而不是任何正统的价值观本身，才能维持共同体自我形象的完整性及其独特的自我意识。按照前面几章的论证，我们可以认为，这个词具有象征性的特征和功能，允许人们分享概念形式，而不需要他们分享自己所赋予的意义。在日常的社会生活中，让人分裂的因素无数，而这个词为他们提供了掩盖这些因素的手段。这样，与其他共同体相比，他们表现出了本质上的相似性，因为正是基于这种相似性，他们的团结才得以建立。

阿尔卡拉人在限制结构划分方面特别灵活。他们让人格优先于类别；它们使自愿的友谊和亲情（仪式和虚拟亲情）关系比生物亲情的归属关系更为重要。当然，这样做会使社会差异复杂化（而不是简单化），但在某种程度上，这些矛盾可以根据他们的价值观语言（阿尔卡拉文化）得到解决。每个人都有自己的见解，但都是与他人分享的。由此产生的变异性解释了为什么皮特-里弗斯发现了阿尔卡拉的社会现实很难确定，其规则如此难以捉摸，其例外如此普遍。因为，正如他令人信服地观察到的，社会现实"只存在于阿尔卡拉人的头脑中"（Pitt-Rivers，1971：208）。

同样，我们的论点是，共同体在很大程度上是在头脑中。作为一种心理建构，它巧妙而象征性地浓缩了承载者的社会相似性和差异性理论。它成为他们社会自我非常出色的集体象征。

对立与边界：共同体的象征性建构

如前所述，个体和集体层面上的社会自我意识都是通过内隐或外显的对比来实现的。个体是通过"重要他者"来定义自己的；"自我意识"的文化和共同体也是如此。人类学家詹姆斯·布恩（James Boon）在其近作《其他部落，其他抄写员》（*Other Tribes, Other Scribes*）中指出，绘制和表达这种对比的需要体现了文化的本质特征。他们只"需要"塑造一种连贯的、与众不同的自我意识，因为他们面对的是别人。此外，要想观察其他文化，人们只能从某个与之产生对比的文化视角来进行观察。同样，人们也可以从假定的有利位置来看待他们自己的文化，在他们的想象中，别人也是这样看的（Boon，1982：特别是6、25）。由于文化的生命力在于它们的并置，它们夸大自己和彼此，因而文化本质上是对立的。在这方面，文化在很大程度上体现了其原子成分，即象征的特征，因为就其本质而言，这些象征也表达了对比和区别："一切事物都以对比的方式出现，可以互换互补……"（同上：213）并且，"每一种话语，就像每一种文化一样，倾向于它不是什么：倾向于一种隐含的负面性"（同上：232）。

在本书的前面，我们看到过这样的例子：人们通过象征性的手段，使用表面上充满了矛盾的规范性，让人们关注进而保护规范。我们还谈到了类别划分的象征性区别。所有这些现象都明显倾向于"一种隐含的消极性"——但由于它们**是**象征性的,因而缺乏固定和客观的意义,消极性必须始终是偶然的,而不是绝对的。同样,一种文化与另一种文化的对比不应被认为是绝对的,而应被视为偶然的、视关系而定的。阿尔卡拉人可能会认为贾西纳斯的普韦布洛村落的人缺乏他们引以为傲的一切美德,并暴露出他们认为自己无辜的一切罪恶。然而,他们对美德的感觉可能是建立在他们对美德对立面(和毗邻)的概念感知上的。

这种偶然性是杜蒙(Dumont)在讨论种姓时所宣扬的现象,即"互补对立",也就是说整体建立在并列部分共存的基础上。我们本章开始提到的恩昆比的姆布提俾格米人和比拉村民的共同成员身份就是一个很好的例子。这不是黑格尔(和列维-斯特劳斯)意义上的将整体视为对立和解。相反,正如我们在第一章中看到的,这个观点是涂尔干式的:整体大于并从属于[杜蒙(Dumont,1980:239)所说的"包含"]从中提取其特征的部分。把这一原则运用到共同体中,我们可以说,共同体的自我意识是从自身与他人的对比中产生的,但更进一步说,是它在更大关系内从其与别人的并置中产生的。例如,尽管出于某些目的,阿尔卡拉人和贾西纳斯人互相对比,但在其他方面,他们可能会认为彼此更像而不是不同。作为安达卢西亚人,他们可能会在彼此的身上看到卡斯蒂利亚人和加泰罗尼亚人所缺乏的美德(或者至少说差不多的意思)。在这里,正如埃文斯-普里查德对努尔人之间的分割所做的描述一样,标记相似性和差异性的边界不一定是有刻度的,但可以根据不同的参照物来绘制。

这一观点也有助于我们更清楚地了解共同体**内部**和共同体**之间**的社会进程缘何明显前后不一。因为有一个事实让人清楚地看到,就像个人一样,共同体对于不同的"重要他者"可能会有完全不同的行为方式。和个体一样，它甚至可能在不同的场合对同一个"他者"表现出完全不同的行为。我们不应该把这种看似不一致的行为看作精神分裂症，也不应该认为这是没有原则的。我们可以简单地假设，此人（或共同体）对环境的感知是不同的，而另一个人却不知道。

此外，我们可以将这种互补性的概念应用到我们在第一章中简要讨论过的"经典"共同体理论中。正如我们所看到的，从机械团结到有机团结；从共同体（Gemeinschaft）到社会（Gesselschaft）；从传统法制到理性法制；从地位到契约，所有这些转变常常被视为社会变迁、进化和发展的理论，但他们更可能被视为任何社会在其任何特定的历史时期所做出的不同的行为方式。例如，机械团结（就是说彼此互补对立）存在于其有机结构中（例如，第一小提琴之间相互忠诚，与大提琴则形成对立）。涂尔干认识到这些据说彼此对立的趋势有着历史上的相容性，尽管他认为机械形式的持续存在是困难的根源。因此，他主张有必要通过社会结构调整进行明确无误的转变。韦伯也认识到了它们在经验上的相互关系，因此，他把对比的状态描述为纯粹的"理想"类型。此外，尽管他认为这种相互关系是"非理性的"，但他并没有因此而哀叹，而只是为它的具体表现而哀叹——例如，皇帝和贵族地主在"现代"德国时代的生存。

所有这些对我们的意义在于，这些转型造成的转变常常被解释为让共同体变得不合时宜。修正这一观点，将"对比"状态视为共存，能够让我们看到共同体的生存、发展和**坚持**，不是将此作为一种需要解释的反常现象，而是将此作为文化弹性中一种可以预期的正常表现形式：人们的自我意识（可能需要不止**一次**踢小腿，才能阻止我们恳求中的舞者再次接近一个女孩。）这一过程可能是现代社会一些强大力量所厌恶的；但这也许只是说，它现在比过去更强烈地呼唤自我意识和表达自我的独创性。因此，无论是地方性的还是种族性的共同体，或者说无论以什么形式，都不应在城市工业社会中被视为一种不合时宜的现象。相反，它应该被视为这种社会中可以利用的行为方式之一。它的象征性表达常常与更大的社会对立，这是一个利益问题，但不是病理学问题。这仅仅是一个例子，也即杜蒙（Dumont，1980）所说的互补性对立中"包含着对立面"。

正如我们看到的，共同体边界的地理基础的缩小，导致它们用象征手法重新提出主张。由于边界本身是对立的，共同体和外部世界之间几乎任何被感知到的差异都可以被象征性地解释为其边界的一种资源。共同体几乎可以为文化距离的象征性工厂制造出任何有益的东西，无论是中央制定的政府政策对它的影响，还是方言、衣着、饮酒或死亡的问题。对立的象征性本质意味着人们可以"认为自己与众不同"。这些边界本质上是要在共同体社会话语中创造出独特的意义。它们为人们提供了个人身份的参照物。如此行为之后，它们自己就会在社会生活中展现这些身份，以此来表现和强化自己。我们已经在身份的明确分配方面看到了这一点——例如，阿尔卡拉人的绰号、维乔尔朝圣者对他们的神的形象假设——还有更加隐性的认知过程，这完全取决于共享的知识，如猫港人、乌特库因纽特人，还有莫佐克托的哀悼者中明显看到的。

因此，我们的论点是，无论其结构边界是否完好无损，共同体的现实在于其成员对其文化活力的感知。人们象征性地建构共同体，使之成为意义的一种资源和储存库，成为身份的参照物。

参 考 文 献

注：对于想进一步了解的读者，前面标 * 的读物在此特别推荐。

Almond, G. & Verba, S. (1963) *The civic culture*, Boston: Little, Brown & Co.

Apter, A. (1983) 'In dispraise of the king: rituals "against" rebellion in south-east Africa', *Man* (N.S.) **18**(3), 521–534.

Apter, D. (1963) 'Political religion in the new nations', in C. Geertz (ed.), *Old Societies and new states: the quest for modernity in Asia and Africa*, New York: Free Press of Glencoe.

Arensberg, C. & Kimball, S. (1965) *Culture and community,* New York: Harcourt, Brace & World.

Aull, C. (1978) *Ethnic nationalism in Wales: an analysis of the factors governing the politicisation of ethnic identity*, unpublished Ph.D. dissertation, Duke University.

Babcock, B. A. (1978) 'Introduction', in B. A. Babcock (ed), *The reversible world: symbolic inversion in art and society*, London: Cornell University Press, pp.13–36.

Banfield, E. C. (1958) *The moral basis of a backward society*, New York: Free Press of Glencoe.

*Barth, F. (1969) 'Introduction', in F. Barth (ed.), *Ethnic Groups and boundaries: the social organisation of culture difference*, London: George Allen & Unwin, pp.9–38.

Bateson, G. (1958) [1936] *Naven* (2nd edn.), Stanford: Stanford University Press.

Beer, W. (1980) *The unexpected rebellion: ethnic activism in contemporary France*, New York: New York University Press.

*Bell, C. & Newby, H. (1971) *Community studies*, London: George Allen & Unwin.

Benedict, M. & Benedict, B. (1982) *Men, women and money in Seychelles*, London: University of California Press.

Berghe, P. van den (1976) 'Ethnic pluralism in industrial societies: a special case?' *Ethnicity* 3, 242–255.

Berghe, P. van den (1981) *The ethnic phenomenon*, New York: Elsevier. Binns, C. (1979, 1980) 'The changing face of power: revolution and accommodation in the development of the Soviet ceremonial system' I, *Man* (N.S.) 14(4), 585–606; II, *Man* (N.S.) 15(1), 170–187.

Boissevain, J. (1975) 'Introduction: towards a social anthropology of Europe', in J. Boissevain & J. Friedl (eds.), *Beyond the community: social process in Europe*, The Hague: European-Mediterranean Study Group, University of Amsterdam, pp.9–17.

*Boon, J.A. (1981) *Other tribes, other scribes: symbolic anthropology in the comparative study of cultures, histories, religions and texts*, Cambridge: Cambridge University Press.

Bouquet, M. (1981) *The sexual division of labour: the farm household in a Devon parish*, unpublished Ph.D. thesis, University of Cambridge.

*Briggs, J. (1970) *Never in anger: portrait of an eskimo family*, Cambridge, Mass.: Harvard University Press.

Brody, H. (1973) *Inishkillane: change and decline in the west of Ireland*, London: Allen Lane.

Burgess, M. E. (1978) 'The resurgence of ethnicity: myth or reality', *Ethnic & Racial Studies* 1 (3), 267–285.

Burridge, K. (1960) *Mambu, a Melenesian millenium*, London: Methuen.

Carlen, P. (1976) *Magistrates' justice*, London: Martin Robertson.

Chapman, M. (1982) '"Semantics" and the "Celt"', in D. J. Parkin (ed.), *Semantic anthropology*, London: Academic Press, pp.123–143.

Cohen, Abner (1980) 'Drama and politics in the development of a London carnival', *Man* (N.S.) 15.

Cohen, A. P. (1975) *The management of myths: the politics of legitimation in a Newfoundland community*, Manchester: Manchester University Press.

Cohen, A. P. (1977) 'For a political ethnography of everyday life: sketches from Whalsay, Shetland', *Ethnos* **3–4**, 180–205.

Cohen, A. P. (1978) '"The same — but different!" The allocation of identity in Whalsay, Shetland', *Sociological Review* **26** (3), 449–469.

Cohen, A. P. (1979) 'The Whalsay croft: traditional work and customary identity in modern times', in S. Wallman (ed.), *The social anthropology of work*, London: Academic Press, pp.249–267.

Cohen, A. P. (1982a) 'Blockade: a case study of local consciousness in an extra-local event', in Cohen (1982c).

Cohen, A. P. (1982b) 'A sense of time, a sense of place: the meaning of close social association in Whalsay, Shetland', in Cohen (1982c).

*Cohen A. P. (1982c) *Belonging: identity and social organisation in British rural cultures*, Manchester: Manchester University Press.

Cohen, A. P. (1985) 'Symbolism and social change: matters of life and death in Whalsay, Shetland', *Man* (N.S.) **20** (2).

Cohen, A. P. & Comaroff, J. L. (1976) 'The management of meaning: on the phenomenology of political transactions', in B. Kapferer (ed.), *Transaction and Meaning*, Philadelphia: ISHI, pp.87–107.

Cohen, P. S. (1969) 'Theories of myth', *Man* (N.S.) **4** (3), 337–353.

Cranston, M. (1954) *Freedom: a new analysis*, London: Longman.

Danforth, L. M. (1982) *The death rituals of rural Greece*, Princeton: Princeton University Press.

*Dore, R. (1978) *Shinohata: a portrait of a Japanese village*, NewYork: Pantheon.

Douglas, M. (1966) *Purity and danger: an analysis of concepts of pollution and taboo*, London: Routledge & Kegan Paul.

Du Boulay, J. (1982) 'The Greek vampire: a study of cyclic symbolism in marriage and death', *Man* (N.S.) **17**(2), 219–238.

Dumont, L. (1980) *Homo Hierarchicus*, (revd. edn.) Chicago: University of Chicago Press.

Durkheim, E. (1964) [1902] *The division of labour in society*, New York: The Free Press.

Dyck, N. (ed.) (1985) *Indigenous peoples and the nation-state: Fourth World politics in Canada, Australia and Norway*, St. John's: ISER.

Edelman, M. (1964) *The symbolic uses of politics*, Urbana: University of Illinois Press.

Eidheim, H. (1969) 'When ethnic identity is a social stigma', in Barth (1969).

Emmett, I. (1964) *A North Wales village*, London: Routledge & Kegan Paul.

Emmett, I. (1982) 'Place, community and bilingualism in Blaenau Ffestiniog', in Cohen (1982c), pp.202–221.

Epstein, A. L. (1978) *Ethos and Identity: three studies in ethnicity*, London: Tavistock.

Evans-Pritchard, E. E. (1956) *Nuer religion*, Oxford: Oxford University Press.

Faris, J. (1972) *Cat Harbour: a Newfoundland fishing settlement*, St. John's: ISER.

Forsythe, D. (1984) 'Urban-rural migration and local development: an Orkney case', in J. C. Hansen et al. (eds.), *Centre-periphery: theory and practice*, Sogn og Fjordane Regional College.

Fortes, M. (1970) 'Time and social structure: an Ashanti case study', in M. Fortes, *Time and social structure*, London: Athlone Press, pp.1–32.

Fox, R. (1982) 'Principles and pragmatics on Tory Island', in Cohen (1982c), pp.50–71.

Frankenberg, R. (1957) *Village on the Border*, London: Cohen & West. Geertz, C. (1966) 'Religion as a cultural system', in M. Banton (ed.), *Anthropological approaches to the study of religion*, London: Tavistock, pp.1–46.

*Geertz, C. (1975a) 'Thick description: toward an interpretive theory of culture', in C. Geertz, *The interpretation of cultures*, London: Hutchinson, pp.3–30.

Geertz, C. (1975b) [1959] 'Ritual and social change: a Javanese example', in Geertz (1975a), pp.142–169.

*Geertz, C. (1975c) [1972] 'Deep play: notes on the Balinese cock-fight', in Geertz (1975a), pp; 412–453.

Geertz, C. (1983) [1975] 'Common sense as a cultural system', in C. Geertz,

Local knowledge: further essays in interpretive anthropology, New York: Basic Books, pp.73–93.

Gellner, E. (1978) 'Scale and nation', in F. Barth (ed.) *Scale and social organisation*, Oslo: Universitetsforlaget, pp.133–149.

Gilsenan, M. (1976) 'Lying, honour, and contradiction', in B. Kapferer (ed.), *Transaction and meaning*, Philadelphia: ISHI, pp.191–219.

Gluckman, M. (1962) 'Les rites de passage', in M. Gluckman (ed.) *Essays on the ritual of social relations*, Manchester: Manchester University Press, pp.1–52.

Gluckman, M. (1963) [1952] 'Rituals of rebellion in south east Africa', in M. Gluckman, *Order and rebellion in tribal Africa*, London: Cohen & West, pp.110–136.

Goffman, E. (1963) *Stigma*, Harmondsworth: Penguin.

Goffman, E. (1967) *Interaction ritual*, New York: Anchor Books.

Hanrahan, P. J. (1979) *Communities on the periphery*, unpublished M.A. thesis, University of Manchester.

*Helias, P.-J. (1979) *The horse of pride: life in a Breton village*, New Haven: Yale University Press.

Henriksen, G. (1973) *Hunters in the Barrens: the Naskapi on the edge of the white man's world*, St. John's: ISER.

Hillery, G.A. Jr. (1955) 'Definitions of community: areas of agreement', Rural Sociology, **20**.

Hodgkin, T. (1964) 'The relevance of "Western" ideas for the new African states', in J. R. Pennock (ed.), *Self-government in modernising nations*, Englewood Cliffs, N.J.: Prentice-Hall, pp.50–80.

Humphrey, C. (1983) *Karl Marx Collective: economy, society and religion in a Siberian collective farm*, Cambridge: Cambridge University Press. Kluckhohn, C. (1962) 'The concept of culture', in R. Kluckhohn (ed.), *Culture and behaviour*, New York: Free Press, pp.19–73.

Ladurie, E. Le Roy (1980) *Montaillou*, Harmondsworth: Penguin.

Larsen, S. Saugestad (1982a) 'The two sides of the house: identity and social organisation in Kilbroney, Northern Ireland', in Cohen (1982c), pp.131–164.

参考文献

Larsen, S, Saugestad (1982b) 'The Glorious Twelfth: the politics of legitimation in Kilbroney', in Cohen (1982c), pp.278–291.

Larsen, T. (1983) 'Negotiating identity: the Micmac of Nova Scotia', in A. Tanner (ed.), *The politics of Indianness*, St. John's: ISER, pp.37–136.

Lawrence, P. (1964) *Road belong Cargo*, Manchester: Manchester University Press.

*Leach, E. R. (1954) *Political systems of highland Burma*, London: G. Bell & Son.

Leech, E. R. (1968) 'Introduction', in E. R. Leach (ed.), *The structural study of myth and totemism*, London: Tavistock, pp.vii–xix.

Lévi-Strauss, C. (1963) 'The structural study of myth', in *Structural anthropology*, New York: Basic Books.

Leyton, E. (1974) 'Opposition and integration in Ulster', *Man* (N.S.) **9**, 185–198.

Lienhardt, R. G. (1961) *Divinity and experience*, London: Oxford University Press.

Littlejohn, J. (1972) 'Temne right and left: an essay on the choreography of everyday life', in R. Needham (ed.), *Right and left*, London: University of Chicago Press, pp.288–298.

McClelland, D. C. (1966) 'The impulse to modernization', in M. Weiner (ed.), *Modernization: the dynamics of growth*, New York: Basic Books, pp.28–39.

McFarlane, G. (1981) 'Shetlanders and incomers: change, conflict and emphasis in social perspectives', in L. Holy & M. Stuchlick (eds.), *The structure of folk models*, London: Academic Press, pp.119–136.

Matthews, D. R. (1970) *Communities in transition*, unpublished Ph.D. dissertation, University of Minnesota.

Mewett, P. G. (1982) 'Exiles, nicknames, social identities and the production of local consciousness in a Lewis crofting community', in Cohen (1982c), pp.222–246.

*Myerhoff, B. G. (1974) *Peyote hunt: the sacred journey of the Huichol Indians*, Ithaca: Cornell University Press.

Needham, R. (1979) *Symbolic classification*, Santa Monica: Goodyear Publishing.

Okely, J. (1975) 'Gypsy women: models in conflict', in S.Ardener (ed.), *Perceiving women*, London: Dent, pp.55–86.

Oz, A. (1983) *In the land of Israel*, London: Fontana.

Pahl, R. (1968) The rural-urban continuum', in R. E. Pahl, (ed.), *Readings in urban sociology*, Oxford: Pergamon, pp.263–305.

Paine, R. P. B. (1977) 'Tutelage and ethnicity, a variable relationship', in R. P. B. Paine (ed.), *The WhiteArctic: anthropological essays on tutelage and ethnicity*, St. John's: ISER, pp.249–263.

Paine, R. P. B. (1982) *Dam a river, damn a people?* IWGIADocument, 45, Copenhagen: IWGIA.

Paine, R. P. B. (1985) 'Norwegians and Saami: nation-state and Fourth World', in G. Gold & R. P. B. Paine (eds.), *Mother country and ethnicity*, St. John's: ISER.

Park, R. (1925) 'The city: suggestions for the investigation of human behaviour', in R. Park *et al., The city*, Chicago: University of Chicago Press.

Peters, E. L. (1984) 'The paucity of ritual among Middle Eastern pastoralists', in A. S. Ahmed & D. M. Hart (eds.), *Islam in tribal societies*, London: Routledge & Kegan Paul, pp.187–221.

Phillips, S. K. (1984) *Identity, social organisation and change: Muker parish, a Yorkshire dales community*, unpublished D.Phil. thesis, University of Oxford.

*Pitt-Rivers, J.A. (1971) *The people of the Sierra* (2nd Edn.), Chicago: Chicago University Press.

Rapport, N. J. (1983) *Are meanings shared and communicated? A study of the diversity of world views in a Cumbrian village*, unpublished Ph.D. thesis, University of Manchester.

Redfield, R. (1955) *The little community*, Stockholm: Almquist & Wiksells Boktrycker.

Sallnow, M. J. (1981) 'Communitas reconsidered: the sociology of Andean pilgrimage', *Man* (N.S.) **16**(2), pp.163–182.

Schneider, D. M. (1980) *American kinship: a cultural account* (2nd edn.), Chicago: University of Chicago Press.

Schwartz, T. (1975) 'Cultural totemism: ethnic identity primitive and modern', in G. De Vos & L. Romanucci-Ross (eds.), *Ethnic identity: cultural continuities and change*, Palo Alto: Mayfield, pp.106–131.

Schwimmer, E. (1972) 'Symbolic competition', *Anthropologica* XIV (2), pp.117–155.

Smith, A. D. (1981) *The ethnic revival in the modern world*, Cambridge: Cambridge University Press.

*Sperber, D. (1975) *Rethinking symbolism*, Cambridge: Cambridge University Press.

Stein, M. (1964) *The eclipse of community*, Princeton: Princeton University Press.

*Strathern, A. M. (1981) *Kinship at the core*, Cambridge: Cambridge University Press.

Strathern, A. M. (1982a) 'The place of kinship: kin, class and village status in Elmdon, Essex', in Cohen (1982c), pp.72–100.

Strathern, A. M. (1982b) 'The village as an idea: constructs of villageness in Elmdon, Essex', in Cohen (1982c), pp.247–277.

Tilly, C. (1963) 'The analysis of a counter-revolution', *History & Theory* **III**.

Tilly, C. (1974) 'Foreword', in A. Blok, *The Mafia of a Sicilian village*, Oxford: Blackwell.

Turnbull, C. (1961) *The forest people*, London: Chatto & Windus.

Turnbull, C. (1983) *The Mbuti pygmies: change and adaptation*, New York: Holt, Rinehart & Winston.

Turner, R. H. (1962) 'Role-taking: process versus conformity', in A. M. Rose (ed.) *Human behaviour and social processes*, London: Routledge & Kegan Paul, pp.20–40.

Turner, V. W. (1967) *The Forest of symbols*, Ithaca: Cornell University Press.

Turner, V. W. (1969) *The ritual process*, London: Routledge and Kegan Paul.

Wadel, C. (1973) *Now, whose fault is that? The struggle for self-esteem in the face of chronic unemployment*, St. John's: ISER.

Warner, W. (1984) *Distant water*, Harmondsworth: Penguin.

Weber, M. (1948) [1918] 'Politics as a vocation', in H. Gerth & C. Wright Mills (eds.), *From Max Weber*, London: Routledge & Kegan Paul, pp.77–128.

*Whyte, W.F. (1955) *Street corner society* (2nd edn.), Chicago: University of Chicago Press.

Wilson, B. (1967) 'The Pentecostalist minister', in B. Wilson (ed.), *Patterns of sectarianism*, London: Heinemann, pp.138–157.

Wirth, L. (1951) [1938] 'Urbanism as a way of life', in P. K. Hatt & A. J. Reiss (eds.), *Cities and society*, New York: Free Press, pp.46–63.

Worsley, P. M. (1964) *The third world*, London: Weidenfeld & Nicholson.

Worsley, P. M. (1967) *The trumpet shall sound* (2nd edn.), London: Paladin.

Worsley, P. M. (1984) *The three worlds: culture and world development*, London: Weidenfeld & Nicholson.

译者简介

王光林，上海外国语大学英语语言文学教授。著有 *Translation in Diasporic Literatures*（Palgrave Macmillan，2019 年出版，获 2020 年澳大利亚 FASIC 英语原创学术著作奖）、《错位与超越》（南开大学出版社，2004 年出版，2006 年再版）等，译有《瓦尔登湖》《莎士比亚与法》《上海舞》等，译著累计 400 多万字。2010 年获宝钢优秀教师奖。2012 年获澳大利亚政府颁发的特别翻译奖。2014 年 6 月获英国中央兰开夏大学（University of Central Lancashire）颁发的 Honorary Fellowship 称号。